秀威
文哲叢書
韓晗主編

從張資平到關永吉：
中國新文學長篇小說百談

陳思廣　著

秀威資訊・台北

序「秀威文哲叢書」

　　自秦漢以來，與世界接觸最緊密、聯繫最頻繁的中國學術非當下莫屬，這是全球化與現代性語境下的必然選擇，也是學術史界的共識。一批優秀的中國學人不斷在世界學界發出自己的聲音，促進了世界學術的發展與變革。就這些從理論話語、實證研究與歷史典籍出發的學術成果而言，一方面反映了當代中國學人對於先前中國學術思想與方法的繼承與發展，既是對「五四」以來學術傳統的精神賡續，也是對傳統中國學術的批判吸收；另一方面則反映了當代中國學人借鑒、參與世界學術建設的努力。因此，我們既要正視海外學術給當代中國學界的壓力，也必須認可其為當代中國學人所賦予的靈感。

　　這裡所說的「當代中國學人」，既包括居住於中國大陸的學者，也包括臺灣、香港的學人，更包括客居海外的華裔學者。他們的共同性在於：從未放棄對中國問題的關注，並致力於提升華人（或漢語）學術研究的層次。他們既有開闊的西學視野，亦有扎實的國學基礎。這種承前啟後的時代共性，為當代中國學術的發展提供了堅實的動力。

　　「秀威文哲叢書」反映了一批最優秀的當代中國學人在文化、哲學層面的重要思考與艱辛探索，反映了大變革時期當代中國學人的歷史責任感與文化選擇。其中既有前輩學者的皓首之作，也有學界新人的新銳之筆。作為主編，我熱情地向世界各地關心中國學術尤其是中國人文與社會科學發展的人士推薦這些著述。儘管這套書的出版只是一個初步的嘗試，但我相信，它必然會成為展示當代中國學術的一個不可或缺的視窗。

韓晗
2013年秋於中國科學院

目次 | CONTENTS

序「秀威文哲叢書」／韓晗　003

引言　009

第一輯　文學・時代

《沖積期化石》：新文學第一部長篇小說　016

新文學第二部長篇小說：王統照的《一葉》　020

革命浪漫主義文學的濫觴之作：張聞天的《旅途》　022

張資平的代表作《苔莉》　025

《最後的幸福》：張資平小說的滑坡信號　027

孫夢雷和他的《英蘭的一生》　029

《老張的哲學》：寂寞之餘的收穫　032

一部不該忽略的長篇小說：談黃心真的《罪惡》　034

一個畸形的有違倫理的戀情故事：洪靈菲的《轉變》　036

章克標和他的獵豔小說《銀蛇》　038

《二月》：1920年代最出色的長篇小說　040

兩部表現南洋教育生活的長篇小說　042

楚洪的《愛網》　045

《地泉》：「『不應當這麼樣寫』的標本」　047

《貓城記》：老舍的轉向之作　049

《新生代》：活的歷史　053

端木蕻良的《科爾沁旗草原》　055

詩意的與感傷的：談《呼蘭河傳》 057

蘆焚・師陀・《結婚》 062

青春的詩：《財主底兒女們》 065

第二輯　戰爭・歷史

《蝕》之思，《蝕》之惑 070

被魯迅誤讀的《大上海的毀滅》 074

東北抗戰文學的先聲之作《萬寶山》 076

《戰血》：血淚寫就的一部義勇軍抗敵史料 078

戰爭是可以感化人的：談歐陽山的《戰果》 080

《鴨嘴澇》：抗戰初期民眾覺醒的心靈史詩 082

報業人的小說：崔萬秋的《第二年代》 086

「被色情」的小說：談荊有麟的《間諜夫人》 089

《三年》：華北淪陷區長篇小說的破寂之作 092

《蘋果山》啊，蘋果山 094

《蓉蓉》：華北淪陷區最優秀的長篇小說 097

「古城文學家」趙蔭棠和他的《影》 101

吳調公・丁諦與《前程》 104

《霧都》：陪都另類生活的歷史鏡像 107

《女兵自傳》是這樣寫成的 109

第三輯　借鏡・融創

《飛絮》：張資平的「起飛」之作 116

天之故？人之禍？：談陳銓的《天問》 118

大膽的嘗試與最後的絕唱：談蔣光慈的《麗莎的哀怨》　120

《愛力圈外》：張資平的另一部改寫之作　123

《八月的鄉村》：中國的《毀滅》　124

《馬丹波娃利》與《死水微瀾》　126

康拉德的恩惠：《駱駝祥子》的影響探源　128

三讀契訶夫之後：談《寒夜》的師法與融創　131

第四輯　傳播・接受

福緣與福分：魯迅與葉永蓁的《小小十年》　136

儁聞・沈從文・《幽僻的陳莊》　141

差點被「腰斬」的《家》　144

《子夜》的刪節本　147

「削除濟」與偽滿刪禁的兩部長篇小說　152

《駱駝祥子》的版次及其意涵　155

《綠色的穀》：險遭日偽查禁的鄉土小說　159

《圍城》出版初期的臧否之聲　161

《困獸記》的初版本與修訂本　165

寫什麼與怎樣寫：談柳青的《種穀記》　168

反常的與正常的：王林《腹地》的命運　175

第五輯　文體實踐

黃俊與他的《戀愛的悲慘》　182

抑鬱兒童・愚昧惡母・短制長篇：談超超的長篇小說《小雪》　184

一部對話體長篇小說：黃中的《三角戀愛》　187

「往下寫」會如何：談沈從文的《阿麗思中國遊記》 189

《曼娜》：第一部書信體長篇小說 191

一部宣洩個人不幸情感的愛的癡狂曲：彭芳草的《落花曲》 193

開一代文風的《橋》 195

萬迪鶴和他的《中國大學生日記》 197

文獻體寫作：優乎？劣乎？——談李劼人的《大波》 200

似巧實拙之作：列躬射的《白莎哀史》 203

第六輯　文學徵文

創造社的長篇小說徵文與獲獎小說 206

良友文學獎金徵文與獲獎長篇小說 210

文協長篇小說徵文與獲獎小說 214

鮮為人知的「朱胡彬夏文學獎金」 217

「盛京文學獎」的獲獎長篇：《北歸》 220

《大地的波動》：徹頭徹尾的漢奸小說 223

沒有頁碼的長篇小說：《路》 225

門生和老婆的代表們：談「大東亞文學獎」的爭議之作《貝殼》 227

特定歷史階段即生即滅的藝術泡沫：

　　《國民雜誌》第一次長篇小說徵文的獲獎作品 233

矮子裡的將軍：《牛》 239

引言

　　中國新文學肇始於1915年的新文化運動，發端於1919年「五四」運動的爆發。「民主」與「科學」的精神，反帝反封建的吶喊，使中國新文學以前所未有的姿態迅速邁向了與世界融合的步伐，中國現代文學也因之翻開了偉大而嶄新的一頁。

　　中國現代長篇小說與時代同脈，雖然1922年才開始出現現代文學第一部白話長篇小說，但27年的發展實績證明，它毫無愧色地成為20世紀最為顯赫的文學部門之一。不過，談到中國現代長篇小說，卻首先要面臨一個如何界定現代長篇小說的問題。也就是說，什麼樣的小說才是中國現代長篇小說？對此，筆者採用目前較為通行的斷定方式予以認定，即：以文體的形式與長度作為判斷長篇小說的核心標準。也就是說，凡作者用現代白話文的形式創作的有一定長度的小說就被認可為中國現代長篇小說，而通常人們所說的長篇章回小說與通俗小說就不作為本書的敘述範圍了。

　　我們知道，自新文化運動以來，新文學關於中篇小說與長篇小說並無明顯的界限，早期的出版者常常將五－六萬字以上的小說均標注為長篇小說出版，如小雪的《超超》（1926）、黎錦明的《蹈海》（1929）等，也有將超過六萬字的小說當作中篇小說來印行的，如芳草的《管他呢》（1928）等。不過，在1927年創造社進行長篇小說徵文時，對長篇小說的合格字數要求是：「六萬字以上」。這一文體長度在今天看來顯然只是一個小中篇，但在當時卻是一部長篇了。而1936年「良友文學獎金徵稿」與1939年「文協」徵文時，對長篇小說的合格字數要求則是：「十萬字以上」。因此，為尊重歷史起見，也充分考慮新文學發展的實際情況，筆者認為，中國現代長篇小說的文體長度統一大體為，1920年代以創造社長篇小說徵文的約定字數為限，1940年以後以「文協」長篇小說徵文所約定的字數為據，中間的年份（1930－1939）則取其中，也就是說，從六萬字起，每一個十年增加二萬字。即：1922－1929年：六萬字以上；1930－1939年：八萬字以上；1940－1949年：十萬字以上。當然，這並非絕對的一刀切，如果字數相差不大，或略少於規定字數，但只要具備長篇小說的審美特徵，也認可為長篇小說。這樣，依此標準，自1922年2月15日張資平出版《沖積期化石》至1949年9月30日王林出版《腹地》期間，新文學共出版長篇小說近三百部（三部曲若合名出版則以一部計，如茅盾的《幻滅》、《動搖》、《追求》不作為三部長篇小說，而認作一部《蝕》

等）。雖然年均十餘部左右的數量在今天看來有些不可思議，而它們中的大部還將最終走入歷史的深處，但作為一個時代的忠實記錄，卻有其不可替代的文學價值，其中的經典則彰顯出新文學偉大的歷史功績，矗立起一個時代、一個民族的文學豐碑。

文學是時代的晴雨錶。作為時代生活重要載體之一的中國現代長篇小說當然反映著不斷變化的20世紀上半葉的時代訴求。從第一部長篇小說《沖積期化石》開始將「人的文學」這一新文學的革命主張真切地落實在長篇小說領域以來，表現人生，表現人面對命運與既有秩序的抗爭態度與不屈精神，就成為現代長篇小說家們的自覺追求。有個性的複雜人物的描寫，雙重人性的透示特別是對人的自身弱點所釀成的悲劇的批判，人的多重意識世界的揭示以及在雙重文化的燭照中透視國民的靈魂等藝術特質，使它和舊文學徹底區別開來，並真正邁開了中國現代長篇小說現代化的步伐。《一葉》、《苕莉》、《英蘭的一生》、《罪惡》、《二月》等可視為其中的代表。受國際國內環境的影響，「革命加戀愛」小說一度成為20年代末30年代初左翼文學的創作主潮，我們這裡選擇了《旅途》、《轉變》、《地泉》等作為個案，既可瞭解革命文學的書寫模式，也可瞭解革命文學有待總結的經驗與教訓。這一時期還值得關注的是域外題材的小說創作，它們所呈現出的廣闊的時空背景，無疑擴大了新文學的表現視閾。馬仲殊的《太平洋的暖流》和林參天的《濃煙》，即可作如是觀。當然，30－40年代也是民族矛盾、階級矛盾不斷上升的時代，也是革故鼎新、自強新生的時代，《新生代》、《科爾沁旗草原》、《財主底兒女們》等作品，就是這一時代鏡像的文學再現。

20世紀上半葉的中國戰火紛飛，戰爭考驗著時代，歷練著人心，也鍛造著文學。從「九·一八」東北事變到「七·七」盧溝橋事件，抗戰的烽火點燃了中華民族爭取獨立，保家衛國的堅強決心，點燃了中國人民不畏強暴、捍衛民族尊嚴的不屈意志。在血與火的洗禮面前，在靈與肉的搏戰時刻，各民族、各黨派、各武裝力量紛紛集結在抗日的旗幟下，開始了長達十四年艱苦卓絕的團結禦侮、浴火重生的大決戰，也譜寫了中華民族邁向新生、走向自強的偉大篇章。《戰血》、《大上海的毀滅》、《萬寶山》、《鴨嘴澇》、《蘋果山》、《戰果》、《間諜夫人》、《第二年代》等，就是這一輝煌歷史的忠實記錄。當然，由於中國國力的衰落以及其他諸種因素，中國戰區在這場反法西斯戰爭中，形成了東北淪陷區、華北淪陷區和華東淪陷區及以重慶陪都為中心的西南大後方的戰時格局，也因之形成了不同地區獨特的文學風貌。《三年》、《蓉蓉》、《影》、《前程》、《霧都》等就反映了各自戰區不同的文學特徵，也成為那個特

殊時代的文學略影。當然，20世紀上半葉的中國戰火還包括震動世界的中國革命戰爭，我們頭尾各選取了一部在現代文學史上影響較大的作品——《蝕》與《女兵自傳》，意在留住那個時代的一側面，也留住那個時代的文學一側影。

20世紀上半葉的中國開放進取，充滿活力，各種思想紛至遝來，長篇小說家們以西方現代思想與文學觀念為借鏡，為中國現代長篇小說的現代化注入了生機。不過，最初一段時間的借鑒往往帶有模仿、橫移的痕跡，如《八月的鄉村》，雖然也不乏《天問》那樣在西方思想的影響下有所創新者，但畢竟是少數。至於像張資平這樣的作家以改寫代替創作以博文名，如《飛絮》、《愛力圈外》等，更是文學界的敗類。這只能糊弄一時而不能糊弄一世。30年代末至40年代中後期，中國的作家則在借鑒世界文學大師豐富營養的基礎上吐故納新，創作出屬於他們自己同時也屬於中國甚至屬於世界的傑作。《死水微瀾》、《駱駝祥子》、《寒夜》、《圍城》即是其中的代表。這也是中國現代長篇小說邁向現代化征程的必然之旅。

20世紀上半葉的中國文學生態環境複雜多樣，長篇小說的傳播與接受也各顯特點。我們在這裡選取了四種類型：獎掖扶持型、官方查禁型、文藝爭鳴型、《講話》轉軌型予以透視，以使讀者對當時的傳播接受生態有初步的瞭解。我們知道，對於初出茅廬的青年作者而言，由於寫作技巧較為粗淺，藝術水準較為稚嫩，往往容易遭受歧視，他們自然渴望得到文壇名宿的慧眼相識，以邁出走向文壇的第一步甚至脫穎而出。王林、葉永蓁等就是其中的幸運兒與佼佼者，他們的長篇小說創作也因之顯出成色。查禁是歷代統治者鉗制文化的一種官方策略，國民黨也不例外。據統計，27年間，《子夜》、《綠色的穀》等約有四十部長篇小說遭到不同程度的查禁，它們對中國現代長篇小說的發展產生了重要的影響。由於被禁毀，《子夜》的刪節版到底是怎樣的，無人知曉，以至於成為現代文學界版本研究中一個懸而未決的疑案。《〈子夜〉的刪節本》一文徹底解決了這一懸案，也算是解決了茅盾研究界的一個重要問題。《駱駝祥子》與《圍城》堪稱中國現代長篇小說發展史上重要收穫，對它們的不同解讀本是正常的文學批評，但由於特殊的時代語境與文學生態環境，它們的某種有價值的視野或被遮蔽，或被噤聲，在去魅的時代當然應該還歷史以本來面目。1942年5月，毛澤東在延安召開的文藝工作代表大會上發表講話以後，延安解放區的文藝工作發生了巨大的變化，寫什麼與怎樣寫在隨後的很長一段時間內，成為黨的文藝政策的一個重要組成部分，反常的與正常的也就成為創作轉型期一種最為常見的接受樣態。《種穀記》與《腹地》

就是這一類型具有代表性的一個樣板。不過，它們留給我們的教訓也極為深刻。

現代長篇小說應該如何寫？現代長篇小說究竟有沒有統一的文體樣態？先驅者在努力嘗試著，實踐著。初期的寫作者並沒有明確的長篇小說文體意識，甚至以為一般的日記彙編成長的小說就是日記體長篇小說，有的作者以整體人物對話的方式構建長篇小說新文體，還有的作者嘗試以童話的文體續寫批判性的長篇小說等。30年代後，書信體小說蔚然成風，許多作者將書信有機地彙集在一起，穿插於一定的人物與情節，組構成一部書信體長篇小說，有的還頗有文學意味，這也在一定程度上帶動了文體實踐潮。故而有的作者嘗試以文獻體的方式補充長篇小說的文體構成，有的作者以混合體的方式即將全書分為上中下三部，第一部是散文，第二部是書簡，第三部又是日記；或分為上下兩部，上部為書信，下部為敘述文體，拓新長篇小說的文體疆域。只是，這類文體實驗的失遠大於得。那麼，這一時期文體實踐的最大亮點也是最引人注目的嘗試是什麼呢？是詩體長篇小說的實踐。典型的代表是廢名的《橋》。《橋》詩境，畫意，禪趣，交相輝映，相得益彰，開一代文風，對中國抒情小說的發展產生了深遠的影響，僅就長篇小說而言，蕭紅的《呼蘭河傳》、艾蕪的《豐饒的原野》以及孫犁的《風雲初記》等，都可以在這裡找到美麗的風景。當然，如何以詩的方式藝術地精湛地構建以敘事為主體的長篇小說，需要長篇小說家不懈的探索。

同樣，在1922-1949年間，不同組織與機構還舉辦了大量的長篇小說徵文活動，對中國現代長篇小說的復興與發展起到了不同的作用。從最初創造社的長篇小說徵文到之後的良友、文協徵文以及個人名義舉辦的「朱胡彬夏文學獎金」等，都對中國現代長篇小說的發展起到了積極的推進作用。當然，30年代後，在東北淪陷區與華北淪陷區，日偽統治者也先後舉辦了多種形式的長篇小說徵文活動，也評選出了幾部獲獎作品。但客觀地說，這些作品除個別小說外，大部分作品均是替日偽統治者塗脂抹粉之作，是典型的漢奸小說，是特定歷史階段即生即滅的藝術泡沫。不過，它們作為中國現代長篇小說發展史上的一個重要環節，也應為人們所探討，為歷史所總結。這也是我們專列「文學徵文」為一板塊的重要原因。

所有這一切，構成了中國現代長篇小說歷史長河中不可或缺的一環，也反映了中國現代長篇小說演變發展的基本史貌。也因此構想，本書選取其中有一定代表性的近八十部作品，以個案分析的形式，分「文學·時代」、「戰爭·歷史」、「借鏡·融創」、「傳播·接受」、「文體實踐」及「文學徵文」六個板塊，以圖文並茂、返歸歷史現場的方式，向

讀者介紹中國現代長篇小說在1922至1949這27年間所呈現的歷史樣態，所走過的歷史道路，所彰顯的審美意涵。在介紹過程中，筆者力求點面結合，雅俗共賞，為學界也為收藏界及廣大文學愛好者提供史的印痕，美的啟迪。

　　需要特別說明的是，具有某一特質的文學作品不獨是該板塊的這幾部作品，只是為了更好地使讀者瞭解中國現代長篇小說的發展全貌，也為了全書各章節的相對均衡，筆者將其分置於相應的板塊中了。如果讀者朋友們能從中窺一斑而知全貌，那我的努力就沒有白費。

第一輯　文學‧時代

《沖積期化石》：新文學第一部長篇小說

　　中國文學源遠流長，浩如煙海，許多作家和作品的創作已無法得知具體的年代。但是，新文學卻非如此。「第一」往往是一個確定的概念：第一部白話詩集是胡適的《嘗試集》，第一篇白話小說是陳衡哲的《一日》，而第一部白話長篇小說則是張資平的《沖積期化石》，出版時間是：1922年2月15日。

　　1918年，在日本留學的張資平有感於自己的留學生活，遂通過文學的形式將其表現出來。最初他將其定名為《他的生涯》，郭沫若認為太俗，作者便改為現名，1921年11月脫稿後寄郭沫若，郭轉交鬱達夫，鬱將其列為「創造社叢書第四種」由上海泰東圖書局初版。

　　「沖積期化石」是一個地質學名詞，原指保存於第四紀時期形成的陸相沉積物地層中的古生物遺體、遺物和它們的生活痕跡。借用張資平的自釋是：「人類死後，他們的遺骸便是沖積期的化石。」作者在扉頁題「此書為紀念而作」並以此為書名，意在借喻地質與人類社會的發展關係，既表達自己對逝去的父親的思念之情，又刻下現實生活中具有歷史文物性質的人與事的印跡。因此，這是一部帶有很強的自傳色彩的長篇創作。小說以「我」和韋鶴鳴這兩個孩提時一起在私塾蒙學、少時同受新式教育、青年時同去日本留學的年輕朋友的成長經歷為線索，描寫了留學生鶴鳴在故國和異鄉所遭受的冷遇、歧視（愛日本女子如嫣不可得），以及中日青年在學習生活中所建立的雖短暫卻真誠的友誼，批判了辛亥革命前後中國社會裡特別是瀰漫在教育界、政治界和家庭婚姻制度中的種種腐敗行為，諷刺了外國宗教勢力及其依附者的虛偽本質，又表現了日本社會種種不平和吞噬生命的醜惡現象。

　　作品刊行後，冀野很快就在1922年3月27日《時事新報・學燈》上發表《讀〈沖積期化石〉之後》一文，雖然沒有說出什麼所以然來，但這是新文學公開發表的第一篇長篇小說評論。朱自清、茅盾、成仿吾等均從技術的層面指出小說的不足，如朱自清在同年3月26日致俞平伯的信中說：「《沖積期化石》結構散漫，敘次亦無深強的印象，似不足稱佳作。」茅盾以「損」為筆名在上海《時事新報・文學旬刊》第37期發表《〈創造〉給我的印象》一文，認為：「今年春看《沖積期化石》，覺得反差些，那中間原有幾段極能動人，但是那回憶太長，結構上似乎嫌散漫些，頗有人看得嫌膩煩。」成仿吾在1927年8月25日《創造季刊》第1卷第3期致郭沫

若的《通信》中也認為：「這篇小說，Composition上有大毛病，首尾的顧應，因為中間的補敘太長，力量不足。並且尾部的悲哀情調，勉強得很。作者的議論也過多，內容也散漫得很。」的確，從小說形式的層面上講，《沖積期化石》結構零亂，人物性格亦不鮮明，議論頗多且遊離主旨，難怪沈從文多年後仍認為，《沖積期化石》頭緒極亂，若不是一些感傷情緒的描寫，因體驗深刻而寫得真實可信，似乎無所可取了。

其實不然。

首先，小說的選材與描寫視域極富新意。作者以留學生為主人公，在較為廣闊的背景下展示與比較中日兩國及兩國青年或同或異的社會現狀、生活境遇、人物命運，拓寬了新文學長篇小說的表現域。其次，小說的敘述支點具有劃時代意義。表面看，張資平通過回憶主人公鶴鳴求學時期的種種往事，諷刺了社會的不平，抒發了對親人的深厚感情，但其根本在於以「人的生活為是」，以「人道人義為本，對於人生諸問題，加以記錄研究」的「人的文學」這一新文學的革命主張，首次在長篇小說創作領域得到了真切的落實。雖然作者的人道主義思想尚淺，但以普通的文體，記普遍的思想與事實，以真摯的文體，記真摯的思想與事實的「平民文學」觀，即直面人生的勇氣和服務現實的「為人生」的「五四」精神，卻實實在在地流貫其中。再次，小說的敘述手法具有現代特徵。《沖積期化石》用倒敘、預敘、插敘、補敘等多種藝術手法表現主題，儘管不很熟練甚至有枝蔓之嫌，但它畢竟使小說在敘述結構上與傳統小說發生了根本性的改變。

因此，《沖積期化石》雖然在思想藝術上尚顯稚嫩，但作為新文學第一部長篇小說，其開拓之績功不可沒。而後人談及中國現代長篇小說的創作時，張資平和他的《沖積期化石》都將是一個定被提及的名字。

附：新文學長篇小說的第一篇評論

新文學第一部長篇小說是張資平出版於1922年2月15日的《沖積期化石》已為人所共知，但新文學第一篇長篇小說評論是誰寫的，題目是什麼，何時發表於何處？恐怕許多人並不清楚。筆者近來在整理中國現代長篇小說研究史料時發現，冀野發表在1922年3月27日《時事新報・學燈》上的《讀〈沖積期化石〉之後》一文，是新文學公開發表的第一篇長篇小說評論。該文為作者看到《沖積期化石》篇末有張資平徵求批評文字的渴望後，寫下的一篇簡短的小文。儘管全文沒有說出什麼所以然來，甚至可以用浮淺來形容，但它卻是第一篇公開發表的評論《沖積期化石》的文章，因而也是中國現代長篇小說接受的第一篇文章。全文如下：

　　　　在南京要讀最新出版的書籍是一件狠（很）不容易底事，因為此間的書鋪，只知趕快販賣些禮拜六半月消閑月刊，……一流的小說書，若是要讀什麼《女神》、《沉淪》一類的書，除非等報紙上的廣告登了幾星期之後。最近出版的《沖積期化石》，當然也逃不了這個例子。他是2月15日出版，我到今天才看見。我現在將我看了這書的感想拉雜寫之如下。

　　　　張資平君的作品，我在九年十一月就在《學藝》上讀過了。那篇《約檀河之水》我覺得同這長篇小說《沖積期化石》狠（很）有關係。那篇裡的「韋先生」或者就是這本書裡的「韋鶴鳴」。據我草草讀過一遍的經驗看來，兩篇主人翁同是這姓「韋」的。張君在書前說「為紀念而作」，那末張君之描寫自己，是已標明的了。至於「韋鶴鳴」是否就是他自己，據我看如此。此外還有這兩篇共同的語句，如「以後沒有再寫『父親大人膝下……』的資格了。」由這點還可以證明一件事：《沖積期化石》前面的詩裡有一句「你死了三年餘……」此書作於今年，那麼三年前就是民國九年了。《約檀河之水》作於九年。那時大約他的父親剛死沒多時。兩篇之同為紀念而作又是一樣了。

　　　　若談到這本書，我覺得談宗教和社會的幾段最有精采。不過全書的科學氣味總覺得太濃厚了。到處就用化學或地質學……作比例，這一層我以為是全書的一小缺點。在結構上我以為尋第二次機會解決未完的事實，決非是一件令人滿意的事，譬如「陳女士」一段，後來一點照應沒有，只在篇後附告殊令人失望。本來長篇小說

在中國還是創舉，若求完善狠（很）不容易，但是開長篇小說之先聲，張君的功勞不可埋沒哩！至於書裡所描寫戀愛的幾段，讀了與《沉淪》受的同一印象，我可說是留日學生生活的寫真斷片。作者在篇後徵求批評，我這篇只是拉雜話，毫無批評的意味，自己很抱愧的。但是作批評該書的引導，那我是不辭的。

冀野即盧冀野（1905－1951），此時正就讀於東南大學國文系。作為一個文學青年，他在南京成立玫瑰社，並同創造社保持密切的聯繫，也曾將他們主辦的刊物《心潮》寄於創造社，他本人也在不久即成為創造社的一員。盧冀野雖然之後以曲學名世，但早年卻也對小說、詩歌創作等頗感興趣，其小說集《三弦》（1928）及詩選編《時代新聲》（1929）就先後由泰東書局出版。盧先生著述頗豐，也多刊行於世，不過，這篇小文卻未見於盧先生的各類文集中。不知筆者的這一發現能否為其文集作一補充？

新文學第二部長篇小說：王統照的《一葉》

　　王統照的《一葉》是新文學第二部長篇小說，由上海商務印書館於1922年10月刊行。全書分上下篇。上篇描寫主人公李天根由於父親早亡，母親嘉芷撫養四個孩子長大。由於和伍秀才的女兒伍慧一起玩樂，逐漸產生了朦朧的感情，但伍秀才將伍慧另許人家，伍慧憂傷而逝，天根也抱恨不已。幾年後在省城讀書的天根認識了外國語學校教師張柏如，二人很快成為知己。不久，因生病住院期間結識了醫校女學生芸涵，為芸涵父母雙亡自己又遭受侮辱的不幸身世所感動。下篇寫張柏如突然遭人誣陷而被捕入獄，經多方保釋得以出獄後憤然出國，而芸涵也因避稅務局長所擾隨醫院院長遠赴德國。社會的黑暗，人生的不幸，使天根憂鬱寡歡，原本信奉「愛」為人間最大的補劑的他，陷入悲觀主義與命定論之中，也不禁產生《詩序》中所發出的惆悵與感傷：「為何人生之弦音上，卻鳴出不和諧的調子？為何生命是永久地如一葉地飄墮地上？為何悲哀是永久而且接連著結在我的心底？」

　　與《沖積期化石》一樣，《一葉》也是一部帶有自傳色彩的長篇小說，所不同的是，前者從域外文化的視野傳遞出知識青年遭受不平所產生的時代苦悶病，後者從傳統文化的視角傳遞出「五四」前後部分知識青年對現實世界與人生問題的思辨與訴求。因而，《一葉》側重揭示的是封建勢力吃人的本質，軍閥混戰給黎民百姓造成的巨大痛苦，以及封建時代向現代社會轉變過程中，固有的人性惡習的氾濫與缺乏現代制約機制所產生的惡果；探索的是現代社會人的價值追求及其實現在滯後的現實與超前的理想間的矛盾與困惑。這種為人生的藝術實踐，這種「『哲學的』象徵的抒情」，這種直面現實拷問人的終極關懷的現代意識，在新文學初始的長篇探索中尤其顯得難能可貴。雖然，在殘酷的現實面前，作者試圖以「愛」與「美」的理想拯救現實顯得幼稚而無力，主人公生命哲學的破滅令人傷懷悲憤，但作品所顯示的現實主義精神卻預示出作家新的轉向和新的起點。也正因此，茅盾在《中國新文學大系小說一集‧導言》中將《一葉》歸為「從這理想的詩的境界走到《山雨》那樣的現實人生的認識中」的一條必經之段，是有眼光的。誠然，作為新文學草創期的長篇新作，不免帶有古典小說向現代小說轉型的痕跡，如以《詩序》開篇並以之暗示主題，頗有古小說的遺風。其不足之處也在所難免。例如，人物形象不突出，結構不嚴謹，作者將天根家庭的變故及其內心感情的起伏相互交織構

作為全書的主線，同時以柏如、慧姐、芸涵、漁夫的遭遇為四個板塊相穿插，人為痕跡明顯。不過，成仿吾在1927年上海創造社出版部刊行的《使命》（第三輯）《〈一葉〉的評論》一文中說：「《一葉》成功的地方，在能利用那四個插話，表出在運命掌中輾轉的人類之無可奈何的悲哀，使誰看了，也要感到一種不知從何而來的悲哀的醺醉。它所以成功的原因，固由於那四個插話的哀婉，然而作者能到處維持那種美麗的情緒，確是一個重大的原因。」我以為，於營造悲傷氛圍而言，或可如是，於謀篇佈局而言，尚有待於再推敲。此外，在敘述上，語言生硬，加之作者不合時機的出場與議論，造成了敘述視角的混亂，也影響了文學規定情景的生成。不過，就其歷史使命而言，它已經完成了。

革命浪漫主義文學的濫觴之作：
張聞天的《旅途》

「五四」時期，書寫中國留學生在異國他鄉渴望真摯的愛情而不得卻飽受性的苦悶與愛的歧視的小說，以鬱達夫的《沉淪》最為著名。主人公自殺前悲憤的呼喊振聾發聵。的確，由於「弱國子民」的身份與文化差異等原因，備受歧視的學子們無不對此深感其痛，流露於筆端的自然多是沮喪與悲歡之情。那麼，有沒有反其道而行之，以自傲自得的心境書寫中國青年贏得異國女子的芳心進而預演一場「愛情＋革命」的現代劇呢？有，張聞天的長篇小說《旅途》就是這樣一部構思別致且充滿著精神自居感的愛情與革命的浪漫暢想曲。

《旅途》初刊於1924年《小說月報》第15卷第5－7號、9－12號，1925年12月由上海商務印書館作為文學研究會叢書出版。這是早期革命家張聞天唯一的一部帶有自傳性質的長篇小說，小說出版不久，這位更重視實際工作的革命者就投身於革命運動了。

全書分上中下三部。上部寫在天津某工程局工作的青年工程師王鈞凱應聘於美國亞羅鎮工程局，臨行前因寒熱病而不得不推遲行程。在朋友默君的熱心幫助下，他來到了鄉下默君家裡休養，在養病期間與默君的妹妹蘊青產生了感情，但因他們的家庭各自都給他們包辦了婚姻，遂中斷了這段情緣。中部寫王鈞凱來到美國後，得到了熱情好客、關注中美關係的美國同事克拉先生一家的善待。克拉先生的年輕貌美的女兒克拉小姐（安娜）對他一見鍾情，而鈞凱卻被加利福尼亞大學法蘭西文學科的瑪格萊沉靜中閃耀熱情的氣質所吸引。瑪格萊告訴鈞凱，她本來愛上一個貧窮的小說家，但父母卻讓她嫁給一個有錢人，她只有逃出家庭以尋求自己的愛情。在瑪格萊身上，鈞凱看到他所需要的那種反抗的力，那種「對於革命的共同的熱忱，對於相互的過去的共同的憐憫，對於未來的共同的奮鬥，把他們倆——鈞凱與瑪格萊——的運命連縛在一起了」。他決定回國革命。安娜不堪失戀的痛苦而投湖自殺。不料，瑪格萊臨行前突患重病去世，王鈞凱只好獨自回國。下部寫王鈞凱化悲痛為力量，加入大中華獨立黨，作為其中的一員主將積極組織武裝反抗舊制度的革命鬥爭，不幸在一次戰鬥中英勇獻身。

由此可見，在作品中，張聞天將中國留學生王鈞凱塑造成克拉小姐和瑪格萊小姐競相追逐的對象，而當克拉小姐失敗後做出的選擇竟然是投湖

自殺。那麼，當時的實際情況又是怎樣的呢？據記載，張聞天於1922年8月乘中國郵船公司的「南京號」郵船赴美留學，1924年1月乘美國「林肯號」郵船返回上海，在美期間共一年四個月。由於是自費留學，他在美的生活很拮据，也很不如意，常常感到孤獨和苦悶，心情也壞到了極點。他在1922年11月11日給鬱達夫的信中訴說了他的傷心感受：「我現在除了做工半天之外，坐在圖書館裡情願永遠不出！因為我覺得只有那裡的空氣比較溫暖，比較令人麻醉，一出了那門，我就顫抖，我又覺得我又走到人生的末路了！這真是末路，因為這是走不通的路！」他將冬天的落葉看作是自己的象徵，將他所處的環境比作撒哈拉沙漠，甚至想以自殺來消滅這一切煩惱。1923年1月6日他又給友人汪馥泉寫信說：「我恐怕在美國是永遠孤獨的人。女子方面更不可得。總之，都看不慣！外國女子，我底同學，好的不少，但是我是黃人，支那人，我沒有資格去巴結他（所以外國女子也是不好的）！」收到信後的汪馥泉深有感觸，他專門附信給《民國日報》的記者說：「記者，最近，聞天由美國寄來了一封信，字數很少；但是所講的是太廣大；所以我只能用『一封信』三個字來作標題。對於這封信，我最先感到的，是『熱情者底心情』；在我看來，這種心情在渴望『高尚的生命』的人們中是極其普遍的，——而又一般人所不容易說出來的。因此，我想求記者犧牲一點《覺悟》底地位，把這封信登載出來。」很快，《民國日報‧覺悟》以《由美國寄來的一封信》為題，連汪馥泉的信一起於1923年2月20日將其刊出。可以說，美國之旅留給張聞天的並不是一段美好的回憶，至於說獲得美國女子的青睞更是浪漫的幻想。這一點，在梁實秋回憶1924夏他從美國科羅拉多溫泉（簡稱珂泉）大學畢業時舉行的畢業典禮中也可以想見。他說：「珂泉大學行畢業禮時，照例是畢業生一男一女的排成一雙一雙的縱隊走向講臺領取畢業文憑，這一年我們中國學生畢業的有六個，美國女生沒有一個願意和我們成雙作對的排在一起，結果是學校當局苦心安排讓我們六個黑髮黑眼黃臉的中國人自行排成三對走在行列的前端。」生活的窘迫和環境的壓抑使張聞天在美國僅待了一年四個月就急切地回國。回國後一個月他就迫不及待地動筆，5月6日便草就了他的長篇小說《旅途》，以浪漫的暢想顛覆了留學生題材中的「弱國子民」形象，完成了心理歷史化的審美書寫。

為了使愛情與革命的浪漫暢想曲顯得合情合理，張聞天在藝術上採取了三種敘述策略：一、以自居的精神氣度凸顯主人公王鈞凱人格精神的獨立品格，贏得愛情的自主權；二、以共同的叛逆性格與理想的革命訴求彰顯雙方內在的情感動因，以精神的共鳴昇華愛情的崇高感；三、在環境表現上，以自負的心態化歷史事實為心理事實，同構愛情與革命的精神動

力。通過這一系列敘述策略，張聞天成功地塑造了一位「弱國強民」的青年形象，也將一個國際版的郎才女貌的浪漫愛情，昇華為一曲傳奇而又崇高的為民族為國家爭取自由獨立的革命故事。

　　但是，藝術畢竟是生活的反映，儘管作家以浪漫主義的情調書寫了文學表現革命與愛情的新圖式，但現實與理想的巨大反差，迫使他只能以安娜的殉情和瑪格萊的病逝來中斷這段充滿烏托邦色彩的愛情悲歌。可以設想：如果讓她們中間的任何一位活下來與鈞凱成婚，或與鈞凱一起東渡中國參加革命，既於史無徵，又於實無影，這對於文學研究會成員之一的張聞天來說，實在是一個棘手的難題，無論如何，理想畢竟建立在現實的基礎上，只有中止她們兩人的生命才能使革命的主題得以延續。從作家的經歷看，這也恰能一統革命家獻身革命的偉大實踐，但從創作的角度而言，這是藝術的敗筆，也是作家無可奈何的藝術選擇。不過，如果我們將這一問題放在新文學的發展史上看，《旅途》所充滿的強烈的精神自居感的理想主義品格，是「五四」新文學反帝反封建的浪漫主義精髓的承續，作家所書寫的愛情與革命的浪漫暢想，不僅開啟了革命浪漫主義文學的先河，也創造了革命文學的新範式，為後來的革命文學創作提供了可資借鑒的藍本，雖然作家在歷史心理化的書寫策略中呈現出過於個人化的傾向，也顯露出人物與結構的破綻，但作為新文學史上的第一部革命浪漫主義長篇小說而言，這不僅是無可避免的，也是可以理解的。

張資平的代表作《苔莉》

　　《苔莉》是張資平繼《沖積期化石》和《飛絮》後創作的第三部長篇小說，可以說是張資平小說創作的代表作。據筆者目前所知，《苔莉》1927年3月1日上海創造社出版部初版，3000冊；1927年6月上海光華書局初版，至1934年10月已印行十三版，計23500冊。另有1936年6月上海大光書局八版，印數不詳。其風行程度可見一斑。

　　小說主要寫女學生苔莉一心想尋找真正的專一的愛情，與商人國淳自由戀愛後結婚，但結婚後發現自己只是做第三姨太太，痛苦不堪。婚後長期的分居和國淳的墮落，使苔莉倍感婚姻的不幸。T市商科大學生也是她表弟的謝克歐對此非常同情，兩人在接觸中產生了情感，而克歐更對苔莉的肉身充滿著欲望。於是，兩人很快同居並沉湎於肉欲中。不久，克歐大學畢業，他也想借家裡另訂的婚事擺脫苔莉，但由於兩人無節制的性生活，身患癆疾，而國淳也知道了他們兩人的事，克歐與苔莉覺得難以面對現實，相約出走，一周後在開往南洋的船上跳入大海，雙雙殉情。小說的故事情節極為簡單，但心理刻畫極為成功。作家以隱藏於克歐和苔莉內心的心理奧秘為主線，突出兩人不同時空不同場合的內心波瀾，把他們在愛欲裏挾之下沉湎無忌又患得患失的心理流程寫的惟妙惟肖，以至於他自己都認為「可超過《飛絮》的」。小說起筆寫克歐來看苔莉時的遲疑心態，接著敘述認識她的經過和思念她的緣由。理性告誡他要與表兄嫂以禮相待，內心卻使他禁不住欲望的衝動一步步滑向超規越禮的邊緣。小說寫活了克歐在苔莉不幸的婚姻面前進退兩難，跋前躓後，踟躕不決，動搖不定的躊躇心理，也寫到了主人公所強調的婚姻的雙重和諧，即：基本的物質條件與必要的精神交流使婚姻賴以維持；忠貞的愛情觀與夫妻和諧的生活內容使雙方尤其是婦女感到身心的愉悅與滿足。如果愛情的結果使其處於失衡狀態，那麼這種痛苦的愛情就沒有維繫的必要。這合理的具有現代內核的婚姻觀念無疑具有時代的進步意義。張資平朦朧地感到了這一點，賦予克歐愛的膽識和勇氣，尋求他與苔莉的精神溝通點。令人惋惜的是張資平很快就沉醉於肉欲的佔有與滿足上，這就使小說圍繞克歐的功利主義思想所寫的「本我」與「自我」的潛意識衝突，舉棋不定、瞻前顧後、自我斥責、自我懺悔的心理行為及苦悶、悵惘、激動、快意、懊惱、悔恨等心理狀態，背離了五四反封建的時代精神而淪為小市民庸俗層面上低級趣味的描寫，其審美意義也大打折扣。不過，鄭學稼卻認為：「《苔莉》是

張氏一串作品中，最好的小說，當娜拉走出丈夫家門徘徊於歧路時，《苔莉》為他指示一條出路。那就是戀愛的享受。同時，受舊社會教律長久壓迫的青年男女，也在《苔莉》中得到不少享受的暗示。」這一接受心理雖然有些舍本求末，但也顯出了幾分時代的成色。

《最後的幸福》：張資平小說的滑坡信號

　　幾經煩勞，我終於從友人處得到了張資平的長篇小說《最後的幸福》第五版的版權頁。從這張版權頁上可以清楚地看到《最後的幸福》的行銷情況：1927年7月1日，初版，1－3000冊；1927年9月1日，二版，3001－5000冊；1928年3月1日，三版，5001－7000冊；1928年7月20日，四版，7001－8000冊；1928年11月15日，五版，8001－9500冊。這一印數對於正處於熱銷的張資平而言並不算多，也客觀地反映了「張資平熱」的出版「盛況」，但這已是他的夕陽晚照了。

　　受過新式教育的中學生魏美瑛因尋求理想的丈夫而耽誤了婚期，她的表兄凌士雄喪妻後向她求婚，她明知凌士雄體弱多病且吸食鴉片，但因貪其南洋雄厚的家產還是嫁給了他。婚後在感情與生理上都得不到滿足，精神十分空虛。美瑛不甘如此犧牲自己充滿活力的青春，在與妹夫黃廣勳重逢後，又萌發舊情。但黃廣勳並非對她有意，只是尋求一時的滿足而已，這讓她同樣感到失望。隨後在去南洋的途中又與昔日情人松卿邂逅相遇，而不久凌士雄又病死，魏美瑛便與松卿結婚。由於松卿長期在外經商，生活隨便，早已染上梅毒，自然也傳染給了魏美瑛。這時，同村的農民阿根來到松卿家做汽車夫，看到阿根美瑛才意識到，真正對她好的只有這位初戀的情人。在染上梅毒病危時，她寫信讓三人來見最後一面。阿根打死松卿後趕來，魏美瑛寬恕了黃廣勳，托他將她的遺骸帶回故鄉，在與阿根做最後的吻別後死在阿根的懷中。

　　與《飛絮》與《苔莉》一樣，這又是一個尋求真愛而不可得的愛情故事，一個欲望張揚、靈肉錯位的性愛展示，一個三角戀愛的情場悲歌，雖然描寫細膩生動，結構均稱嚴謹，人物形象也清晰可感，作者將美瑛這一從封建思想裡解放出來的女性的性的煩悶，以及生理心理雙方面發展的過程也描寫得惟妙惟肖，但我們只要稍加比較就可以看到，無論是《飛絮》、《苔莉》還是《最後的幸福》，女主人多是婚後性生活得不到滿足，男人則是能在此方面填補她的空虛；女主人公多是性感早熟，富有曲線美，男人則是身健體魄，富有剛性美；於是吸引，於是同居，於是享受，於是染病，於是殉情。這種以展示人的動物屬性、生理本能為主旨的自然主義書寫，這種赤裸裸的標榜以追求「性福」為終極目的欲望展現，這種直白的宣稱不受任何道德束縛的人性宣言，固然在衝決封建禁錮的思想潮流中起著橫掃舊樊籬的先鋒作用，但基點的低下以及自然主義原欲的

展示，又使其先鋒意義大為退化。可以說，張資平在迅速走向他創作的頂點的同時已經開始顯出他創作的模式化和敘述的低俗化了。也正因此，《最後的幸福》帶給讀者的不是審美的愉悅而是審美的疲勞，不是藝術攀登的新高而是藝術滑坡的信號。

孫夢雷和他的《英蘭的一生》

在新文學史上，孫夢雷的名字對於大多數人而言是一個陌生的存在。這位早在1927年9月就創作出版了優秀長篇小說《英蘭的一生》的年輕人，幾十年來一直湮沒無聞。《英蘭的一生》在1930年10月由開明書店印過第三版後再未刊行，直到1993年12月才被上海書店作為中國現代文學史參考資料以文學研究會作品專輯的形式影印出版。但是，孫夢雷生平及其創作依舊不為人知。在1949年後直至今日出版的大大小小的幾十種現代文學工具書中，沒有一部出現孫夢雷的名字，更不用說對其創作予以評介了。這顯然是不應該的。

孫夢雷，江蘇無錫人，1904年9月5日生，1921年7月首次在《小說月報》上發表小小說《快樂之神》和《死後二十日》，表達了作者對生與死的思考。這兩篇小說雖然是作者的練筆之作，文筆也十分稚嫩，但卻是作者叩開文學之門的敲石之作。之後，他接連在《小說月報》、《東方雜誌》、《文學週報》等報刊上發表了《風雨之下》、《畢業後》、《磨坊主人》、《學藝》、《麥收》、《柳絮》、《憎懂》、《啞巴的一個夢》、《微波》等短篇小說，初步顯示了他的文學才華（可惜作者未能將它們結集出版）。這些作品或揭示戰爭給人民帶來的災難，或抨擊黑暗社會的醜惡現象，或控訴農村青年婦女不幸的生活遭際，或表達底層工人嚮往幸福生活的美好理想，在為「五四」新文學提供新的亮點的同時，也初步形成了他以底層人民的淒涼生活遭遇特別是廣大婦女的悲慘命運為切入點、以營建悲劇氛圍為藝術個性的現實主義審美原則。他還是文學研究會的成員，上海書店1993年12月影印的這本《英蘭的一生》就是作為「文學研究會作品專輯」發行的。1922年，孫夢雷加入中國共產黨，之後回家鄉無錫工作。1927年3月21日任創刊的無錫《民國日報》經理（該報於1927年4月12日停刊），隨後又任震華電廠無錫辦事處電力營業部主任等職，在組織工人支援1927年11月9日的秋收起義行動中，起到了積極的作用。之後，不知何故，未見他再發表過什麼作品。回無錫後，他住在無錫光復門內，每天上上班，抽抽煙（非鴉片），打打牌，也常去中南大戲院看看戲，生活很安適，有人問他：「孫先生近來為什麼不常發表大作？」「唔！我嗎？還好，還好⋯⋯」他笑而不答。1937年4月5日，孫夢雷因病去世，年僅三十三歲。

《英蘭的一生》是孫夢雷將農村生活與工廠體驗融為一體的一部力

作。關於它的創作，孫夢雷曾在序中專門做了交代。他說：「去年（指
1925年）我從北邊回到故鄉，在鄉間住了不到三個月，就感到像英蘭這般
的女子，層出不窮地只和我的耳目接觸。因此，我就下了一個決心，要
將這個故事寫出來」，要「很誠實地說我自己所要說的話」。1926年4月
21日，《英蘭的一生》殺青。這是一個淒涼的悲劇故事。英蘭出生時家裡
已有三個姐姐，這令重男輕女的父親非常不悅甚至想將她送到育嬰堂去。
因此，英蘭的童年一直生活在恐懼與歧視中。十二歲，她就被迫去胡家做
丫頭。在這裡，她受盡打罵，是典型的出氣筒、受氣包，未了還被胡太太
冤作偷戒指的小偷趕了出來。隨後家裡又將她送到呂家去做童養媳，當小
媳婦同樣是受盡虐待。不堪屈辱的她跳出呂家，經介紹到張先生家去幫
傭。張家與她平等相處，使她非常滿足。這也是她短暫的快樂時光。好景
不長，因張先生去天津工作，她只好另到楊家幫工。豈料，得知她逃到楊
家幫工的婆家人埋伏在門口，在她出門購物時將她搶回並蓄謀將她賣到妓
院。不甘淪落的她不顧一切地星夜逃出，到城裡棉紡廠做工。不久，她與
富家子弟大方相識並同居。大方母親得知兩人的關係後堅決反對，大方難
違母意，最終決意拋棄英蘭。英蘭萬念俱灰，悲憤之下吃火柴頭自殺未
遂，被救後變瘋。

　　作家以英蘭從幼年到青年這一最美好的時光卻不斷承受痛苦與悲哀的
辛酸經歷為線索，通過對英蘭淒涼而不幸的一生的描寫，暴露了封建禮
教吃人的本質，鞭撻了不斷吞噬廣大勞動婦女美好理想的黑暗社會，在肯
定她反抗精神的同時，也歎惋她們自身的弱點與不足，情真意切，感人至
深。全書傾注著作者對廣大底層勞動婦女的深刻同情，寄寓著她們嚮往美
好生活的無限熱望，它不僅是孫夢雷的代表作，也是他實踐「為人生」的
藝術主張的優秀作品。小說問世後不久，錢杏邨即以《英蘭的一生》為題
在1928年1月1日出版的《太陽月刊》創刊號上對該作給予了充分的肯定。
不過，他又認為小說「在具體所表現的意義方面是失敗了」，甚至斷言這
部小說「不足以代表時代」，這一說法有失公允。客觀地說，《英蘭的一
生》結構完整，描寫細膩，寓意深刻，特別是英蘭的形象栩栩如生，堪稱
那個時代無數農村青年婦女不幸命運的典型，將其視為新文學1922－1927
年間長篇小說的時代性標誌與重要收穫，毫不為過。小說1927年9月出版
後，銷行不錯，1929年3月再版，1930年10月三版。而1928年9月10日出版
的《開明》第1卷第3號還曾為之寫下這樣的廣告詞：「這部小說寫一個可
憐女子英蘭的一生。她受盡了社會的虐待，做過僕婢，做過女工，做過
賣笑生涯。終於為人所棄，尋死不得變成了瘋婆子。悲哀淒惻，極為動
人。」簡練平實，只可惜沒有引起文壇足夠的重視，而作家後來興致轉向

不再創作，加之英年早逝，幾近淹沒無聞了。

　　這真是一個歷史的遺憾！

英蘭的一生

《老張的哲學》：寂寞之餘的收穫

　　談及魯迅，「看客事件」導致他棄醫從文的故事人所皆知。那麼老舍是否也有一個什麼樣的「事件」導致他「棄×從文」呢？沒有。老舍的文學夢完全緣於他閒暇之餘的排遣，緣於他教學之餘的信筆塗鴉。他的長篇小說處女作《老張的哲學》就是寂寞之餘的收穫。只是這一「收」便不可收，最終使他站在了20世紀中國文學的頂峰。

　　1924夏，老舍得到燕京大學英籍教授艾溫士的推薦，來到英國倫敦大學東方學院任華語講師。半年新鮮勁過去後，他感到寂寞與無聊。於是，通過文字回憶自己「想家」的感受就成為老舍日常打發閒暇的主要方式。在他斷斷續續地寫了一年多後的一天，許地山來到倫敦，兩人談得沒什麼話題了，老舍想起自己才寫完不久的《老張的哲學》，就給他念了兩段。許地山聽了沒說什麼只是笑，後來就說，寄到國內去吧。老舍想了想，試試吧，反正已經寫出來了。他將稿子胡亂一卷，也沒掛號，就馬馬虎虎地寄給了鄭振鐸。鄭振鐸接到後非常高興，馬上在6月10日的《小說月報》17卷第6期的《最後一頁》中予以介紹：「《老張的哲學》是一部長篇小說，那樣的諷刺的情調，是我們的作家們所尚未彈奏過的」。1926年7月10日，《小說月報》第17卷第7號開始刊載《老張的哲學》，署名舒慶春，自第8號起，一律改署名老舍，至12月10日第12號刊完。小說發表後，「老舍」這個名字開始為人們所記知。

　　這是老舍的第一部長篇小說。作品中所描寫的「錢本位而三位一體」的老張活靈活現。老張辦學堂是為了敲詐錢；開雜貨店私下裡卻經營鴉片；與南飛生等人勾心鬥角也是為了爭奪北郊自治會的理財權；逼迫債戶龍樹古將女兒賣給土財主孫八作妾，破壞王德與李靜、李應與龍鳳的愛情也都為了錢。而這樣一個惡棍式人物卻爬上了某省教育廳長的位置，青年男女卻厄運連連，真是莫大的諷刺。小說借此諷喻了老張醜惡的靈魂和唯利是圖的人生哲學，批判了社會的昏暗與腐敗，其輕鬆幽默的筆調令當時的文壇耳目一新，也成為老舍小說的重要印記。不過，就技術層面而言，小說結構散漫，材料堆積而欠剪裁，雖不乏幽默但失之誇張而欠節制，有些地方近似鬧劇也無需諱言。

　　關於《老張的哲學》的初版時間，至今仍是學界的一個懸案，這就是：《老張的哲學》初版於1928年1月還是1928年4月。目前絕大多數學者認為是1月初版，朱金順先生認為應該是4月初版，後來人們普遍看到的1

月初版是印刷錯誤造成的以訛傳訛。但因為1月初版本一直未見實物，朱先生的猜測也只是一種假說。書友們若能看到1月的初版本，那可解決了老舍研究界的一個懸案，可謂功莫大焉！

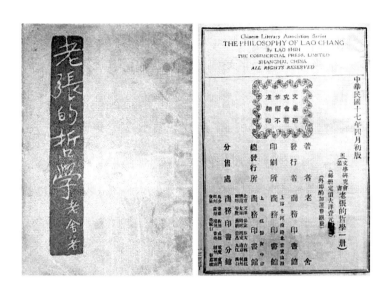

一部不該忽略的長篇小說：
談黃心真的《罪惡》

　　我有一本黃心真的長篇小說《罪惡》，是毛邊本，而且作者親自蓋章的書票依然存留在版權頁上，這讓我非常高興，因為，這是一部在內容與裝幀上都別具特色的作品，當然，也是一部不該忽略的長篇小說。

　　作品寫二十歲的阿進被地主賣到S埠女鋼琴師家當僕人。在發現富翁與女主人幽會後學會了嫖妓並有了對女主人蠢蠢欲動之心。一天，他發現女主人的外甥俊明見色起心進而奸殺舅母，而他又中了俊明的圈套對女主人進行了奸屍，非常憤怒。可當他看到俊明燒毀現場之前還趁最後的機會淫心再起時，一怒而起，從背後掐死了俊明。隨後，他將俊明抱進隔壁的房間，製造了情殺的假像。但是，當他重新面對女主人半裸的身體時，卻欲火中燒。第二天，學生麗容首先發現女主人死去，員警也很快來到現場。做賊心虛的阿進從警察署被問訊出來後連忙出逃。途中，阿進疑神疑鬼，草木皆兵。先後掐死另一穿洋服的路人與麗容。之後，他加入市里搶米的人潮中，結果被穿黑色制服的人刺死。

　　由此可知，這是一部表現人性之醜惡的長篇小說，人性之惡的揭示入木三分，特別是阿進由嫉妒到殺俊明，由多疑而殺麗容與穿洋服者，以及見色起心，獸性大發甚至演變為變態狂、殺人魔王的性格描寫，真實，細膩，讀來不寒而慄。阿進犯案後逃跑途中的做賊心虛、猜忌多疑、兇狠殘暴的心理描寫，活靈活現。它所揭示的令人髮指的人性之惡，讓人不禁毛骨悚然。可以說，《罪惡》是新文學史上少有的具有一定深度的揭示人性之惡的長篇小說，以往為人們所忽略實在遺憾。當然，小說的結尾不近情理，阿進死於搶米風潮與全書情節結構不合。阿進的一些語言過於理性，一些思想過於複雜，不像一個文盲的思想和話語，特別是結尾處阿進的呼喊顯然有違身份。更令人可惜的是，作者意識到人性之毒與變態心理之險惡，不惜大膽細緻地揭示出來並鞭撻其罪惡，但由於作者缺乏現代法理觀念，反而給作品硬披上「階級」的外衣，讓阿進死於為同階級爭取溫飽的刀下，實在不倫不類，既影響了作品的藝術深度，也使作品失去了原有的批判力度。

　　該書最值得稱道的是在裝幀方面。為了很好地詮釋僕人阿進見色起心、嫉妒、多疑而濫殺多人這樣一個十足的變態狂和殺人魔王的戀態性格，設計者以一個愁苦的人臉像作為主要元素，同時從他的雙眼角勾出兩

條吐著蛇信的毒蛇，盤桓在他的頭頂，象徵著他目光如蛇，心毒手辣。毛筆寫就的兩個字「罪惡」一右一左地排列臉邊，其中「惡」上邊的「亞」字為空心，下面的「心」與「罪」字完全墨寫，暗示阿進的罪惡是「心惡」，是「罪」，其最初的本質決非惡人。整個封面配之以淺灰色的底色，更襯托出恐怖猙獰的氣氛，阿進的人性之惡與作品的主題以及作家的意圖也由之揭示得形象生動，入木三分。上世紀20年代，通過漢字的組構表達設計者的理念，通過畫面的象徵與暗示，揭示出文本的題旨及其深刻性與豐富性，是這一時期最典型的藝術設計。《罪惡》即為這類設計的代表之作。

　　《罪惡》僅1928年6月初版印了2000冊後未再版，作者黃心真的生平也鮮為人知，這又讓我感到美中不足了。

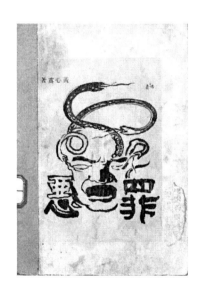

一個畸形的有違倫理的戀情故事：
洪靈菲的《轉變》

上世紀20年代，一些革命者之所以投身革命固然是因為不滿於那個黑暗的時代，但還有一個看上去似乎不那麼「高尚」但卻是一個重要的動機，那就是：為愛而革命。他們因愛情得不到自由，於是就在革命中尋求愛的自由，他們認為革命的目的就是為了愛情得到自由，而革命時的愛情既然是自由的愛情，必然與革命同一步調。於是，他們投身革命，為愛的自由而革命。這一動因表現在文學上就是20年代盛行一時的「革命加戀愛」創作思潮，他們在實踐中尋求他們的理想，在創作中實踐他們的夢想。洪靈菲（1902－1934）就是因愛而投身革命的重要作家之一，他的《轉變》就是他這一情形的真實寫照。

小說主要寫C縣中學畢業生李初燕回到家裡複習準備考大學，二嫂秦雪英喜歡學習，在學習過程中，兩人產生了曖昧之情。雖然兩人極力克制，但也發展到了危險的邊緣。同時，李初燕又對同鄉張子曠的妹妹張麗雲產生了好感。李初燕考上省高等師範後，為了防範他，父親為他訂了婚，囑他寒假回家時就完婚。起初李初燕還強烈反對，但在父親與弟弟的斥罵下還是選擇了屈從。結婚之後，他與嫂嫂的曖昧被妻子林蟾卿發現後，兩人又由愛而恨而隔膜起來。李初燕覺得他生活在更加悲哀的環境中：不能愛而愛，能愛而不愛。不久，李初燕投身革命洪流中。但好景不長，革命失敗，他只好回到家中暫避通緝。但家裡並不包容他，他只得再次告別家人，踏上革命的征途。

這是一個畸形的有違倫理的戀情故事，主人公為了擺脫不能愛而愛，能愛而不愛的痛苦與壓抑決定投身革命，題材的角度可謂新穎獨特，心理體驗的描寫也大膽、細膩而真實。《轉變》雖出版於後，但從描寫的情節來看，應為洪靈菲「流亡三部曲」的第一部（《前線》為第二部），也正好與洪靈菲的革命與愛情的觀念相一致。「為革命而戀愛，不以戀愛犧牲革命！革命的意義在謀人類的解放，戀愛的意義在求兩性的諧和，兩者都一樣有不死的真價！」只是小說所描寫的並非是真正的愛情，而是個人的欲望的衝動得不到滿足的悲哀與不幸。這一點，顧仲彝在《新月》1928第1卷第10號發表的《評四本長篇小說》一文中就指出：「作者的主旨是要描寫叔嫂的愛情，他們為環境的壓迫不能達到愛情的目的，因此把他的情感轉移到政治革命上去。這個題材不能算壞，但作者的藝術手腕太惡劣，

竟變成一篇極無意識的情欲寫照。」「他本意要描寫叔嫂的真愛情，但實際上他只寫到叔嫂肉欲的衝動，和受禮教壓迫的痛苦；並且他們倆都是人類中平凡的弱者，沒有勇氣破除禮教，只在性欲抑制下的痛苦呻吟裡過生活。愛情本來不容易描寫得恰到好處，過火則性欲控制了一切，過冷則不能表達得充分。這是此書根本的弱點。」的確，發乎李初燕的不是情而是欲，無論二嫂還是張麗雲，吸引李初燕的只是她們姣好的容貌與豐滿的身體，產生痛苦的緣由是無法佔有她們肉體。這種單純的欲望抒寫使故事本身的意蘊大打折扣。在《轉變》中我們也可以看到，倫理道德、浪漫愛情與革命情感三者之間的衝突是作者思考的主要問題，以愛為核心向雙邊發展：為愛而欲衝破倫理，為愛而不得走上革命道路，因為「他覺得他的一切都被犧牲了，他的童年的歡娛的生活，他的青春的熱烈的情愛，都在這樣冷酷無情的舊制度下犧牲了！他痛恨這制度，他覺得有把這種制度打倒的必要。」但衝破倫理道德的壁壘難，尋求革命的「自由之路」易。因而在大革命的歷史背景下，《轉變》以革命的藝術圖式完成對愛而不得的壓抑與痛苦的解脫也在情理之中。

不過，小說在藝術上有三點值得肯定：一、對李初燕性格的兩重性——柔和的、怯懦的、怕羞的、服從的、孝順的與急躁的、勇敢的、不顧一切的、反抗的、叛逆的描寫，對前者現於形後者潛於身的表現方式，刻畫得比較成功，使得這一形象真實可感。二、揭示出父子衝突的時代意義——雖然由於主人公性格的緣故這一衝突的正面交鋒未能充分展開，也缺乏典型的情節支撐，顯得有些單薄。父親代表著古典的、禮義的、道德的一代，兒子代表浪漫的、反叛的、毀滅的一代。父子二代人的衝突，正是「五四」時代新舊觀念衝突的一個縮影。三、主人公具有時代性的變態的偏執心理描寫得細緻且真實，細節的刻畫也合乎彼一時期以自我為中心的主人公偏執而變態的心理。

洪靈菲1930年成為「左聯」七常委之一，1934年被國民黨殺害於南京雨花臺。《轉變》自1928年9月上海亞東圖書館出版以來，至1940年12月共印行了七版。

章克標和他的獵豔小說《銀蛇》

提起章克標，在當代，人們知道的恐怕莫過於這三件事：一是百歲時公開徵婚，且憑徵婚娶到一個比他小四十歲的妻子；二是一〇五歲加入中國作家協會。據說當他得知這個消息的一剎那，眼淚不禁奪眶而出；三是他於2007年1月29日去世，享年一〇八歲。這三件事使他至今保持著徵婚最高齡成功者、加入中國作家協會最年長者和中國現代作家中最長壽者三項紀錄。在現代，人們知道的恐怕莫過於他於上世紀20年代末至30年代在上海寫文章辦刊物，創作了長篇小說《銀蛇》、《一個人的結婚》以及小品文集《文壇登龍術》等，成為「海派」的一員。其中《銀蛇》取材於鬱達夫追求王映霞，自己失戀的故事，明眼人一看即知。

小說寫幾個無聊的知識分子——復旦大學教授卞元壽、在北京讀書的學生張豈傑、上海工藝專門學校的教師勝圖以及小說家邵逸人，聽說暫住於上海霞飛路的杭州女子師範學校畢業生伍昭雪美豔動人，遂前去看個究竟。果然，伍小姐美貌出眾，於是他們便垂涎不已，邵逸人更是魂牽夢縈，神魂顛倒，雖然他已經結婚，但仍然想將伍小姐攬入懷中。他立刻給伍小姐寫信，想盡一切辦法與她見面。張豈傑原也想追求伍小姐，看邵逸人如此癡情，便退了出來。伍小姐見邵逸人這般情態，不敢貿然相處，便躲避起來。邵逸人不肯甘休，四處打聽伍女士的去向，聽說伍女士去了杭

州，就追到杭州，只要有伍女士的零星消息，即刻前往，既便撲空也在所不惜。這期間他還對新寡不久的陳素秋想入非非。終於，在邵逸人的死纏爛磨下，伍小姐答應他到她的住所與她見面。

這是一篇卑俗的帶有唯美主義和頹廢色彩的獵豔小說。因題材取自鬱達夫與王映霞，且醋意大發，故有仿諷鬱達夫《日記九種》之嫌。小說中的幾個主人公，特別是邵逸人，詩酒風流，見色起心，以獵豔為能事，以刺激的官能享受慰藉內心的快感，以愛的白日夢填補醉生夢死的生活，可謂上海灘無所事事的頹廢文人的典型代表。作者深受日本唯美——頹廢主義影響，故而小說內容庸俗，格調低下，雖官能描寫細膩入微，夢境展示惟妙惟肖，但「惡之美」為藝術的歧途，勿庸置疑，以之謂之「頹加蕩」，並非過分。

小說於1929年1月由上海金屋書店出版，印得十分倉促而粗糙，書末竟附長達16頁的勘誤表，不知章克標對此作何感想。不過，小說的封面設計確實好，銀蛇蜿蜒而上，形象生動，在早期的裝幀藝術中也算優秀之作。

《二月》：1920年代最出色的長篇小說

　　柔石（1902－1931），浙江寧海人。由於他於1931年2月7日被國民黨殺害，因此，他的名字在一些人眼裡常常停留在「左聯五烈士」之中，其實，他最終為新文學史所鐫刻的是他出色的小說創作。短篇小說《為奴隸的母親》曾為羅曼・羅蘭「深深感動」，長篇小說《二月》又使魯迅親自寫下《柔石作〈二月〉小引》：

　　　　衝鋒的戰士，天真的孤兒，年青的寡婦，熱情的女人，各有主義的新式公子們，死氣沉沉而交頭接耳的舊社會，倒也並非如蜘蛛張網，專一在待飛翔的遊人，但在尋求安靜的青年的眼中，卻化為不安的大苦痛。這大苦痛，便是社會的可憐的椒鹽，和戰士孤兒等輩一同，給無聊的社會一些味道，使他們無聊地持續下去。

　　　　濁浪在拍岸，站在山岡上者和飛沫不相干，弄潮兒則於濤頭且不在意，惟有衣履尚整，徘徊海濱的人，一濺水花，便覺得有所沾濕，狼狽起來。這從上述的兩類人們看來，是都覺得詫異的。但我們書中的青年蕭君，便正落在這境遇裡。他極想有為，懷著熱愛，而有所顧惜，過於矜持，終於連安住幾年之處，也不可得。他其實並不能成為一小齒輪，跟著大齒輪轉動，他僅是外來的一粒石子，所以軋了幾下，發幾聲響，便被擠到女佛山——上海去了。

　　　　我從作者用了工妙的技術所寫成的草稿上，看見了近代青年中這樣的一種典型，周遭的人物，也都生動，便寫下一些印象，算是序文。

　　這個「近代青年中這樣的一種典型」就是厭倦城市生活的青年知識分子蕭澗秋。他應同學陶慕侃之邀，來到鄉村芙蓉鎮中學任教。在路上，他看見一丈夫在打仗中被打死而其家人未得到恤金的三代母女，深表同情。到校後得知被打死的人曾是自己的同學時，決意給予接濟。與此同時，陶慕侃的妹妹陶嵐在與蕭澗秋的接觸中萌生了愛情，而蕭澗秋也在對這孤兒寡母的同情中轉為牽掛。很快，流言四起，不久，又傳來文嫂因兒子病死而上吊自殺的噩耗，蕭澗秋只好離開了這一是非之地。

　　作為小說，「二月」是一個象徵，既是寫蕭澗秋在時間上僅在芙蓉鎮上待了二個月，也在時代環境上予以透視：那料峭蕭殺如寒風凜冽的氛圍

即如二月。作品不僅寫了軍閥混戰造成的生靈塗炭，更揭示了鄉言可畏，流言殺人，愚昧吃人的可悲現實。戰爭是有形之手，封建道德是無形之人，罪惡之本。它不僅使底層的農民家破人亡，也使立志拯救濟世的知識青年深陷重圍，不得不以失敗告終。蕭澗秋的悲劇不獨是廣大底層百姓的悲劇，也是各種理想主義破產的悲劇。小說構思精妙，形象生動，結構完整，於悲劇氛圍中充溢出濃鬱的抒情色彩。典型形象蕭澗秋是中國現代長篇小說早期創作中的重要收穫之一。《二月》不僅是柔石創作中的代表作，也是1922－1929年間新文學最出色的長篇小說，稱其為中國現代長篇小說的經典之一並不為過。當然，這部近十萬字的小說，在今天看來是中篇小說，但在新文學發展初期它毫無疑問屬於長篇，上海春潮書局就是以長篇小說的標準於1929年11月1日出版《二月》的，印數1500冊。由於柔石1931年2月7日被國民黨政府殺害，《二月》成為新文學史上少有的僅印行一版就絕版的優秀長篇小說。

《二月》於1964年被拍成電影，改名為《早春二月》，導演是謝鐵驪，孫道臨、謝芳分扮男女主人公蕭澗秋和陶嵐。藝術家們的傑出貢獻感動了幾代觀眾的心靈，也成為一個時代的電影經典。

兩部表現南洋教育生活的長篇小說

在新文學史上，有兩部別開生面的以表現南洋教育生活為題材的長篇小說，即：馬仲殊的《太平洋的暖流》和林參天的《濃煙》，為人們瞭解早期的馬華教育界提供了一面鏡子。

一、《太平洋的暖流》

二十五歲的青年賈尚時因不滿家庭包辦婚姻，來到南洋西利島伊麗女子中學任語文教師。學生佩裳美麗動人，尚時情不自禁地向她表示了他的愛意。不料，沒過幾天佩裳竟輟學回家。尚時為之深深自責，認為一定是他直白的表露才導致了她輟學，他不配做一個合格的教師。這種心理在一段時間內使他一直為自己功利的目的性的「卑鄙」心理而懺悔，覺得老師對學生應該寬愛而不是戀愛，他甚至決定離開這個學校，但學校教師與學生的挽留使他猶豫不決。此時，哥哥來信責備他為何不歸，他一向對他哥哥很反感，就決定不辭職。不久，他又對另一個美麗活潑的女生美雲產生了濃厚的愛意，兩人也漸漸地產生了愛情。由於學校認為教師和學生戀愛極不道德，遂將他解聘。尚時遂帶著美雲出逃，但第三天就被荷蘭巡捕抓回，之後被判無期徒刑。兩個多月後的一天，他借看管鬆懈之機逃了出來，在得知美雲由父親帶往美國後，他踏上了回國的旅途。

這是一部張揚青年男女個性解放、愛情自由的宣傳書，是一股湧動著青年人真摯的情感與個人奮鬥的暖流，更是一篇詛咒黑暗、鞭撻虛偽、嚮往光明的青春告白。它深刻地揭露了教會學校的昏暗與腐敗，表達了青年男女嚮往愛情自由的理想追求，傳遞了海外遊子期盼祖國富強的強烈願望。全書情真意切，細膩低婉，表現出鮮明的時代色彩。小說人物心理描寫細膩生動，但對主人公的幻覺描寫有過於敏感之嫌，環境描雖細緻入微，但有時過於冗長，略顯沉悶。結尾受鬱達夫小說《沉淪》的影響喊出相同的呼聲，只是時過境遷矣。

小說於1929年1月20日由上海真美善書店出版，初版1500冊。1930年5月16日《真美善》第6卷第1號曾刊發《太平洋的暖流》的廣告：「馬先生把親身在南洋經歷過的事實在這部長篇小說裡極細膩地描寫給我們看，是一個漂泊青年在那裡受有苦寂的煎熬，圍繞著鮮花似的女生而呼號靈肉的援救。」惜未引起大的反響。

二、《濃煙》

　　華僑國民學校校長周俊士新聘了教務主任毛振東、教師李勉之等到啼兒國任教。學校分初中部和小學部。經過毛振東等的一番努力，學校面貌大為改觀，新思想也在學校中廣為傳播。與此同時，學監堅持要聘一個叫佛生的不識漢字的印度人擔任英語教師，周也只好同意。佛生常用藤條打學生，引起學生強烈不滿。在孫中山先生的誕辰紀念會上，總理、學監大罵學校，毛振東當場指責他們「愚而好自用」，總理大怒，校董們也要求開除毛振東，學監還說毛振東是共產黨。有的還說他的名字與毛澤東差一個字，肯定是兄弟等。當晚，毛振東被辭退。毛振東離開時，學生們自發地送他到船上，含淚告別。毛走後，周校長病倒住院，佛生很高興。誰知他一去上課就看到學生畫畫奚落他，第二節課也是如此，他將憤怒發洩到一個無辜的學生身上，結果學生不服，家長也到學校告狀，總理只得讓學監批評佛生。此後，學生見佛生形同陌路，佛生自知沒趣，也辭職離去。

　　與《太平洋的暖流》謳歌男女自由，愛情至上不同，《濃煙》批判了馬華教育界在宗法體制下教育機制失衡，教師隊伍不一，教育觀念陳舊，教育方法專斷的黑暗現實，對如何用現代的教育理念培養出適應現代社會的未來人才做了有益的思考。所謂「濃煙」即是比喻馬華教育界烏煙瘴氣的整體氛圍。小說情節完整，結構勻稱，馬來風情的細膩描寫使作品充滿域外情調。但是，小說敘述手法較為單一，對立化的人物思維模式影響了人物的深度，佛生形象的刻畫的典型性，也曾引起較大的爭議。

　　《濃煙》於1936年7月作為文學社叢書之五由上海文學出版社出版。同年8月25日，《光明》第1卷第6號曾刊載《濃煙》廣告：「這是一部關於南洋教育的長篇小說。作者在南洋執教九年之久，以親身的經歷，深切的感觸，發為這一部十餘萬言的巨制。在這裡可以看見南洋教育的命脈怎樣抓在一般商人型的『財東』手裡，以及那些『財東』怎樣專打商人算盤，以致堅決拒絕新人物和新思潮的侵入，使人憬然感到我們在外僑胞子弟的教育問題的嚴重性。作者又穿插了許多關於南洋風土的描寫在裡面，使國內的讀者讀了，宛如身入《鏡花緣》一般。」內容概括倒也符合，但與《鏡花緣》相類比則顯牽強。

楚洪的《愛網》

　　楚洪即白薇（1894－1987），湖南資興人，早年曾受到魯迅先生的關照。1930年5月由上海北新書局出版的《愛網》是白薇繼《炸彈與征鳥》之後創作的又一部長篇小說，其中的故事顯然帶有她與楊騷的愛情影子。

　　小說寫黎晴收到朋友舒琪的來信，說他要和妹妹舒粲一起來上海。黎晴和丈夫易異很高興，但黎晴心裡卻蒙上了一層陰影，因為舒粲是易異先前的戀人，她擔心兩人舊情萌發。果然，易異見到舒粲後發生情變，易異在兩個女人中遊戲著。舒粲的肉體使他不能舍去，黎晴的舊情也使他難以割捨，他還將淋病傳染給了黎晴。承受著巨大精神與肉體雙重痛苦的黎晴看無法拉回易異的心，決定與他分手，將自己的天地擴大到社會革命中去。而此時，舒粲又與從海外回來的丈夫模竺說她只愛他一個人，繼續開始她的愛情遊戲。

　　小說發表後，也有一定的反響。如W女士就認為，《愛網》在技巧上，描寫細膩，心理分析也還適當，是一部很有意義和趣味的小說。H先生除了肯定了《愛網》的語言、描寫、結構外，還深入分析了小說的價值，並認為，「在取材一點，作者算是很有眼光的。她抓住了某一個時代裡的轉變的事實，而把他的思想參合在那些事實裡面，寫成了這一部意義深長的作品，是很值得讚美的。像茅盾採取革命失敗後幻滅悲哀的事

實，作成《蝕》和《虹》，像丁玲女士採取革命人物陷入情網的故事，作成《韋護》，白薇女士在《愛網》裡所選用的題材，是與他們兩個作家有著同樣的價值和意義的。」W女士與H先生的對話式討論以《白薇女士在〈愛網〉中》為題，收入賀玉波主編的《中國現代女作家選》中。

不過，《愛網》雖有選材的意義，但寫得實在不成功。小說的主旨是想說明「結婚是戀愛的墳墓」，但為什麼如此卻缺乏藝術的刻畫，這就使得結論抽象而乏味。革命在黎晴這裡，亦或易異這裡，都是極為淺表的附帶物，時代的倩影在這裡只是一個極為模糊的倒影，作者沒有在這裡揭示出他們參加革命的意義以及為什麼革命的因由，更沒有從歷史的視野去思考社會的動因，而只是渲泄了愛的失意與情的失落，其藝術價值與《蝕》、《虹》不可同日而語。更為遺憾的是，作者偏執的情緒和由之帶來的凌亂且生硬的文體和缺乏文學性的敘述語言，使作品難以卒讀。這也是白薇的長篇小說創作令人難以恭維的主要原因吧。

《地泉》：「『不應當這麼樣寫』的標本」

談到1930年代的左翼文學，不能不提到華漢也即是陽翰笙（1902－1993）的「華漢三部曲」，它不僅是陽翰笙小說創作的重要作品，也是左翼文學創作的重要作品——「『不應當這麼樣寫』的標本」。

1930年10月，華漢將他的三個中篇《深入》（即《暗夜》）、《轉換》（即《寒梅》）、《復興》合為一冊定名為《地泉》由上海平凡書局出版。關於它的主題與內容，可以簡單地概括為：反映了農村革命的「深入」，小資產階級知識分子的「轉變」，工人運動的「復興」。小說出版後，左翼文學界紛紛批評小說的概念化傾向，認為這是一部失敗的創作，是不應當這樣寫的標本。陽翰笙本人並不完全認同，但他認為有必要將這些不同意見收集起來讓歷史來檢驗。1932年7月25日，他將瞿秋白、鄭伯奇、茅盾、錢杏邨的否定性意見以及自己為此所作的反批評作為《地泉》的序言，交由上海湖風書局再版。這就是有名的「華漢三部曲」的五篇序言。這五篇序言不僅認真總結了革命文學創作的經驗與教訓，也認真清理了蘇聯「拉普」派左傾文藝的弊端，是積極引導革命文學健康發展的一次重要討論。

不過，《地泉》為什麼是不應該這麼樣寫的標本呢？對此，易嘉（瞿秋白）的《序》說得較為清楚。他說：

> 中國社會的發展過程和發展動力顯然不是什麼英雄的個性，而是廣大的群眾，不是簡單的「深入」、「轉換」和「復興」，而是一個簇新的社會制度從崩潰的舊社會之中生長出來，它的鬥爭，它的勝利……正在經過一條鮮紅的血路，克服著一切可能的錯誤和失敗，鍛鍊著新式的幹部。
>
> 但是《地泉》沒有表現這種動力和過程。《地泉》固然有了新的理想，固然抱著「改變這個世界」的志願。然而《地泉》連庸俗的現實主義都沒有能夠做到。最膚淺的最浮面的描寫，顯然暴露出《地泉》不但不能幫助「改變這個世界」的事業，甚至於也不能夠「解釋這個世界」。《地泉》正是新興文學所要學習的：「不應當這麼樣寫」的標本。新興文學要在自己的錯誤裡學習到正確的創作方法，要在鬥爭的過程之中，鍛鍊出銳利的武器，因此對於《地泉》這一類的作品，也就不能夠不相當的注意。

　　至於《轉換》的全部的題材——實際上也可以說《地泉》的全
部題材——都是這種「革命的浪漫諦克」。林懷秋是一個頹廢的青
年，以前曾經是革命者，但是已經墮落了，過著流浪的無聊的貴公
子生活，後來莫名其妙的，一點兒也沒有「轉換」的過程，忽然振
作了起來，加入軍隊，從軍隊裡轉變到革命的民眾方面去。夢雲是
一位小姐，女學生，大紳士的未婚妻，她居然進了工廠，還會指導
罷工。另外還有一位寒梅女士——始終沒有正式出面的，作者對於
她沒有描寫什麼——而懷秋和夢雲的轉換，卻都是受了她的勸告的
結果。這幾位都是了不得的人物！固然，實際生活之中的確也有這
一類的人。可是《地泉》的表現，卻不能夠深刻的寫到這些人物的
真正的轉換過程，不能夠揭穿這些人物的「假面具」——他們自己
意識上的浪漫諦克的意味：「自欺欺人的高尚的理想」——反而把
醜陋的現實神祕化了，把他們變成了「時代精神的號筒」。

　　可以說，概念化、標語口號化也即思想大於形象是《地泉》的致命
傷，也是左翼文學的通病。當然，我們也要感謝陽翰笙將四篇反對自己創
作的意見作為全書的序予以刊出，為我們留下了研究左翼文學創作的重要
史料。不過，話雖這樣說，陽翰笙也自知《地泉》創作的失敗，從此再沒
有將《地泉》收入任何著作中，更不用說再版《地泉》了。
　　不知這是不是他放棄小說轉向戲劇創作的重要原因。

《貓城記》：老舍的轉向之作

　　「一‧二八」淞滬抗戰後，《小說月報》因商務印書館被炸毀而停刊，《現代》便成為戰後上海唯一有影響的文學刊物。主編施蟄存約老舍寫一個長篇給他，老舍答應了下來。1932年8月1日，《貓城記》始刊於《現代》第1卷第4期，至1933年4月1日《現代》第2卷第6期刊畢。1933年8月20日，老舍的《貓城記》由上海現代書局出版，初版2000冊。這是老舍的作品在商務以外的書局印行的開始。

　　小說寫「我」乘坐的飛機碎了但「我」落在了火星上。「我」被火星上的「貓人」抓住，和他們一起生活。貓人國有二萬多年的文明，但居民懶惰，不衛生，而且無知。他們把從外國進口的「迷葉」作為「國食」，人人上癮且因之萎靡不振。「我」被叫作大蠍的「迷葉」樹林的大地主雇傭做了看林人。大蠍的兒子小蠍是一個對貓人國各種各樣的矛盾有一定認識，同時對吃「迷葉」也有所懷疑的知識分子。但他說結果除了敷衍了事沒有別的辦法。群眾並不瞭解貓人國的危機，每天漫不經心地生活著。他們沒有人格，生性懼怕外國人，常常利用外國人來欺壓本國同胞。他們的大學入學第一天即畢業，教育就是校長侵吞公款和學生毆打教員的鬧劇。貓國有許多政黨都打著為民的口號，但所謂的政黨在貓國都改稱「閙」。這些叫「閙」的團體不斷鬧事。貓國領導有革命意識沒有建設知識，人民有階級意識但愚笨無知。上下糊塗，一齊糊塗，這就是貓國的致命傷。不久，外國軍隊入侵，人們爭先投降，紅繩軍的首領也精神百倍地前往投降。貓人國亡國，貓人滅絕。半年後，「我」遇到法國一架探險機光榮地回到中國。

　　毫無疑問，這是一部寓言小說，小說所揭示的貓人國的生活、習俗、教育、文化、政治等多方面病入膏肓的情形，實際上象徵當時中國整個社會制度和國家組織的種種「病象」，由之體現出老舍對國民劣根性的深入思考。如果說《趙子曰》是老舍立足於國內從傳統與現代的角度批判國民的劣根性，《二馬》立足於國外從東西方的角度對國民的劣根性進行雙重文化的觀照，那麼，《貓城記》則是老舍拓展視野——到外星對國人進行整體的全方位的俯瞰式的思考，因而，老舍才將考察的觸角觸及到貓國的方方面面——政治、軍事、經濟、文化、教育、生活等領域，批判國民性中愚昧、無知、敷衍、怯懦、保守、僵化、冷漠、勾心鬥角等阻礙貓國前行的因子。這與他考辨國民性的思想是一脈相承的，也是他從外視角審視

國民性的一種持續努力，只是此時多了他對政治時局的自我認識，多了他對歷史未來的悲觀感悟，有的見出深刻，有的露出淺顯，但它是作者埋藏以往的啟蒙主義的思想和改良主義道路的轉向之作，是老舍長篇小說由喜劇性的幽默向悲劇性幽默發展的轉向之作，也是老舍創作開始自覺地從悲劇的角度審視歷史與現實的轉向之作。

小說剛出版時，老舍較滿意，在《序》中認為「寫得很不錯」。梁實秋也附合說，《貓城記》「借了想像中的貓國把我們中國現代社會挖苦得痛快淋漓，而作者始終只持一種冷肅的態度。文字的優美一如以前諸作，而內容情節之穿插較以前作品進步極多。這本小說是近年來難得的佳構。」讀者姒也認為，小說寫法雖然不新奇，「但是情節卻有獨到，他藉了貓的對象，很勇敢的，憤懣於社會現狀，把和貓一樣的中國現代社會寫得是痛快淋漓，與其說是貓國，無寧說是這個社會的本來面目。」「老舍先生所以藉著『貓城』來寫他一個國民對於現社會的觀察和見解，我們可以猜想他是沒有寫人間的自由的。……老舍先生是苦惱於這社會制度的。」

但王淑明並不認同，他在1934年1月1日《現代》第4卷第3期發表的《貓城記》一文中指出，作者「太把貓人諷刺得有些過分了，如果這個貓城，要真是代表著一個現存的東方式的國家的話，那麼，這樣的武斷，更有些不合於事實，在那個國度裡的人民，不是沒有希望的，定命論的為一個將近滅亡的民族，在那黑暗的一面，也別有其新生的一面。作者這樣的論斷，有些以偏概全，以部分涵蓋全體，所謂見樹木而不見森林了。其實即使如作者所說貓人能造反，能搶迷林，則為死者復仇，在理亦是可以的事。」他認為貓國沒有復興的一天，「是作者由於無視客觀的現實所得的主觀見解罷了。」但是，「比這尤其歪曲著事實的，是作者在這篇作品裡一味將它塗滿了悲觀的色調，我們不知道大鷹為什麼決心自殺，和小蠍為什麼要死的理由。還有小蠍的小兒──那個被作者所企圖認為有望的青年，為什麼後來沒有下落了？是作者將他遺忘了呢？還是因為有了他，貓城就不會滅亡，而這卻是作者自己所不願意的，因而就有意的給他一個沒有下文呢？」「這是作者在本篇中所沒有解決的一個謎，而也是使我們讀者引為苦惱的地方。」他還認為：「作者在《貓城記》裡，是要刻意的諷刺一個非現實存在的國度，而所採用的，卻是象徵的手法，這樣，作者似乎以單只客觀的描寫而不夾入主觀的意見，讓讀者自己去暗默的體會，為比較的易收藝術上的效果。然而《貓城記》的作者，卻不時的在作品中間，按下自己的判斷，如近似判斷的一些主觀解釋。」「這樣的主觀解釋，是會有妨害於作品底客觀的藝術價值的。」「此外，在作品的後半裡，作者的特有底幽默味，似乎已漸漸的減少，而易為直觀的敘述。每一

個聰明的讀者，都可以從它裡面所描寫的事，如按圖索驥似的，從現實的諸相中，來給它比附上去。」李影心也覺得，「《貓城記》的寓意並不太低，在風格上亦並不傷於表現；但那理想的人物和理想的事實支配了故事之全般的進展，內容的不調合與事項之太多的臆想，卻足為那全書的致命傷，因而，我們只能見到一些人在扮演著一出無意義的戲。」這與李長之感受相同：「說到文藝，我不承認《貓城記》是好的文藝。我覺得它是一篇通俗日報上的社論，或者更恰當一點，它不過是還算有興味的化裝講演。」

那麼，老舍後來又如何看待自己的這部作品呢？1935年12月1日，老舍在《宇宙風》第6期發表《我怎樣寫〈貓城記〉》一文，基本否定了這部作品。他說：

> 「《貓城記》，據我自己看，是本失敗的作品。它毫不留情地揭顯出我有塊多麼平凡的腦子。寫到了一半，我就想收兵，可是事實不允許我這樣做，硬把它湊完了！有人說，這本書不幽默，所以值得叫好，……其實這只是因為討厭了我的幽默，而不是這本書有何好處。……說真的，《貓城記》根本應當幽默，因為它是篇諷刺文章：諷刺與幽默在分析時有顯然的不同，但在應用上永遠不能嚴格的分隔開。越是毒辣的諷刺，越當寫得活動有趣，把假託的人與事全要精細的描寫出，有聲有色，有骨有肉，看起來頭頭是道，活像有此等人與此等事；把諷刺埋伏在這個底下，而後才文情並茂，罵人才罵到家。……它得活躍，靈動，玲瓏，和幽默。必須幽默。不要幽默也成，那得有更厲害的文筆，與極聰明的腦子，一個巴掌一個紅印，一個閃一個雷。我沒有這樣厲害的手與腦，而又舍去我較有把握的幽默，《貓城記》就沒法不趴在地上，像隻折了翅的鳥兒。」

> 「在思想上，我沒有積極的主張與建議。這大概是多數諷刺文字的弱點，不過好的諷刺文字是能一刀見血，指出人間的毛病的：雖然缺乏對思想的領導，究竟能找出病根，而使熱心治病的人知道該下什麼藥。我呢，既不能有積極的領導，又不能精到的搜出病根，所以只有諷刺的弱點，而沒得到它的正當效用。我所思慮的就是普通一般人所思慮的，本用不著我說，因為大家都知道。眼前的壞現像是我最關切的：為什麼有這種惡劣現象呢？我回答不出。跟一般人相同，我拿『人心不古』——雖然沒用這四個字——來敷衍。這只是對人與事的一種惋惜，一種規勸；惋惜與規勸，是『陰騭文』的正當效用——其效用等於說廢話。這連諷刺也夠不上了。

似是而非的主張，即使無補於事，也還能顯出點諷刺家的聰明。我老老實實的談常識，而美其名為諷刺，未免太荒唐了。把諷刺改為說教，越說便越膩得慌：敢去說教的人不是絕頂聰明的，便是傻瓜。我知道我不是頂聰明，也不肯承認是地道傻瓜；不過我既寫了《貓城記》，也就沒法不叫自己傻瓜了。」

「自然，我為什麼要寫這樣一本不高明的東西也有些外來的原因。頭一個就是對國事的失望，軍事與外交種種的失敗，使一個有些感情而沒有多大見解的人，像我，容易由憤恨而失望。失望之後，這樣的人想規勸，而規勸總是婦人之仁的。」

「失了諷刺而得到幽默，其實也還不錯。諷刺與幽默雖然是不同的心態，可是都得有點聰明。運用這點聰明，即使不能高明，究竟能見出些性靈，至少是在文字上。我故意的禁止幽默，於是《貓城記》就一無可取了。」

「《貓城記》的體裁，不用說，是諷刺文章最容易用而曾經被文人們用熟了的。用個貓或人去冒險或遊歷，看見什麼寫什麼就好了。冒險者到月球上去，或到地獄裡去，都沒什麼關係。他是個批評家，也許是個傷感的新聞記者。《貓城記》的探險者分明是後一流的，他不善於批評，而有不少浮淺的感慨，他的報告於是顯著像赴宴而沒吃飽的老太婆那樣回到家中瞎嘮叨。」

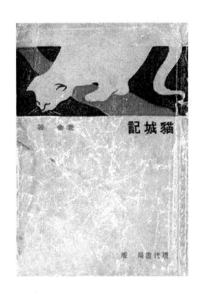

在1947年晨光版《新序》中，老舍又說這是他長篇小說中「最『軟』的一本」，「原因是：（一）諷刺的喻言需要最高的機智，與最潑辣的文筆；而我恰好無此才氣。（二）喻言中要以物明意，聲東擊西，所以人物往往不能充分發展——顧及人（或貓）的發展，便很容易丟失了故意中的暗示；顧及暗示，則人物的發展受到限制，而成為傀儡。《貓城記》正中此病。我相信自己有一點點創造人物的才力，可是在《貓城記》中沒有充分的施展出來。」

我以為，老舍的感言雖有謙詞，但大體是屬實的。

《新生代》：活的歷史

　　1935年的12月9日，北平（北京）大中學生數千人在黨的領導下舉行了抗日救國示威遊行，反對華北自治，反抗日本帝國主義，掀起全國抗日救國新高潮，史稱「一二・九」運動。四年後，這場運動的親歷者、青年學生齊同（1902－1950）將這場轟轟烈烈的愛國主義運動樸素地記錄了下來，這就是1939年9月由重慶生活書店出版的長篇小說《新生代》。這也是第一部表現「一二・九」運動的長篇小說。

　　關於這部小說的內容與指導思想，1940年2月16日《文藝陣地》第4卷第8號刊載的《新生代》的廣告概括得較為清楚：「一部反映從『一二・九』到『七・七』華北青年思想變動過程的長篇小說。這是小說，同時也是活的歷史書。謹以此書獻給大時代中的青年們。《新生代》的企圖，是要反映從『一二・九』到『七・七』華北青年思想變動的過程。他們怎樣忠誠地勇敢地創造新的歷史紀錄，他們和政府的關係，怎樣由離心走到向心，都是這整部書的範圍。在『一二・九』裡只能寫出這思想過程的第一步。他們曾怎樣與懦弱的外交鬥爭。在這裡面寫出新人物的成長，告訴讀者說，這運動並不是限於黨員，政治組織者的事情，而是一般青年所普遍的要求。……這是一部小說，同時也是一部活的歷史書。」

　　的確，這是一部活的歷史，也是一部表現「一二・九」偉大學生運動的較為出色的長篇小說。作者寫一個東北淪陷區的學生從不關心時事到以國家民族為己任，積極行動起來投身到救亡圖存的民族洪流中，顯示了時代潮流不可阻擋的歷史趨向。小說樸實地寫出了陳學海這樣一個正在成長的平凡又不平凡的學運人物，細膩真實地刻畫出他轉變的內在心理和外在因由，從而使這一「新生代」人物具有了深刻的典型意義：在民族危難之際，每個愛國的青年應該做怎樣的人，走怎樣的道路。引路人魏玲的形象也刻畫得栩栩如生。小說時代氣息濃烈，歷史畫面真實而富有層次感，結構較為嚴謹，但其他一些人物形象較為單薄，令人遺憾。

　　以此來對比二十年後（1958年）同樣表現這一題材的長篇小說《青春之歌》，我們更能感受到《新生代》的樸素與真實。這裡沒有叱吒風雲的英雄人物，也沒有英雄救美的動人傳奇，但愛國青年躍動的心靈同樣可親可愛，全國人民同仇敵愾的時代氛圍同樣可感可觸，歷史的鏡像在這裡得到了真實的再現。由於已完成的第二部丟失，重寫的第二部僅寫到第四章又因齊同的突然病逝而中斷，《新生代》遂成為一部永遠無法完成

的創作，不禁令人扼腕歎息。我時常想，若是齊同在1949年之前將《新生代》三部創作完成，那麼，將它與《青春之歌》相比較，人們會得出怎樣的認識呢？特別是當表現青年男女「由離心走向向心」的過程成為貫穿全書的指導思想時，面對《青春之歌》，人們又會怎樣評判二者的藝術成就呢？幸虧《新生代》未能竟筆，我的設想完全是一個臆想的命題。但這是「幸」嗎？這真是一個臆想的命題嗎？

端木蕻良的《科爾沁旗草原》

　　1933年8月，由於北方「左聯」出了叛徒，端木蕻良不得不離開清華大學，回到了天津的二哥曹漢奇家中。正當他感到前程迷茫的時候，接到了魯迅的來信，雖然只是一封短短的普通來信，但是，他卻為此得到了一種神奇般的力量。他一氣呵成，用了四個月左右的時間完成了一部三十多萬字的巨著——《科爾沁旗草原》。這是他的第一部長篇小說，也是他的代表作，當時他年僅二十一歲。其實，這部小說的初稿始於1932年，其中一段曾經在《清華週刊》上發表過，當時作家正忙於參加北方「左聯」組織的各項活動，沒有充足的時間完成這部小說。

　　《科爾沁旗草原》寫的是有關土地的歷史和土地的問題。端木蕻良說：「我活著好像是專門為了寫出土地的歷史而來的。」小說展現了科爾沁旗草原從土地的開發到兼併掠奪以及反抗鬥爭二百多年的歷史，並集中再現了「九‧一八」事變前夕東北大草原上地主丁家與佃農之間的矛盾衝突，以及丁家在帝國主義經濟和軍事的侵略下走向衰落和崩潰的過程。這也是一部關於東北家族發展歷史的小說，小說中的人物和故事都可以在作家的父系家族中找到原型。

　　二百多年前，一群從山東逃難闖關東的人，在歷經種種磨難之後，倖存者逐漸地輕信了「丁半仙」的謊言，把他奉若神靈，為「丁半仙」在科爾沁旗草原開創家業奠定了基礎。丁家經歷幾代人的巧取豪奪，到丁寧這一代已經成為科爾沁旗草原上的盟主。丁寧是一個「聶赫留多夫」式的人物，在關內受過新思想的教育。他滿懷雄心地回到家鄉，決定拯救草原上不幸的農民。但是，他的思想和行動始終處於一種矛盾分裂的狀態。他同情農民的遭遇，但是，當大山帶領農民一起「推地」的時候，他又暴露了丁氏家族的貪婪和陰險的本性。他使出了比他的先輩更狡猾的手段，粉碎了大山等人的計劃。大山出身於佃戶家庭，他富有健康體魄和反抗意識，是大草原生生不息的化身。雖然由於經驗不足，沒有充分地估計對手的實力，反抗地主的計劃失敗了，但是，反抗鬥爭的磨礪使他更堅強更成熟起來。一邊重蹈罪惡家族的舊轍，一邊又處於反思和懺悔之中的丁寧，最後終於無可奈何地選擇了再次離開大草原和日漸沒落的家庭，他把拯救和改造科爾沁草原的希望寄託在真正的「新人」大山的身上。

　　鄭振鐸高度讚揚了這部小說，並表示全力支持出版，同時也徵求端木蕻良的意見，希望他能做一些修改。端木蕻良堅持自己的意見，不願修

改，加之出版社的出版傾向以及戰爭等諸多原因，這部長篇小說直到1939年才得以出版、面世。端木蕻良不願修改的原因，並非認為它盡善盡美，而是「但願保持一些那時的風格和熱情，作一個路程的紀念罷了」。

早在上個世紀三十年代鄭振鐸就稱讚《科爾沁旗草原》「必可震驚一世人的耳目」。後來巴人則對這部小說音樂性的語言評價說：「語言藝術的創造，超過了自有新文學以來的一切作品：大膽的，細密的，委婉的，粗魯的，憂鬱的，詩情的，放縱的，浩瀚的……包涵了存在於自然界與人間的所有的聲音與色彩」，「沒有一個老作家新作家，能像我們的作家那樣地操縱自如的安排這語言藝術了——是多麼潑辣，而且有生氣呵。我想，由於它，中國的新文學，將如元曲之於中國過去文學那樣，確定了方言給予文學的新生命」。

然而多年來，這部長篇小說的讀者並未產生預期的閱讀反應，一方面是由於小說異乎尋常的敘述節奏和語言風格，使很多人無法適應和接受；另一方面是出於人們對東北地域文化的隔膜。對於前者，作家不為所動，不為取悅讀者而改變自己；對於後者，作家卻無可奈何，只有感慨的餘地了：「關裡的人民到過東北尤其少，以為他們的生活都是海外奇談，不能想像的事。就是現在，大家也是聽人把東北說成方的，就是方的，說成圓的，就是圓的，也沒有人知道到底是怎麼一回事的。」

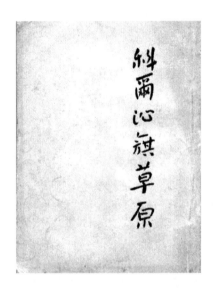

詩意的與感傷的：談《呼蘭河傳》

　　1940年1月17日，同蕭軍分手的蕭紅與端木蕻良一起從重慶飛抵香港，在寂寞與感傷中，寫就了她一生中最輝煌的詩化長篇小說《呼蘭河傳》。一年後──1942年1月22日，蕭紅因病去世，年僅三十一歲。

　　《呼蘭河傳》是蕭紅留給世界的最傑出的一部作品，也是中國現代長篇小說的重要收穫。從表面看，它似乎不像一部完整的長篇小說，只是由七章可單獨分立的散文連綴而成，但實際上，它是一部優美的詩化長篇小說。作家以抒情的筆調真實地再現了生活在呼蘭河小鎮上底層百姓的眾生相，他們自在樂天的卑微的生存方式，他們善良卻又愚昧麻木的自然秉性。全書寓同情與批判於筆端，將其中蘊含的巨大的文化含量和深刻的生命體驗寫得詩意而又感傷，如同一幅20世紀東北小城的風俗畫，又如一首底層民眾深情淒婉的悲歌。這種極具抒情意味與感傷情懷的文體實踐，承前啟後，對中國現代抒情小說的創作產生了深遠的影響。

　　一般來說，人們認為，《呼蘭河傳》的詩意緣自蕭紅所採取的兒童視角。這一表現手法將主人公那份天真與情趣表現得自在天然，充滿詩情畫意。

　　請看小說第三章第一節：

> 　　呼蘭河這小城裡邊住著我的祖父。
>
> 　　我生的時候，祖父已經六十多歲了，我長到四五歲，祖父就快七十了。
>
> 　　我家有一個大花園，這花園裡蜂子、蝴蝶、蜻蜓、螞蚱，樣樣都有。蝴蝶有白蝴蝶、黃蝴蝶。這種蝴蝶極小，不太好看。好看的是大紅蝴蝶，滿身帶著金粉。
>
> 　　蜻蜓是金的，螞蚱是綠的，蜂子則嗡嗡地飛著，滿身絨毛，落到一朵花上，胖圓圓地就和一個小毛球似的不動了。
>
> 　　花園裡邊明晃晃的，紅的紅，綠的綠，新鮮漂亮。
>
> 　　……
>
> 　　祖父一天都在後園裡邊，我也跟著祖父在後園裡邊。祖父帶一個大草帽，我戴一個小草帽，祖父栽花，我就栽花；祖父拔草，我就拔草。當祖父下種，種小白菜的時候，我就跟在後邊，把那下了種的土窩，用腳一個一個地溜平，哪裡會溜得準，東一腳

的，西一腳的瞎鬧。有的把菜種不單沒被土蓋上，反而把菜子踢飛了。

小白菜長得非常之快，沒有幾天就冒了芽了。一轉眼就可以拔下來吃了。

祖父鏟地，我也鏟地；因為我太小，拿不動那鋤頭杆，祖父就把鋤頭杆拔下來，讓我單拿著那個鋤頭的「頭」來鏟。其實哪裡是鏟，也不過爬在地上，用鋤頭亂勾一陣就是了。也認不得哪個是苗，哪個是草。往往把韭菜當做野草一起地割掉，把狗尾草當做穀穗留著。

等祖父發現我鏟的那塊滿留著狗尾草的一片，他就問我，「這是什麼？」

我說：「穀子。」

祖父大笑起來，笑得夠了，把草摘下來問我：「你每天吃的就是這個嗎？」

我說：「是的。」

我看著祖父還在笑，我就說：「你不信，我到屋裡拿來你看。」

我跑到屋裡拿了鳥籠上的一頭穀穗，遠遠地就拋給祖父了。說：「這不是一樣的嗎？」

祖父慢慢地把我叫過去，講給我聽，說穀子是有芒針的。狗尾草則沒有，只是毛嘟嘟的真像狗尾巴。

祖父雖然教我，我看了也並不細看，也不過馬馬虎虎承認下來就是了。一抬頭看見了一個黃瓜長大了，跑過去摘下來，我又去吃黃瓜去了。

黃瓜也許沒有吃完，又看見了一個大蜻蜓從旁飛過，於是丟了黃瓜又去追蜻蜓去了。蜻蜓飛得多麼快，哪裡會追得上。好在一開初也沒有存心一定追上，所以站起來，跟了蜻蜓跑了幾步就又去做別的去了。

採一個倭瓜花心，捉一個大綠豆青螞蚱，把螞蚱腿用線綁上，綁了一會，也許把螞蚱腿就綁掉，線頭上只拴了一隻腿，而不見螞蚱了。

玩膩了，又跑到祖父那裡去亂鬧一陣，祖父澆菜，我也搶過來澆，奇怪的就是並不往菜上澆，而是拿著水瓢，拼盡了力氣，把水往天空裡一揚，大喊著：

「下雨了，下雨了。」

太陽在園子裡是特大的，天空是特別高的，太陽的光芒四射，

亮得使人睜不開眼睛，亮得蚯蚓不敢鑽出地面來，蝙蝠不敢從什
麼黑暗的地方飛出來。是凡在太陽下的，都是健康的、漂亮的，
拍一拍連大樹都會發響的，叫一叫就是站在對面的土牆都會回答
似的。

　　花開了，就像花睡醒了似的。鳥飛了，就像鳥上天了似的。蟲
子叫了，就像蟲子在說話似的。一切都活了。都有無限的本領，要
做什麼，就做什麼。要怎麼樣，就怎麼樣。都是自由的。倭瓜願意
爬上架就爬上架，願意爬上房就爬上房。黃瓜願意開一個謊花，就
開一個謊花，願意結一個黃瓜，就結一個黃瓜。若都不願意，就是
一個黃瓜也不結，一朵花也不開，也沒有人問它。玉米願意長多高
就長多高，他若願意長上天去，也沒有人管。蝴蝶隨意的飛，一會
從牆頭上飛來一對黃蝴蝶，一會又從牆頭上飛走了一個白蝴蝶。它
們是從誰家來的，又飛到誰家去？太陽也不知道這個。

　　只是天空藍悠悠的，又高又遠。

　　可是白雲一來了的時候，那大團的白雲，好像灑了花的白銀似
的，從祖父的頭上經過，好像要壓到了祖父的草帽那麼低。

　　我玩累了，就在房子底下找個陰涼的地方睡著了。不用枕頭，
不用席子，就把草帽遮在臉上就睡了。

　　寫得多麼生動神奇，多麼清新美妙，多麼詩意盎然啊！祖孫的天倫之
樂在這裡表現得溫暖而光明，自在而無拘無束。大自然與「我」，「我」
與大自然互融為一體，如同一幅美麗的人與人、人與自然之間其樂融融、
和諧共生的田園山水詩，令人神往，亦令人陶醉。

　　當然，全篇的基調不是歡樂的而是感傷的，不是喜悅的而是悲涼的，
不是詩意的令人神往的而是孤獨的令人惆悵的。因為在這裡，作家不是要
用詩情渲染全篇，而是要忠實地記述呼蘭河百姓的日常生活，他們的喜怒
哀樂，他們的愚昧與麻木，他們的迷信與無知，他們的驚人的可怕的歷史
惰力，他們「人活著是為吃飯穿衣。人死了就完了」這一對待生活與生老
病死的方式與態度。這樣的生活哲學和生命意義與作者曲折孤寂的身世、
病弱痛苦的身體相摻伴，使蕭紅提起筆來悲上心來，（雖然也有過快樂的
童年，但畢竟是短暫的）。也正因此，茅盾說：「蕭紅寫《呼蘭河傳》的
時候，心境是寂寞的。」那頻繁出現的「我家的院子是很荒涼的」的句
式，又何嘗不是這一憂傷心情的投射呢？

　　我們再看看小說的《尾聲》吧：

呼蘭河這小城裡邊，以前住著我的祖父，現在埋著我的祖父。

我生的時候，祖父已經六十多歲了，我長到四五歲，祖父就快七十了。我還沒有長到二十歲，祖父就七八十歲了。祖父一過了八十，祖父就死了。

從前那後花園的主人，而今不見了。老主人死了，小主人逃荒去了。

那園裡的蝴蝶，螞蚱，蜻蜓，也許還是年年仍舊，也許現在完全荒涼了。

小黃瓜，大倭瓜，也許還是年年地種著，也許現在根本沒有了。

那早晨的露珠是不是還落在花盆架上，那午間的太陽是不是還照著那大向日葵，那黃昏時候的紅霞是不是還會一會工夫會變出來一匹馬來，一會工夫會變出來一匹狗來，那麼變著。

這一些不能想像了。

聽說有二伯死了。

老廚子就是活著年紀也不小了。

東鄰西舍也都不知怎樣了。

至於那磨房裡的磨官，至今究竟如何，則完全不曉得了。

以上我所寫的並沒有什麼幽美的故事，只因他們充滿我幼年的記憶，忘卻不了，難以忘卻，就記在這裡了。

這一感傷的格調與前文所引真是天壤之別。難怪茅盾說：「這一心情投射在《呼蘭河傳》上的暗影不但見之於全書的情調，也見之於思想部分，這是可以惋惜的」。

　　《呼蘭河傳》1940年9月1日至12月27日刊於香港《星島日報》，1941年5月30日由上海雜誌公司列入《每月文庫》二輯之六出版，首印2000冊。這也是21冊《每月文庫》中唯一的一本長篇小說。1943年6月，《呼蘭河傳》轉由桂林河山出版社出版，印行3000冊。1947年6月，上海寰星書店將茅盾1946年10月17日發表於上海《文匯報‧圖書》副刊第24期的《蕭紅的小說〈呼蘭河傳〉》一文為序後出版（此文12月又以《論蕭紅的〈呼蘭河傳〉》為題刊於《文藝生活》新10期12月號）。由於上海寰星書店版印有茅盾的序，故影響深遠，成為目前較為通行的版本，上海雜誌公司的初版本反而很不容易見到了。

蘆焚・師陀・《結婚》

　　在現代文學史上，使用筆名是一個非常普遍的現象，但將一個使用了多年已成為「品牌」的筆名棄而改用新筆名並重新得到認可的作家，似乎只有師陀一人。

　　師陀（1910－1988），原名王長簡，河南杞縣人，筆名蘆焚。1937年5月因短篇小說集《穀》獲《大公報》文藝獎金而一舉成名。不過，「蘆焚」這一筆名在1943年後漸漸棄用，至1947年後為「師陀」所替代。當然，這是不得已而為之的。

　　1943年7月1日，《萬象》月刊第三年第1期刊載了蘆焚的短篇小說《狩獵》和通訊《華寨村的來信》，並開始連載長篇小說《荒野》（未完），署名「師陀」。編輯介紹說：「蘆焚先生兩年來沒有發表過文字，《狩獵》是足以饗讀者渴望之作。」又補充道：「師陀先生是《大馬戲團》的作者，他的長篇僅僅是這一部，而且除了這一部，絕不再另外發表任何作品。」「兩年來沒有發表過文字」當然不實，「絕不再另外發表任何作品」也是一種想當然的宣傳策略，因為1946年9月9日至1947年4月22日，師陀就在上海《文匯報》上連載了長篇小說《結婚》，1947年6月由上海晨光出版公司出版；1948年1月又由上海文化生活出版社出版了長篇小說《馬蘭》。在作家生命沒有終結的時候，斷言「除了這一部，絕不再另外發表任何作品」，顯然是沒有可信度的。

　　與一些作家為了避諱自己在同一刊物上發表多篇文章而故意署不同的名字不同，此次作家既署名「蘆焚」，又署名「師陀」卻是在明確傳遞一個信號：告別「蘆焚時代」，進入「師陀時代」。因為此時的上海出現了另兩個署「蘆焚」之名發表文章的人。在抗戰時期，假「蘆焚」倒不可怕，漢奸「蘆焚」就令人憎惡了。因此，蘆焚特意給編輯柯靈寫了封打假信，希望能予以刊出。柯靈自然領意，在《狩獵》的文末，以《附作者來信》為題編發了全信：「柯靈兄，尊示奉悉。你給我出了個難題，你沒想到。接辦刊物的困難是意中事，你要稿子，在情義上既不能拒絕，而我卻遠在前年底就收拾起來，決心不再發表什麼了。一時不想動筆。舊稿倒積存了幾篇，惟用時須將題目製版，因為就我所知，從去年起便有另一位『蘆焚』在上海發表文章，此其所謂以別大雅也。又，今後凡作品以賤名刊出，題目未經製版或製版而字跡不符者，倘非轉載，則即為另一『蘆焚』所為，與弟無涉。如果方便，祈將此信揭登貴志，聊作聲明。專此布

達。順頌清吉。蘆焚三十二年五月二十四日。」此後,「蘆焚」這一名字雖然偶爾還用,但1946年7月以後,則主要使用師陀這一筆名了。

為什麼取「師陀」這一筆名呢?作家說:師陀「是地地道道的漢文,並非梵文的音譯,雖然我常常『從俗』,回答別人『是阿彌陀佛的陀』。按漢文辭書:陂陀,起伏不平貌。我是把陂解釋作湖泊的,其實也並非我的『發明』,古人就是這樣用的。例如『白龍陂』。『陂陀』既然是『起伏不平貌』,陀顯然是『高地』,也許可以解釋『小丘陵』。因此,我所『師』的其實是高地或小丘陵,表示胸無大志。」這雖然是謙詞,但「師陀」這一筆名代替了「蘆焚」卻是事實,他的長篇小說《結婚》就是他署名「師陀」後出版的第一部長篇小說。

小說寫出生於沒落小官僚家庭的胡去惡大學畢業後到上海做中學教員以籌集與佩芳結婚的費用,但事與願違,於是,他決定做投機生意。他找到他父親當年在北京的故交之子田國寶,提出用稿子做抵押借點錢,在這一過程中認識了投機商錢亨,以及田國寶的妹妹田國秀、患梅毒的瞎眼博士黃美洲。他把錢交給錢亨去買股票,剛開始有贏利但很快就被套騙,他又想通過和田國秀結婚來再次擁有做生意的本錢,遂與佩芳分手,與田國秀談戀愛並試圖獲取她的芳心,但再次被錢亨和田國寶坑騙,不僅稿子被田國寶署名出版,萬元股票也血本無歸。憤怒之極,胡去惡刺殺了錢亨,但自己也被巡捕開槍打死。

小說圍繞著主人公胡去惡的心理發展和情感蛻變為線索,分上下兩卷,在形式上具有明顯的特徵,即:上卷由胡去惡給未婚妻林佩芳的六封情書構成,下卷寫胡去惡移情別戀後的戀愛與生存的畸變與結果。通過對胡去惡由奮鬥到沉淪的人生轉變經歷的描述,折射出都市進程中城市／鄉村、現代／傳統、愛情／欲望之間的衝突與糾葛,同時作家運用誇張與諷刺的手法對淪陷期的上海污濁不堪、金錢至上的拜金思潮及其投機家醜惡的靈魂,作了深刻的揭露與批判。小說對胡去惡人生轉變的心理洞察尤為細膩深刻,上卷採用第一人稱的敘述增強了敘述的真實性,下卷採用第三人稱敘述有利於凸現故事的客觀性,在娓娓的敘述背後是作者以理性的目光審視個體在現代文明進程中遭遇的生存困惑,以理性的人道主義立場表達作家對人的主體精神失落的現代性焦慮,豐富與深化了現代小說「人的覺醒」為主題的文學啟蒙性圖景。

不過,小說的不足也是顯在的。唐湜在《文訊》1948年第8卷第3期發表《師陀的〈結婚〉》一文中就指出:「這在結構上看得最清楚了,上卷用書札的方式抒情,作者想用力克服敘述都市生活的困難的苦心是可以看得很明白的,但他的失敗也非常自然。這裡是散漫,鬆弛,無力,雖還殘

存一些詩人過去有的寧靜的氣質，但多不調合，多麼顯得進退失據，多狼狽，當然夠不上稱為史詩式的。下卷用普通的分章法，作者最初似乎想努力完成一個戲劇式的循環，以期去惡滿身瘡痍地退出都市，退向內地，回到林佩芳的身邊，回到鄉村的愛裡，⋯⋯復仇可以如此完成，但天啊，這局面竟急轉直下，以血案與同歸於盡作了這可憐的與冒險的結束，多不自然，在心理情緒上我們還是毫無準備呵。」「這個過火的戲劇性的尾巴，雖然有著歷史性的意義，作者到底還是認識都市社會的必然發展的趨勢與毀滅一切妄想的力量，卻破毀了一個戲劇式的結構的完成。這是一個無可解脫的矛盾，作者的落後的生活態度與世界觀的具體觀念跟他的現實的題材，市儈主義的都市的矛盾，這使他走向巴爾紮克式的悲劇：作為主題詩的浪漫又純潔的傳奇與作為散文題材的市儈主義的氛圍的不能和諧地形成藝術的完整的悲劇。到處可以看到詩人的力不從心的掙扎。而他又沒有巴爾紮克那樣巨大的浪漫熱情來克服，壓倒一切障礙，於是，改組派小足式的敘述便到處發現，這多麼可悲，這不僅是胡去惡的悲劇，而竟更是現代的牧歌詩人的悲劇。而這又形成了風格上的零亂與不夠沉潛凝練與結構上的更可怕的不調和與不完整，而更因此，人物的具象的個性便也黯淡了，他們只成了浮淺的象徵，不能有太實際的意味，許多過火的描寫與談吐，與缺乏深厚的力，使人起了在淺水裡游泳的感覺。」

應該說，這個感覺是準確的。

青春的詩：《財主底兒女們》

　　青春的詩！

　　這是胡風讀完二十二歲的天才作家路翎的長篇小說《財主底兒女們》後情不自禁的讚賞，也是他決定以此作為《財主底兒女們》的序言的讚歎。在《序》中，他充滿激情地寫道：「時間將會證明，《財主底兒女們》底出版是中國新文學史上一個重大的事件。」「在這部不但是自戰爭以來，而且是自新文學運動以來的，規模最宏大的，可以堂皇地冠以史詩的名稱的長篇小說裡面，作者路翎所追求的是以青年知識分子為輻射中心點的現代中國歷史底動態。然而，路翎所要的並不是歷史事變底記錄，而是歷史事變下面的精神世界底洶湧的波瀾和它們底來根去向，是那些火辣辣的心靈在歷史運命這個無情的審判者前面搏鬥的經驗。」「在這裡，作者和他底人物們一道置身在民族解放戰爭底偉大的風暴裡面，面對著這悲痛的然而偉大的現實，用著驚人的力量執行了全面的追求也就是全面的批判。說全面的，當然不應是現象底巨大俱收的羅列，而是把握住精神現象底若干主要的傾向，橫可以通向全體，直可以由過去通向未來的傾向。我們看到了封建主義底悲慘敗戰，兇惡的反撲，溫柔的歎息，以及在偽裝下面再生了的醜惡的形狀，我們看到了殖民地性個人主義底各種形式，一直到被動物性主宰著的最原始的形式，一直到被教條主義武裝著的最現代的形式。在這中間掙紮著忠實而勇敢的年青的生靈（們），雖然帶著錯誤甚至罪惡，但卻是兇猛地向過去搏鬥，悲壯地向未來突進。這一切，被自『一‧二八』到蘇德戰爭底爆發這個偉大的時代所照耀，被莊嚴而又痛苦的民族大戰爭所激蕩，被時代要求和戰爭要求鞭打著的這古國底各種生活觸手所糾纏。」作者「所追求的『是光明、鬥爭的交響和青春的世界底強烈的歡樂』」。「在那個蔣少祖身上，作者勇敢地提出了他底控訴：知識分子底反叛，如果不走向和人民深刻結合的路，就不免要被中庸主義所戰敗而走到復古主義的泥坑裡去。這是對於近幾十年的這種性格底各種類型的一個總的沉痛的憑弔。而在那個蔣純祖身上，作者勇敢地提出了他底號召：走向和人民深刻結合的真正的個性解放，不但要和封建主義做殘酷的搏戰，而且要和身內的殘留的個人主義的成份以及身外的偽裝的個人主義的壓力做殘酷的搏戰。這是這一代千千萬萬的青年知識分子應該接受但卻大都不願誠實地接受，企圖用自欺欺人的抄小路的辦法回避掉的命運。不用說，和一切真實的心靈一樣，作者是向著未來，為了未來的，所以他底

熱情的形象到了以蔣純祖底傳記為主音的第二部，就更淒厲，更激蕩，更痛苦，也更歡樂而莊嚴。」「所以，《財主底兒女們》是一首青春底詩，在這首詩裡面，激蕩著時代底歡樂和痛苦，人民底潛力和追求，青年作家自己的痛哭和高歌！」

的確，這部以家族變遷為圖景展示知識分子精神世界的八十萬字的巨著，不重在刻畫連貫的情節與流暢的故事，而重在以分析式的充滿理性的敘述文體剖解人物的心靈，書寫人物主觀的戰鬥要求與客觀現實，提出「對於為人民，在人民裡面的戰鬥實踐的意志的要求」，「對於戰鬥內容的真實的把握的要求」，「對於客觀世界底運動本質的把握的要求」，因為在路翎看來，「唯有在運動著（鬥爭和實踐著）的人們，才能掌握在運動中（在鬥爭著和實踐中）的物質世界本質。」這就使得這部以擅長展示鬥爭和實踐著的人物的主觀激情與心靈搏戰的小說以其特有的體式成為新文學史上一個獨特的存在。

《財主底兒女們》下冊1948年2月由希望社出版。書出版時，二十五歲的路翎不由得在《題記》中這樣寫道：

「我所追求的，是光明、鬥爭的交響和青春的世界底強烈的歡樂。」

「我所檢討，並且批判、肯定的，是我們中國底知識分子們底某幾種物質的、精神的世界。這是要牽涉到中國底複雜的生活的；在這種生活裡面，又正激蕩著民族解放戰爭底偉大的風暴。但由於我底限制，我沒有能力創造一部民族戰爭底史詩。我只是竭力地告訴我設想為我底對象的人們，並告訴我自己，在目前的這種生活裡──它不會很快地就過去──在這個『後方』，這個世界上，人們應當肯定，並且寶貴的，是什麼。」

「我不想隱瞞，我所設想為我底對象的，是那些蔣純祖們。對於他們，這個蔣純祖是舉起了他底整個的生命在呼喚著。我希望人們在批評他底缺點，憎惡他底罪惡的時候記著：他是因忠實和勇敢而致悲慘，並且是高貴的。他所看見的那個目標正是我們中間的多數人因憑信無辜的教條和勞碌於微小的打算而失去的。」

「我們現在是處在一個亟待毀滅，也亟待新生、創造的時代。一切東西，一切生命和藝術，都是達到未來的橋樑。人們底生命是一個鬥爭底過程。在世界上，沒有什麼永恆的宮殿，何況我們周圍的這些宮殿是紙糊的；沒有什麼恒久的監牢，何況我們周圍底這些監牢是偷偷地掩藏著的。年青的生命，敢於輕視、搖動、擊毀它

們，這種輕視和攻擊，在我們就等於創造：它們自然要，也必得和這個世界上的那種深沉的、廣漠的，明確而偉大的東西聯結在一起的。但假如這些年青的生命們前進了幾步就期待著一勞永逸，豔羨起那些紙糊的宮殿和陰暗的監牢來了，那麼，不管他們臉上是掛著怎樣的笑容或眼淚，他們都必得被繼起的人們，以那個偉大的東西底名字，重重地擊倒。我希望告訴我設想為我底對象的人們，我希望我們都能夠真的知道，是渴望著這個民族和他們自己底新生的人們，就必得有怎樣的精神和勇氣！」

　　那時，年輕的路翎是多麼的意氣風發！
　　在中國新文學史上，以家族小說的方式構建反封建與個性解放的主題的作家並不少見，僅以長篇小說而言，就有巴金的《家》、端木蕻良的《科爾沁旗草原》等，不過，巴金的反封建重在抨擊舊專制對青年一代的戕害，塑造「新人」的成長並使其逐步擺脫封建專制的控制，從而建立起現代新人的思想與行為的起點。由於親身的經歷與切膚的感受，《家》於平實中彰顯激情。端木蕻良筆下的丁寧是已經具備新思想並擺脫了家庭束縛的新知識分子，對於舊的習俗與迷信有強烈的批判思想，因而以一種領導者的身份拯救草原上不幸的農民。小說中的丁寧與大山具有強烈的象徵意味，也體現出作家昂揚的情緒與英雄般的激情。路翎筆下的兩兄弟蔣少祖與蔣純祖，思緒澎湃，激昂慷慨，其主觀戰鬥精神在鬥爭和實踐中彰顯得淋漓盡致。他們一次次從個性解放出發，以強大的自我意志和精神偉力，將自我投身於偉大的時代與洪流中，並希翼在這場偉大的自我救贖過程中走向新生。雖然這種自我拯救以漂泊流離、挫折失敗告終，但它所體

現的現代知識分子的人格力量卻是這一歷史時代的必然要求。作家筆下的歷史事件只是一個背景，處於時代漩渦中心的是以蔣少祖蔣純祖為代表的具有現代獨立意識的知識分子的心靈的抉擇。這也就是胡風所主張的主觀戰鬥精神與客觀現實融合的現實主義。路翎對鬥爭和實踐中人物的主觀激情與心靈搏戰的書寫，也為新文學提供了新的經驗與新的範式。

這就是青春的詩！這就是路翎留給新文學史的寶貴遺產。

第二輯　戰爭・歷史

《蝕》之思，《蝕》之惑

　　1927年8月10日，當葉聖陶準備在《小說月報》第9號刊登中篇小說《幻滅》時，便將沈雁冰自擬的筆名「矛盾」改為「茅盾」，並在第18卷第8期的《最後一頁》中對《幻滅》作了這樣的預告：「下期的創作，有茅盾君的中篇小說《幻滅》，篇中主人翁是一個神經質的女子，她在現在這不尋常的時代裡，要求個安身立命之所，因留下種種可以感動的痕跡。」1927年9月10日，《幻滅》始刊於《小說月報》第18卷第9號，至10月10日第10號畢，轟動文壇。緊接著，葉聖陶又在《小說月報》第18卷第12號刊載的《小說月報》第19卷第1號的《要目預告》中，對《動搖》再作預告：「中篇小說茅盾著。年來革命的壯潮，沖打在老社會的腐朽的基礎上，投射在社會內各方面人的心鏡上，起了各色各樣的反映，在這篇小說裡，有一個精細的分析。故事的背景，在長江上游一個小縣城裡。舊勢力的蠢動，民眾運動的糾紛，從事革命工作者的彷徨苦悶，織成了全篇的複雜的結構。《幻滅》中間的人物，在此書中又再現了一二位，所以此書和《幻滅》可以算是姊妹書。不過《幻滅》只從側面遠遠的描寫現代革命，而此書中已深切的觸著了它的本身。」1928年1月10日，《動搖》刊於《小說月報》第19卷第1號，至3月10日第19卷第3號畢。6月10日，《小說月報》第19卷第6號再刊載葉聖陶所撰《本報第六號要目預告》，對《追求》再作宣傳：「本篇也是現代青年的描寫。在此大變動時代，青年們一方面幻滅苦悶，一方面仍有奮進的熱望；《追求》所寫照的，就是這一班人。書中沒有主人翁，但也可說書中人物幾乎全是主人翁。照他們的性格和見解分類，篇中的人物可以分為四類，他們有一個共同的缺點，即是都不免有些脆弱，所以他們追求的結果都是失敗。在青年心理的變動這一點上，本篇和《動搖》仍是聯結的。」1928年6月10日，《追求》始刊於《小說月報》第19卷第6號，至9月10日第9號畢。1928年8月，《幻滅》與《動搖》由上海商務印書館作為文學研究會叢書出版。1928年12月，《追求》也由上海商務印書館作為文學研究會叢書出版。1930年5月，茅盾將《幻滅》、《動搖》、《追求》三部曲以《蝕》為名結集出版。至此，作為小說家的茅盾開始登上文壇。

　　《幻滅》寫天真的夢想家靜女士來上海找同學慧女士以求「靜心讀書」，但慧女士因情感受到欺騙奉行玩弄哲學，棄男同學抱素。靜同情抱素亦委身於他後，發現抱素竟是「暗探」，失望之餘躲進醫院，以求心的

寧靜。受北伐革命勝利的召喚，靜女士到漢口傷兵醫院當護士並愛上連長強猛。但強猛傷癒歸隊，靜女士感歎夢醒後依然是理想的失落。

《動搖》寫劣紳胡國光鑽進革命內部（任縣黨部執委兼常委），以貌似革命實則投機、破壞革命的面目出現，奉行極左路線，如將闊人的婢妾、孀婦、尼姑等收歸公有，成立婦女保管所，實則為己提供方便；以打倒「反革命官吏」的名義，煽動民眾團體，糾集流氓打手包圍縣署，覬覦縣長寶座。而黨部商民部長方羅蘭卻左右搖擺，姑息養奸，內為妻子梅麗及浪漫女性孫舞陽而煩悶，外為胡國光的兩面三刀手法而束手無策。最終在叛軍的進攻下倉皇出逃。

《追求》寫三類知識青年：一類是奉行教育救國的張曼青，到城郊中學當教師，也不能救被誣學生，而愛情也頗為失望。另一類是「半步主義」改革者王仲昭，熱心於自己第四版的逐步改革，實是為了博得「神聖的對象」陸俊卿的歡喜，而「俊卿遇險傷頰」的電報使他的追求剎時改變了面目。第三類是不甘平庸永遠自信的章秋柳，欲結社反抗惡濁的社會，未能如願後在舞場等處尋求感覺，她本想拯救看破紅塵追求自殺的史循，卻不幸染上梅毒。

《幻滅》是沈雁冰以「茅盾」為筆名寫作的第一篇小說，也是1927年大革命受挫後茅盾首次進行的文學嘗試。雖然小說瀰漫著悲觀、消沉的氛圍，但還是以鮮明的時代性引起了廣泛的注意。不過，茅盾在這部有著鮮明時代特色的小說裡所想表現的或許只是：青年女子在動盪不安的社會與時代中，個人的感性的精神訴求是難以實現的，孤獨與失望、悲觀與幻滅往往是她們不得不承受的結果。這也是茅盾當時內心的真實寫照。如果說《幻滅》還僅是將革命做背景的話，那麼，《動搖》則是將革命作為舞臺了。方羅蘭和胡國光，一個是革命的領導者，一個是革命的對象，但由於領導者的對革命手段的理解不同，革命的對象反而鑽得空子一度成為革命的領導者，革命的大好前程也斷送在他們的手裡。在這裡，茅盾也許思索的是：革命是什麼？什麼是革命應該依靠的？革命的手段應該是什麼？什麼樣的革命者才能成為革命的領導者？「左」如果幼稚，那麼「右」當如何呢？《追求》是作者最偏愛的一篇，作者試圖通過三類人物的描寫，反映一代青年的時代病與精神色盲和「世紀末的苦惱」，而章秋柳的形象則代表著時代女性有所追求，有所希冀的未來。但實際上，《追求》、《動搖》、《幻滅》恰恰反映的是「幻滅」、「動搖」、「追求」，這種「錯位」當不是簡單的巧合。

《蝕》是由三個中篇《幻滅》、《動搖》、《追求》拼合而成的長篇，從嚴格的意義上講只是三個中篇的合集而不是長篇小說。三者之間不

僅故事不相關聯，人物各成體系，主題亦各不相同，並不符合長篇小說的基本要素。如《幻滅》借靜女士生活理想與愛情理想的破滅，表達了現代女性如何尋求自我的時代訴求。《動搖》通過方羅蘭的逃遁和胡國光的囂張，形象地說明了革命時代如果一個革命者沒有一副革命家和政治家的手腕和心腸，而是軟弱搖擺甚至倡導中和，其結局勢必相反。而《追求》則通過表現一班青年追求理想卻被現實無情地擊得粉碎的苦悶心理，反映了大革命失敗後瀰漫在都市上空的「幻滅的悲哀，向善的焦灼，和頹廢的衝動」（張曼青語）。但由於作者將三者合而為一，人們又習慣以字數論長篇，故長時間以來人們將其視為長篇小說，可謂是將錯就錯了。

不過，對於《蝕》的解讀而言，難度不在於是否為長篇小說，而在於如何將茅盾的歷史觀與文本相對讀。1928年10月10日，茅盾在第19卷第10號《小說月報》上發表《從牯嶺到東京》一文，該文詳盡地表述了茅盾創作《幻滅》、《動搖》、《追求》的動機與設想，以及對時局與文學發展方向的認識，是瞭解茅盾早期思想與創作的一篇重要文章。該文的發表引發了革命文學內部一場大的文學論爭，對《蝕》的接受與茅盾的創作產生了重要影響。其中最令茅盾尷尬的一段話是：

> 我承認這極端悲觀的基調是我自己的，雖然書中青年的不滿於現狀，苦悶，求出路，是客觀的真實。說這是我的思想落伍了罷，我就不懂為什麼像蒼蠅那樣向窗玻片盲撞便算是不落伍？說我只是消極，不給人家一條出路，我也承認的；我就不能自信做了留聲機呟喝著：「這是出路，往這裡來！」是有什麼價值並且良心上自安的。我不能使我的小說中人有一條出路，就因為我既不願意昧著良心說自己以為不然的話，而又不是大天才能夠發見一條自信得過的出路來指引給大家。人家說這是我的思想動搖。我也不願意聲辯。我想來我倒並沒動搖過，我實在是自始就不贊成一年來許多人所呼號吶喊的「出路」。這出路之差不多成為「絕路」，現在不是已經證明得很明白？

這一驚世之論讓左翼革命者大跌眼鏡，不僅引爆了左翼革命文學內部的這場論爭，也成為左翼革命者攻訐的口實。他們不能想像也不能容忍曾是共產黨員的沈雁冰搖身一變為「茅盾」後就大談中國革命的末路，滿眼「幻滅」、「動搖」的情緒，而不是「追求」與奮進的鬥志，他們將其視為發表《悲痛中的自白》的施存統，將《從牯嶺到東京》視為他的「悲痛中的自白」。因此，以《蝕》所表現的內容而質問作家的身份，立場，直

接就世界觀、歷史觀、創作觀等與茅盾一辯高下也就不足為奇了。他們已不認為這是一個文藝問題，而將它看作一個政治問題，一個大是大非的原則問題。既然是大是大非的原則問題，豈能讓步！既然是大是大非的原則問題，且問題又源自《從牯嶺到東京》，又有由《蝕》而生髮，當然要以之為靶心，言辭也自然激烈且充滿火藥味。這場爭論最終以「左聯」的成立而內部調解。但不管怎麼說，這場爭論在雙方心中都留下了難以抹去的陰影，而茅盾更感受到前所未有的壓力。以茅盾的歷史觀對讀於《蝕》就成為茅盾難言的尷尬。為擺脫這一尷尬，他隨後創作了《虹》以示轉變，之後又在瞿秋白的「指導」下創作了《子夜》，完成了對中國社會性質思考的形象展示。

　　但，問題依然沒有解決，而此時的茅盾也不是創作《蝕》之時的茅盾了。

被魯迅誤讀的《大上海的毀滅》

　　每年的8月15日都是中國人民抗戰勝利紀念日。在紀念這一偉大勝利的歷史時刻，我想起抗戰文學的先聲之作──黃震遐（1907－1974）的《大上海的毀滅》。以往人們多將這一桂冠戴在李輝英的長篇小說《萬寶山》的頭上，實際上，《萬寶山》創作時間雖早但正式由上海湖風書局出版的時間是1933年3月，而《大上海的毀滅》創作時間稍晚但正式由上海大晚報館出版的時間是1932年11月。只不過《大上海的毀滅》因被魯迅誤讀而未得到公正的評價而已。

　　魯迅為什麼會誤讀《大上海的毀滅》呢？這就要談到魯迅對「民族主義文學」的態度了。「民族主義文學」是1930年6月由潘公展、范爭波、朱應鵬、傅彥長、王平陵、黃震遐等國民黨文人策劃發起的以「民族主義」為旗號，以《前鋒週報》、《前鋒月刊》為陣地的一場文學運動。因其官方性質和反蘇傾向，遭到了以魯迅、瞿秋白為首的左翼文學的強烈批判。魯迅在《「民族主義文學」的任務和運命》一文中將他們視為「寵犬派」。作為「民族主義文學」倡導者之一的黃震遐及其創作，當然難逃這一厄運。只要是黃震遐的創作，魯迅就恨屋及烏地予以猛烈抨擊。在《對於戰爭的祈禱──讀書心得》（《偽自由書》）一文中援引了《大上海的毀來》一段對話後認為：「『民族英雄』對於戰爭的祈禱是這樣的」，「打是一定要打的，然而切不可打勝，而打死也不好，不多不少剛剛適宜的辦法是失敗。」這顯然是斷章取義、借題發揮了。在《止哭文學》（《偽自由書》）一文中魯迅又認為：「一部《大上海的毀滅》，用數目字告訴讀者以中國的武力，決定不如日本，給大家平平心；而且以為活著不如死亡（『十九路軍死，是警告我們活得可憐，無趣！』），但勝利又不如敗退（『十九路軍勝利，只能增加我們苟且，偷安與驕傲的迷夢！』）。總之，戰死是好的，但戰敗尤其好，上海之役，正是中國的完全的成功。」這同樣沒有從全文出發且帶有意氣的成份。因為緊接下文所寫的一段話：「躺在床上，我拿這四個答案翻來覆去地想著，卒於又發現了許多的矛盾與錯誤，而尤其是，自己看到的那些『我們』，只是些躲在外人保護下的蘇秦張儀們，那又何必提？」對其中的「我們」即那些空談家講得很清楚，何況這並非作者在小說中所要表達的本意。魯迅在這裡顯然是斷章取義、借題發揮了。

　　其實，《大上海的毀滅》主要寫了三方面：一是湯營長、羅連長等為

代表的十九路軍的正規軍抗戰的英勇行為；二是戰爭期間羅連長的未婚妻阿霓和她的密友露露、買辦張先生等的醉生夢死的生活；三是以草靈為代表的自發的個人的為民族而戰，保家衛國，不惜犧牲生命的愛國民眾。三者相互交織，彰顯抗戰軍民浴血奮戰、可歌可泣的英雄事蹟，以抨擊那些苟且偷安者，抒寫愛國民眾自發的崇高的犧牲精神以諷刺那些只說不做的可憐蟲，同時也流露出對中日兩國軍力不對等致使中國政府被迫撤退的失望之情。可以說這是第一部以「一‧二八」淞滬大會戰為題材的長篇小說，也是一部謳歌中國軍民不屈不撓地抵抗外來侵略的愛國主義小說。雖然其藝術表現力略顯不足，但其主題的積極意義應予以充分的肯定。魯迅抱著對「民族主義文學」論者的成見批判黃震遐及其《大上海的毀滅》，暴露了他性格偏執的一面。其實，在魯迅的性格中，既有熱忱的一面，也有決絕的一面，這也是魯迅多重性格的兩個方面。魯迅對黃震遐的評價就是他決絕性格的一種表現，他對《大上海的毀滅》的誤讀是他對「民族文學」論者們的成見所致。我們應該將其中的論斷只宜作雜文看而不可當論點用。至於目前學界長期以來以非文學的因素（包括魯迅的影響）忽視甚至否定這部小說，是草率而令人遺憾的。

東北抗戰文學的先聲之作《萬寶山》

　　1931年7月，吉林發生「萬寶山事件」，雖然事件的表因是漢奸郝永德轉手將地租給流浪到東北的朝鮮農民耕種，朝鮮農民開渠與中國農民引發衝突，進而導致中日兩國間的利害衝突，但其實是日本帝國主義蓄謀已久的入侵中國的前奏（二個月後，「九・一八」事件爆發）。面對這一震驚中外的歷史事件，李輝英根據一些報紙提供的材料，僅用了八十餘天就創作了同名長篇小說《萬寶山》，1933年3月1日由上海湖風書局出版。

　　《萬寶山》是李輝英以「萬寶山事件」為素材創作的長篇處女作，也是第一部在描繪東北民情風貌的同時，展現東北人民反日鬥爭生活的長篇小說，更是一部噴發著強烈的愛國主義激情的長篇小說。由於作者取材於歷史事實，彰顯抗日旗幟，在其出版伊始就以題材重大，傾向鮮明，社會效果顯著而引人注目。它所開拓的表現東北人民抗日烽火的創作視閾，成為東北作家天然秉傳的文學精神，並生生不息於中國新文學史冊。

　　當然，它也存在著明顯的不足。對此，茅盾1933年2月在《文學》雜誌發表的題為《「九・一八」以後的反日文學——三部長篇小說：三、〈萬寶山〉》一文中認為，由於作者缺乏深入的思考與觀察，僅憑紙面材料為據導致思想直白且出現偏差。他說：「除了描寫『地方色彩』以外，作者並沒有把久在日本帝國主義武力控制和經濟侵略下的『東北』的特殊

社會狀況很顯明地表現出來。這是全書主要的病根！」「寫東北的社會狀況而忘記了日本帝國主義經濟勢力之獨佔的控制與深入，便是很大的錯誤！《萬寶山》的作者也就在根本上犯了這錯誤！」「因此，作者就把郝永德勾結日本人來開墾荒地以前的萬寶山寫成了世外桃源似的『樂土』，全書二百五十餘面中簡直沒有寫到日本帝國主義的經濟侵略怎樣早就造成了萬寶山農民的不可挽救的貧困。全書給人的印象是：萬寶山農民本來過的是快樂日子，然而郝永德勾結日本人來開墾荒地，這就糟了，所以農民要反抗。這是把讀者引到了錯誤的認識。」由於「作者既已忘記了日本帝國主義的經濟侵略，並且也忘記了東北軍閥官僚對於農民的剝削。他把萬寶山的農民寫成了逍遙自得的自由民。」「這一個嚴重的錯誤，增加了《萬寶山》這部小說的失敗！」

　　《萬寶山》曾於1939年6月被昆明火線出版社盜版，改名為《東北的烽火》，此書不多見，以至於中國現代文學館編《李輝英代表作》的編者都以為是李輝英的另一部創作呢。

《戰血》：血淚寫就的一部義勇軍抗敵史料

　　封面與封底：民國時的中國地圖上，一大滴鮮血由東北的大地上四濺開來，這是「九一八」事變後日本侵略者對中國人民欠下的血債，兩個鮮紅的大字「戰血」將由此迸發的中國人民抗日復仇的決心表現得不屈而堅定；扉頁一：日本鬼子揮舞著戰刀踩踏在東北人民的累累頭骨上，「『九一八』之夜」五個背景大字清晰可見，銘記著歷史節點的恥辱與悲哀；扉頁二：岳飛手書拓本「還我河山」奪目警醒，彰顯著中華兒女精忠報國、捍衛祖國統一的民族氣概；扉頁三：在《戰血的扉語》題名下，寫著這樣幾行詩：「為著爭生存，我們都得這樣幹！／為著求國土完整，我們可以犧牲不活！／這是偉大而無可比擬的呵——／只要是有血在流，只要是有心在跳，凡是中華的民族，都要／肩著這個重擔——復仇。」這是詩，更是血的誓言！這就是王寒生1936年5月由一般文化社出版的長篇小說《戰血》的封面、封底及三張扉頁的設計。主題鮮明，寓意深刻，令人過目不忘。

　　《戰血》寫「九一八」事變後，東北被日本人攻佔，作為一名黑龍江人，我（吳鐵俠）決心赴東北抗日。第二天，我化名坐火車去哈爾濱。過錦縣時遭到日本憲兵的盤查。到哈爾濱後，妻子文英及在婦兒科醫院當院長的同學王逸凡女士來接站。到後我馬上乘軍車到了苑旅長的部隊。誰知戰鬥開始不久我就受傷並被送到逸凡所在的後方醫院。不久，戰事失利，我因有逸凡和苑旅長的關照才同醫護人員一起回到了哈爾濱。一路上省破家亡的痛苦時刻刺痛著我的心，對日本鬼子的仇恨亦更強烈。當我得知憑心當土匪時，決定加入土匪復仇。在第一次打敗了敵人後不久就轉入了遊擊戰。隨後，條件越來越艱苦，苦撐難以長久，大家就派我去南京聯絡，希望中央出兵。到南京後無結果，只得又經北平回到長春。再次找到憑心後與別的隊伍聯合攻打寧安城，雖攻克了寧安但也付出了重大代價。隨後，傳來東京城失守的消息，事關寧安的安危，我遂率兵馳援，決心血戰。

　　這是由「實地參加過東北義勇軍工作的熱血青年含著血淚寫成的」「一部義勇軍抗敵史料」（陳紀瀅《序》中語），所寫的人與事多是有跡可考的客觀史實，亦如《〈戰血〉讀後記》中所言：「《戰血》是『九・一八』的炸彈爆炸的血跡」；「是中華全民族反帝國主義的前奏曲」；「是軒轅黃帝子孫祭祖的宣誓詞」。作品以我（吳鐵俠）自「九・一八」

後不甘做亡省奴五赴東北抗日前線的經歷為線索，如實地記述了東北義勇軍在東四省淪亡之際不甘屈辱而奮起反抗的血戰歷程，揭露了東四省的大好河山在日寇的鐵蹄下被肆意踐踏、人民被肆意凌辱的痛苦現實，表達了東北人民誓死捍衛民族尊嚴的歷史必然。全書澎湃著強烈的愛國主義激情和不屈的意志，對入侵者的暴行刻骨仇恨，對人民遭受的兵燹無限同情，對東北義勇軍自發地組織起來但因缺乏統一指揮以及裝備落後、中央另有隱情而無力支援導致的失利表示無奈與惋惜。作品每節以古詩詞作題引契合氛圍的，烘托了全書的詩意，增強了作品悲壯與感傷的藝術氛圍。作品寫實性強惜較為瑣碎，剪裁不夠，有些散，一些地方說理成份較強有書生氣。就整體結構而言，亦不均衡。不過，由於其場景客觀，人物真實，情感真摯，作為一部義勇軍抗敵的重要史料，仍有著不朽的文獻價值。

戰爭是可以感化人的：談歐陽山的《戰果》

　　歐陽山（1908－2000），湖北荊州人，由於家窮，出生幾個月後就被生父賣給一個楊姓人家，起名楊鳳歧。辛亥革命爆發後，隨養父去廣州謀生。1924開始發表作品，1926－1932間以「羅西」為筆名發表了一系列以感傷的愛情為主，兼及底層民眾的不幸生活以及為爭取自己的權利與義務而鬥爭的小說，也稱為「羅西時代」。比較有影響的如《玫瑰殘了》、《愛之奔流》和《竹尺和鐵錘》等。1932年9月，他發起「廣州普羅作家同盟」，並在《廣州文藝》創刊號上發表短篇小說《跛老鼠》，署名「歐陽山」，從此，「歐陽山」就成為作家最常用也最有影響的筆名。抗戰爆發後，歐陽山積極回應文藝的大眾化運動，竭力克服創作中的歐化傾向，努力創作大眾小說為抗戰服務，也即是以大眾的語言，寫大眾所關心的事，寫大眾能看的小說，鼓舞全國人民的抗戰意志。1942年12月由桂林學藝出版社出版的長篇小說《戰果》，就是歐陽山從「羅西時代」向大眾化轉化的過渡性作品。

　　小說寫十三歲的丁泰由於家教缺失，成為泥螺村人人鄙視、人人提防的人，甚至直截了當地叫作「小賊丁泰」。他惡習不改，以至於抗日宣傳隊來村宣傳時他都不放過。然而，他發現，偷了宣傳隊員的懷錶被發覺後，宣傳隊員范沙、王嘉不僅沒有打他，反而給他講愛國的道理。他發誓不再偷東西，還跟隨著他們去了廣州以擦鞋謀生。「八·一三」後，廣州再次掀起獻金熱潮，丁泰熱心地捐出了自己六十多元的勞動所得，被范沙當眾表揚，又被王嘉稱作英雄，他十分激動，流出淚來感歎道：「一直到現在，你們才承認我是什麼英雄！你們……唉！」不久，日本飛機來轟炸，丁泰在救東幹母親時負傷。臨死前他說：「我對得起哥哥、范沙、東幹叔了！我對得起中國了！」

　　小說名謂「戰果」，意在表明：日本人侵犯中國的戰果就是：激起了全中國人民的反抗和仇恨，全國人民都知道日本鬼子是中國最大的敵人，我們要同仇敵愾，保家衛國。這一樸素的道理，就連曾經是小偷、被人視為無可救藥、沒有生命價值的人都明白。戰爭是可以感化人的。小賊丁泰的覺醒與轉變、獻金直至獻身，就證明了這一點。它再一次說明，在中國，每一個中國人民都是一個特例，什麼事情都有可能發生。這是日本人的「戰果」，也是中國人的戰果。小說選材新穎，構思別具一格，但作品過於富有傳奇色彩，人物的轉變有些簡單，前半部分尚有生活實感，後半

部分則多為主觀想像，描寫也有些冗長，不夠集中，人物語言的個性化也
不夠，影響了這部愛國主義作品的藝術成色。

　　《戰果》由桂林學藝出版社印行了一版，雖印了3000冊，但因是草
紙本，七十年後的今天，要想找到未被蟲蛀的好品相的《戰果》就比較困
難了。

《鴨嘴澇》：抗戰初期民眾覺醒的心靈史詩

　　吳組緗1943年3月出版的長篇小說《鴨嘴澇》（後改名為《山洪》）是他創作的唯一的一部長篇小說，也是一部表現抗戰初期民眾覺醒的心靈史詩。

　　1937年7月7日，日本悍然發動全面侵華戰爭，從此，中華民族開始了一場長達八年的禦侮抗敵、保家衛國的偉大的民族戰爭。但是，在當時的歷史條件下，許多的中國老百姓對於家與國的概念並不十分清晰，對於如何抗戰，為什麼要抗戰，怎樣才能打贏這場保家衛國的民族戰爭也充滿疑惑。身處偏遠山區樸素而又愚弱的普通山民章三官就是如此，家與國的區別在他腦海裡還是一個十分模糊的概念。只是在日寇節節推進的消息傳入鴨嘴澇，中國軍隊節節潰退的情形映入眼簾時，家與國的關係才初步轉化為一個具體的、現實的存在。對此，作家有一段動情而精彩的描寫：

　　　　三官喪神失魄的瞠著眼睛，像猛的被人用木棒迎頭打了一棒，打的迷糊過去了。半響，他偶爾的偏過頭，望見河灘和河面全都展露在他的眼下。只是不久的工夫，那裡的光景卻已經大大的改觀：河面上被木筏擠得滿滿的，蓋沒了，連成了一座闊大的浮橋，灰色的東西從這邊河灘一直拉過對河，沿著對河的河礩向上邊流過去，浩浩蕩蕩，穿進極遠的山巒裡；那更遠處，在山坳間，在茫茫的叢樹間，這還是那灰色的行列隱現著。他隱約的聽到喧嘩聲，鐵器碰擊聲，零亂的步伐聲，打成漠然一片；從極遠處，另有一陣陣的有節奏的雄渾的歌聲傳過來，如大風時候的松濤，如發黃梅大水時候的河聲。三官從來沒見過這樣壯闊動人的光景，他驟然覺得胸口熱辣辣的，有東西望上翻騰，不住的向喉管阻塞：他的心急跳著，像被一個龐大無比的東西壓迫著。他直挺挺的站著，忘了恐懼，望了憂慮，忘了表兄和奶奶，並且忘了自己的存在。他彷彿具體的覺觸到一個實在的東西，這就是「中國」，就是學堂裡王先生所談的那種種道理。他望著那浩浩蕩蕩的灰色緩緩向西首綿延的山巒中不回頭地流，他覺得從未經驗過的悵惘與悲傷。「中國」不要自己這些地方了麼？不要自己的村子，自己的家同自己了麼？一切都無可挽回了麼？……他模糊地覺得自己身子在飄搖，在晃宕（蕩）。

　　樸直而懦弱的山民們啊，面對紛亂的戰局，他們人心惶惶，惴惴不安，無助而無奈，困惑而盲從。他們如同失去家園的孩子期待著親人的呼喚，他們如同失散親人的孤子期盼著母親的撫慰。當戰火降臨時，他們本能地貪生怕死，本能地躲蔽兇險，他們尚未覺悟到這場戰爭已不是以往的軍閥混戰而是一場正義的保家衛國的民族戰爭，只想著如何保全家人，保全財產，這是他們素樸而現實的生活理想（他們中的有些人甚至愚昧地想當順民則可悲而可歎）。他們不知國家、民族與個人命運的複雜關係，更不知這場全民族的抗日戰爭神聖而偉大的歷史意義，他們只能將全部的希望寄託在國家身上，寄託在他們的保護神軍隊身上。但是，他們所聽到的是侵略者不斷推進的消息，看到的是自己的軍隊不斷後退無力保護自己的現實，他們對國家的失望，對軍隊的失望，對自己及其家人未來的失望情不自禁地湧上心來。當家與國的概念在這裡已不是一個抽象體，而是初步轉化為一個具體的、現實的存在時，卻是一個無助而淒涼的存在。這是怎樣的心酸和悲楚啊！

　　然而，戰爭這一可怕的怪獸畢竟無可避免地逼了過來，敵人的鐵蹄踏過了蕪湖、南京，戰火開始向家鄉蔓延。不斷湧來的難民將戰爭與民族的安危、戰爭與國家的脈動實實在在地展現在章三官的面前。他知道，愁悶或焦燥都是徒然，既然無法躲避，那就只能面對。這樣想著，他對自己先前攜妻帶物，巨細無遺地將「家產」搬進山溝以躲避過境軍隊的舉動感到羞愧，又對即將過境的部隊充滿期待──這次開過以後還有許多軍隊要過境呢。這是真的消息！是郵局裡先生親口告訴自己的，不是妖風。他興奮得不能自製，在郵局的板壁前一個字一個字地念著「大──中──華──民──國──×──×──全──圖」。那兩個字他不認識，但他知道這就是自己的國家，自己的軍隊就要從四面八方趕來保衛家鄉了。他就迫不急待地將這消息歡喜地告訴了村裡得高望重的東老爹。這是春天的及時雨啊！自從軍隊從寧國府一帶撤退以來，失利的陰雲籠罩在百姓之中，多少可怕的消息和事實讓鴨嘴澇的人們懷疑「中國」是否還要這些地面，是否還要保護他們這些無助而又懦弱的子民。就在這看似無望的絕望之中，突然得到自己的部隊即將源源開來的消息，那種歡喜，那種欣慰，那種從心底裡流淌的歡樂禁不住地綻放在每個樸直的山民的臉上。他們已不再將國軍看作無惡不作的蝗蟲，而是看作抗戰救國的忠誠衛士，看作百姓安家樂業的堅強後盾。章三官甚至想，這次，不必等到軍隊拉夫，他要主動幫他們挑東西呢。從驚恐到歡喜，從絕望到欣慰，從懼怕到歡迎，從焦慮到期盼，他們的心理在悄然地發生著顯著的轉變。

　　這種轉變還在進行。期盼中的抗日的大軍過來了，百姓們不再驚慌失

措地四處躲避，而是爭先恐後地駐足觀看著，評論著，歡喜著，甚至感動得流出辛酸歡喜的眼淚。試想一下第一次大軍過境時百姓的惶恐，這是多麼令人鼓舞而又欣慰的轉變啊！他們不甘於做旁觀者，他們要將這種內心的歡喜轉化為具體的行動了。率先邁出這一步的是東老爹。他不忍乾渴的士兵去喝河裡的生水，燒了兩桶茶水擱在大軍必經的土地廟的拜臺上。受東老爹的鼓舞，章三官也主動站了出來，在村民們嘲笑、不解、疑慮與支持聲中，將一個士兵的子彈箱挑在了肩頭。他的壯舉令全村的人對他刮目相看。從旁觀到介入，從心動到行動，章三官超越了本性完成了自我重塑的歷史性蛻變。這是真正的轉變，也是感性的昇華！文末，作者通過戚先生與壽官的對話，將這種轉變及其所蘊含的愛國主義精神做了集中的闡發：

> 「……一個人真正肯拿行動來愛他的國家，就是為謀取他自己的利益，保障他自己的利益。要一個人愛一件東西，就須那東西對他有好處，成為他自己的。沒有人無所謂的愛一件東西。也沒有人無所謂的來愛國。——義俠式的愛國熱情是空洞的，脆弱的，沒有價值的。必須通過了國家，能夠愛及自身；那就是：國家的利益和自己的利益完全一致；要這樣，才有價值。」
>
> 「他們正是不明白這點。不明白愛國，就是愛自己。要真愛自己，必須愛國。他們沒念過書的人，一點不明白這道理。」
>
> 「也不完全因為知識水準。最大的原因，還是在於，過去以往，國家不是人民的，是皇帝的，是軍閥們的，是少數幾個人拿在手裡的。大家從來沒看見，沒受過國家的好處；相反的，有時倒受了許多的害處。」
>
> 「要用個什麼法子，才能使大家都知道國家對於人民的好處呢？」壽官熱情的，關心的問。」
>
> 「沒有別的法子，唯有使人民感覺到，認識到，國家是他們自己的。」
>
> 「這什麼時候能夠呢？」
>
> 戚先生抬頭望了望月亮，確定的回答道：
>
> 「這回神聖抗日戰爭的發動，就是開始！」

是的，民族意識的覺醒不僅僅在於民族精英的覺醒，

更在於全體民眾的覺醒——特別是身處窮鄉僻壤的民眾的覺醒尤為重要。只有普通民眾的覺醒，才是整個民族真正的覺醒，才是這個民族邁向希望與重生的莊嚴的開始。只有這樣，一個民族才能擰成一股繩，才

能以真正保衛自己家園、親人的姿態，保衛自己的家園，保衛自己的親人，才能真正意識到國家是自己的，才能以生命來捍衛國家的尊嚴——感受到家國同構的神聖與偉大。對於現代中國的民眾而言，儘管這一覺醒來自戰火，來自異民族入侵帶來的強烈的刺激，來得較為艱難，較為逼迫，但唯其如此，這一覺醒才刻骨銘心，才百折不撓，才毅然決然，才偉大而莊嚴！這是古老民族真正走向現代覺醒的開始，也是中華民族邁向新生的開端。章三官是一個普通的山民，不是一個叱吒風雲的英雄，更不是呼風喚雨的偉人，但正是這樣一個普通的山民，他的悸動，他的迷惘，他的困惑，他的飄搖，他的轉變，他的決心——他的為國家而盡力的勇氣與決心——他的為民族而奮戰的意識與信心，才顯得可貴而崇高，才顯示出中國人民不甘於屈服外來勢力的內在力量，顯示出中華民族禦侮抗敵的歷史必然。從他的身上我們看到了從悵惘與悲傷中努力尋求不屈與堅強的「中國人」這三個大字的覺醒的身影，看到了從危難與困境中認同「中國」這一自豪的名稱並與祖國同命運的血濃於水的天然情感，看到中華民族在百折不撓中頑強生存的民族魂魄。也正是千千萬萬個如章三官樣的普通民眾的真正覺醒，才彰顯出人民的覺醒，國家的偉岸，民族的力量，彰顯出的抗戰守土，人人有責的時代強音，彰顯出祖國與人民同在，人民與祖國血脈相連的時代必然。小說以章三官在民族矛盾激化與到來之際的內心波瀾及其轉變為中心，層次分明，細膩深刻地刻畫出一位普通山民從畏懼到觀望、從小心介入到積極投入的心路歷程，譜寫了一曲抗戰初期民眾覺醒的心靈史詩。

報業人的小說：崔萬秋的《第二年代》

「我原來在上海一個大學裡當教書匠，八一三戰事發生以後，便應友人之約到後方從事政治工作。南京撤守以後，我便在漢口和長沙之間，來來往往。」這是崔萬秋長篇小說《第二年代》的開篇，也是他那時生活的一個側寫——他那時的主要身份不是大學教師而是辦報人，教師只是他的兼職。

崔萬秋（1903－1992），山東莘縣人。1924年赴日留學，1933年3月回國後任上海《大晚報》副刊編輯，並在滬江大學、復旦大學兼課。抗戰前期，他一直以報人、教授、作家的身份活躍在上海文化界。作為報人，他主編《大晚報》副刊《火炬》、《剪影》，並在《火炬》副刊上連載了萬國安的抗日小說《三根紅線》。魯迅逝世後，他很快就在《大晚報》的頭版披露了先生逝世的消息，同時刊出了魯迅先生的遺容及絕筆，又根據《阿Q正傳》卷首的先生《自敍傳略》刊登了他的生平事蹟及著作目錄。他說：「對於故人，我覺得這是我們唯一的表示敬意的方法。」作為教授，除教書外他還出版過幾本學術著作，如《通鑒研究》、《日本廢除不平等條約小史》等，也翻譯過一些日本文學作品，如武者小路實篤的《孤獨之魂》、《忠厚老實人》、《母與子》等。作為作家，「九・一八」後，他創作出版了長篇小說《新路》，表達了他對日本軍國主義的憤恨與對日本人民的同情之心。抗戰後，他曾在自己創辦的《筆》月刊上刊載長篇小說《第一年代》，欲意為抗戰開始的第一年留下忠實的紀錄，不料局勢速變，不僅小說僅寫了開頭就被迫中斷，連創刊號《筆》也變成了終刊號。隨後，他輾轉到達重慶，當生活稍稍安定後，他重新拾起了這一願望，但小說的名字不是《第一年代》而是《第二年代》，1943年4月由重慶文座出版社出版，初版3000冊。

小說以「八一三」至國民政府遷都重慶這一抗戰第二年的歷史時段為線索，借從事抗戰工作的文化人葉唯明與他的愛人鄭擷華（一個女兵）的悲歡離合的遭遇，從一個側面寫出了徐州大會戰至武漢撤退到國民政府遷都重慶這一年來的歷史境況，描繪了抗戰第二年武漢一些黨派人士的活動情形。由於作者是新聞報業人出身，又由於讀者的閱讀期待，小說便多了許多紀實與報告的色彩。作品中許多人都確有其人，許多事亦有史可征，以至於小說出版後許多人一眼就指出書中的朱佛山即周佛海，孟伯文即曾仲鳴等。不過，小說中最著名的莫過於後任陸軍總部情報處長紐先銘的故

事。紐氏當時是南京守光華門的工兵營營長，為了掩護國軍撤退未能在日軍到達前退出，過江時又被擠入江中，幸虧會游泳才保全性命。上岸後，為避免日寇俘虜，他化裝成和尚在南京雞鳴寺念了八個月的經，又機智地躲過了日軍的盤查才逃回後方。不料，到了漢口後，他的妻子已經與同鄉同學同僚的雷大聲同居了。這件富有傳奇色彩的真實故事，被崔萬秋如實地寫進了《第二年代》，只是將紐先銘改為柳劍鳴而已。這一實記引起了外國記者的注意，也引起了許多中國讀者的好奇。《紐約先鋒論壇報》曾為文介紹此書，將其與張恨水的《大江東去》一書一起稱之為於中國抗戰故事中的傑作。應該說，「傑作」確實有些誇張，但許多情節取材於真實的事件卻是不爭的事實。也正由於作者過於紀實的寫法，致使小說紀事有餘而靈動不足，稱其為「紀事小說」並不為過。比如，作品中關於徐州會戰與武漢「四二九」空戰的記述即是基本照搬報紙的介紹，小說對戰爭的描寫也多靠報紙提供的素材，在真實性與藝術性之間，作者書寫的藝術也就顯出報業人的特點。正如公羊谷梁說：「作者所取的雖然是小說體裁，而實在卻是歷史紀錄。」「歷史紀錄就要相當忠實於歷史，這樣一來，作者為了『真』，有時便不免疏忽了故事性的發展，本書的優點是因為它是『歷史的小說』，而缺點也就在於是『小說的歷史』」。至於紐先銘在《南京大屠殺目擊記》一文中說：「因為躲避了做俘虜，大受我的親友們所嘉許。在重慶陪都，崔萬秋為我寫一本小說《第二年代》，當時的名作家張恨水也寫了一本《大江東去》，使得我的傳奇性不脛而走。可惜是這兩本說部，都太著重於我的婚變──傳說我陣亡了，而寡婦再嫁，對於南

京日本的暴行，反而一筆帶過。」紐先銘因之寫小說《回俗記》，而《回俗記》亦因之成為一部揭露日寇南京大屠殺的信史，則是後話。

　　《第二年代》出版後，大受讀者歡迎，很快就印行了兩版。抗戰勝利後，崔萬秋又稍作修訂於1946年4月由上海雜誌公司出版。頗有意思的是，改正版的封面設計是：白底色，書名、作者名與出版社名之間，僅有一個時尚的美女的頭像。而初版的封面設計是：一座巨大的鐘樓傾斜著，書名「第二年代」橫貫其中，透露出時間與戰爭的緊張氣氛。改正版的設計彷彿脫胎於言情小說，完全沖淡了小說原有的戰爭味道，反倒讓人聯想起他的短篇小說集《紅一點》的封面設計，真有點不倫不類。難道是為了感念女主人公鄭擷華？

　　《第二年代》後來又更名《女兵的故事》由上海復興書局出版，不知道的人還以為是崔萬秋的另一部新作呢。

「被色情」的小說：
談荊有麟的《間諜夫人》

　　據各大網站報導，在2009年度時態漢字評選中，「被」字位列年度漢字榜首，「被什麼」成為人們表達特別心緒的萬能句式，人們儼然在不知不覺中進入「『被』時代」。其實，「被什麼」現象並非在2009年才有所表現，在很長一段時間裡一直存在著（甚至可以說「被」字出現後這一情形就沒有停止過），只不過沒有像2009年這樣引發人們強烈的共鳴而已。若借用這一句式，我以為，荊有麟1944年3月由重慶作家書屋出版的長篇小說《間諜夫人》就是一部「被色情」的小說。

　　荊有麟（1903－1951），山西猗氏人，「戰國派」小說的代表作家之一，1924在北京世界語專門學校讀書時，聽過魯迅的課並出版有《魯迅回憶》，內容較為詳實，為魯研界所熟知。1939年加入國民黨軍統與中統，從事特務工作。《間諜夫人》就是他結合自己的特工經歷加工而成的。小說寫趙月華的丈夫晉雲赴上海參加特別任務，不幸犧牲。趙月華得知後，決心參加特務組織，為丈夫報仇。因沒有經過專業訓練，僅有愛國之心，趙月華在複雜的特情戰場上有所閃失，甚至被迫失身於敵人。最後，她為了獲得重要的情報，殺死了日本專使，但自己也獻出了生命。

　　顯然，這是描寫特務遺孀立志為丈夫報仇，為國盡力的一部具有愛國主義色彩的間諜小說，但在一些人眼裡卻被視為「色情小說」。1944年10月9日，微程率先在《新華日報》上發表《在「色情」以上》一文，認為這是一本惡劣的書。它「一面想在『間諜』的名義下寫離奇曲折的故事，一面想在『夫人』的名義下作色情的描寫。」其「用意是更在『離奇』和『色情』以上的。」因此，「我們絕不能容許在抗戰的名義下販賣色情和奇情，更不能容許在抗戰的名義下給人民的敵人粉飾、宣揚。」一周後，王梅汀也在《新華日報》上予以呼應，認為：「抗戰只是它的外衣，和一顆裹著糖衣的毒藥一樣，它裡面含著的是毒物！它擺弄著『間諜』的離奇和無恥的『夫人』的色情。尤其它在向我們宣揚反動！向我們蒙蔽，向我們欺騙。」「這是超過『色情』以上的犯罪！是文藝戰線上一個危險的事實。」隨後，蘆蕻也在《群眾》第10卷第7－8期發表題為《糖衣覆蓋著什麼──評坊間的幾冊「特務文學」》的文章，指責《間諜夫人》等的「色情文學」性質，對作者的態度和立場予以全面的否定。

　　《間諜夫人》是不是「色情文學」？或者說作者在具體情節的刻畫上

有無淫穢的描寫呢？翻看全書，小說確有兩處寫到了趙月華與鬼子及漢奸發生了性行為。一處是她為了套取日本專使的情報被迫與他上床的描寫，僅有這四十個字：「溫柔再溫柔，趙月華竟征服了那個傢伙。兩人玩了不到一個鐘頭，那傢伙就和死豬一樣的睡著了。」實在找不出「生猛」的文字，也看不出「色情」的地方。另一處是趙中了特務科長的計謀，被迷奸後被迫失身於他。這段文字稍長，為避免「斷章取義」之嫌，筆者在這裡全段抄錄如下：

> 趙月華雖然是在做工作，而且已經同各種漢奸與敵人，發生了關係，但對於這個俗惡的特務科長行動與言談，還是看不慣。所以點心雖然來了，她也沒有心思去吃。只端起杯子，喝了幾口啤酒。可是，這一喝，就喝出事故來了。原來她的杯子裡，已被李心田放上迷藥了。
>
> 喝過啤酒後的趙月華，本想再應酬兩句，起身告辭走。但正在低頭大嚼的李心田，沒有給她講話的機會。她便呆坐著看一看周圍桌子上人們的情形，過了約莫有十分鐘，如忽覺得一股熱氣，一直展開在她心胸，接著是：臉也發燒了。身上沒有氣力了，下部某處也由熱力而攻得她癢癢的，她有點茫然，試著站起來。李心田一把按住她，說：
>
> 「忙什麼？坐一會！」
>
> 「不，我要回去！我身上不好過。」
>
> 「怎麼？中暑啦？不要緊，我送你回去！」
>
> 他立刻喊女侍者算過賬，又去打了一個電話，才慢慢把趙月華攙出來。已有一輛黃色汽車，開到咖啡店門口。他把趙月華扶上車，他也就爬了上去。車子一下開到揚子江飯店去。
>
> 趙月華被奸過後，身體還有點軟顫。身上一絲不掛，躺在旅店床鋪上，她不只害羞，實在也懶得動顫。不料李心田手裡拿一個照相機，猛然給她拍了一張裸體照。她只驚叫了一聲。還不曾跳下床，李心田拿著照相機就走了出去。「嘭然」一聲，門被帶住了。
>
> 趙月華一下再倒在床上，嚎啕大哭起來！
>
> 直哭到晚上九點鐘，她才起來。懶洋洋地，走回她自己作夫人的家。

我以為，讀者在這裡應該看到的是作為一個女人在那個時代想為丈夫報仇——為國立功的愛國之心，以及她所遭受的不幸與屈辱。即便不能產

生悲憫的情感，也應以同情之心去理解，去悲歡失去丈夫的女人從事特務工作的艱辛，而不是以左的機械教條的思想扣上「色情小說」的帽子。

　　既然《間諜夫人》在細節的刻畫上並無露骨或赤裸裸的淫穢描寫，那為什麼還要被視為「色情小說」呢？我想，這除了批評者與創作者的身份對立外，還可能與接受者認為作品的構思與作家的立場出現了偏差有關。也就是說，批評者認為小說後部多寫趙月華被迫或無奈地穿跡於漢奸與日偽間，甚至不惜以身體作為代價換取有價值的情報，就是典型的「色情」描寫。這在我看來，作為一個普通的女人，在抗戰時期幾乎是單槍匹馬地拼殺在特務這一危險的職業裡，儘管出現了一定的失誤，但無論如何，趙月華為國立功，殺敵報國的行為還是值得肯定的，她因之而獻出生命也算是為國盡了力。小說結尾寫她想像著得到政府的褒獎就頗有意味。誠然，作為一部小說，《間諜夫人》線索單一，情節簡單，缺乏波瀾起伏之勢，整體成就一般，有些概念化，但其主導傾向還是愛國主義的，趙月華的人物塑造也是清晰可見的。對此，我們應予以充分的肯定。如果認為這樣的構思就是「色情文學」，那《間諜夫人》可真是「被色情」的小說。

《三年》：華北淪陷區長篇小說的破寂之作

　　1937年「盧溝橋事變」爆發不久，華北即遭淪陷，大批作家紛紛南下，華北文壇亦隨之陷入沉寂，不要說長篇小說，就連像樣的短篇小說也沒有。以至於楚天闊不得不感歎道：「想一想這年裡有哪些人寫了比較好的一篇小說，真令我們不敢答覆。」的確，由於知名作家基本南遷，華北文壇的小說創作——特別是長篇小說創作，出現了兩年的沉寂，直到1939年8月李韻如在北京燕生印刷社自費出版長篇小說《三年》後，這一局面才得以打破。

　　李韻如，女，生卒年不詳，河北唐山人，抗戰初期為國立北京女子師範學院英語系學生，1943年又就讀於北京中華新聞學院，出版有短篇小說集《爬山虎》（1937）。《三年》是她唯一的一部長篇小說，也是華北淪陷後正式出版的第一部長篇小說。

　　小說寫女大學生江文彬常與周君直、周夫人張俊英、哈代（即江柏音）與勒瑞（即方耀祖）等聚會，稱之為他們的俱樂部。他們在一起遊玩、聚餐，相互回請，非常快樂。文彬強烈地愛戀著哈代，視他為自己的神靈，她聚會的唯一目的就在於與哈代相會，哈代也通過借書的方式留下再見面的理由，但文彬一直沒有對哈代表白。一天，她因照顧家裡的一個黑姑娘而感染上白喉病，經過治療後死裡逃生。不久又得脊椎病，也大難不死。生病期間，哈代到海濱升任了外務員，這使文彬更為思念，她決定要向他表白，但病好後卻在一次聚會時聽勒瑞說哈代母親給他訂婚了，傷心欲絕，後得知這是誤傳後，就直接去哈代的家向他表白心跡，但哈代已去南方，未能如願，文彬從此鬱悶而憔悴。勒瑞看她的情緒很低沉，非常關心，當得知文彬是由於相思哈代而鬱鬱寡歡時，就特意通知哈代並安排了他們兩人見面。見面後，兩人互訴衷腸，沉浸在幸福的喜悅之中。於是，經歷了三年相思之苦的文彬終於有了理想的結果。

　　這是一部表達熱戀中「情人眼裡出西施」的癡情曲，也是一部抒發青年女子單相思的變奏曲。小說一開始就寫女主人公江文彬癡情於哈代，為他的一切而著迷，為他而生活，甚至甘願為他付出生命。但是，這一切是單向的，都是純由女子江文彬出發的，哈代對此並不知情，作品並沒有動人心魄地寫出她非他哈代不嫁的真正緣由，更沒有寫出兩心相悅的激蕩與幸福，歡樂與淚水，所有的也無非是文彬愛戀哈代時引發的一些小誤會，小彆扭，小脾氣，兩人偶有的相遇與相談也缺乏共振心靈的刻畫與共脈情

懷的抒發，故讀來平淡而乏味。又由於作品時代氣息淡漠，情節平白、瑣碎，文辭過於理性而缺乏形象性，剪裁不夠且拉雜，冗長，濃厚的學生腔與敘述上動輒將敘述人直接拉出的敘述策略，破壞了文本應有的視角與節奏，使整個作品讀來沉悶有餘而生氣不足。結局雖然為正劇，但顯然牽強、生硬，刀斧痕跡明顯。由此我們看到，華北淪陷區小說在日偽統治下與現實的疏離，與時代的隔膜。而《三年》作為華北淪陷區的破寂之作，其拓新意義或許就在於告知人們：華北淪陷區文壇已出現長篇小說了。

　　這真是一個令人無奈而悲歡的結果。

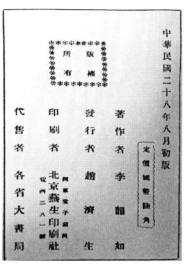

《蘋果山》啊，蘋果山

「沒有人來買蘋果嗎？」

這是徐盈（1912－1996）長篇小說《蘋果山》的開頭，也是小說主人公魏福清老人驚醒後的發問。

進入秋天果熟的季節了，綿延數十裡，辛辛苦苦三十年培育起來的魏家溝優質蘋果，竟然沒有一個人前來收購，往年這時可是人來車往熱鬧非凡啊！如今，那些早熟的蘋果開始大量地爛在地裡，這讓魏福清老人看在眼裡，急在心頭，覺也睡不踏實，做夢都是前來買蘋果的人。這不，正在睡午覺的魏福清老人睡夢中以為有人來買蘋果了，突然從床上坐起來，揉眼一看依然沒有人影，不甘心地問了這一句。

沒有，確實沒有人來買蘋果。魏老人不禁再次煩躁與沮喪起來。三十年前，留學歸來的魏福清辭去縣教育局局長的官位，回到家鄉一心一意地撲在祖傳的園林家業中，整日琢磨著如何改良優良品種以拓展市場。經過二十多年的辛苦經營，老人終於培育出勝於日本的優質蘋果並打出了魏家溝的品牌，近年來更是享譽長城內外，幾乎佔領了整個華北市場。今年風調雨順，又是一個少見的豐收年。本指望能大賺一筆，誰知滿心的希望卻隨著日本侵略者的入侵化作了泡影。這可是綿延數十裡的蘋果山啊！

終於，來了一個收購蘋果的商人，雖然買的不多，但畢竟是買主。魏福清老人興致勃勃地帶著商人王靜齋參觀自己的果園，如數家珍地介紹著那一樹樹紅的、黃的、綠的、青的各種蘋果，品嘗著用蘋果做成的各種美味佳釀。這是他幾十年的心血與成就啊！老人對家裡的這片蘋果山還有著遠大的理想呢！大兒子魏立中在家務農繼承家業，二兒子魏立華在城裡經商做批零銷售，三兒子在大學學園林果藝將來發展莊園。三個兒子各司其責，魏家還愁做大做強嗎？

真愁！特別是今年，日本侵略者的炮火直接轟毀了老人宏偉的抱負。首先，家裡上千畝的蘋果由於鬼子的入侵而無人購買，基本爛在了地裡；其次，魏立華的商店由於日本侵略者的金融掠奪政策，虧空也成定局；再次，三兒子來信告知自己已中斷學業，投筆從戎。這不能不讓魏福清老人心緒萬千。但是，魏福清老人畢竟是一個家產萬貫的大財主，數十裡的蘋果山與近百間房屋的大莊園畢竟是幾代人奮鬥的資產，一年的虧損還不足以傷筋動骨。因此，僅因之就以身家性命去和日本人死拼，老人很清楚其中的後果。所以，他拒絕了當地村民請他做火會首領的動議。他也知道一

且成為漢奸將被釘在民族的恥辱柱上，也拒絕了偽商會會長請他出山做縣農林局局長的請求。但是，愛女被兩個日本兵抓走的現實，使魏老人清楚地意識到，自己的一再忍讓不能換來全家人的平安，日本鬼子的步步緊逼使他難以生存。猶豫再三後，他終於答應做火會首領，為女兒報仇。由於消息走漏，日偽特務得知魏氏父子在購買彈藥後前來抓捕，但老人已得到消息靈通的人士的通報，先行逃脫，家眷也躲進天津租界。日本鬼子見沒有抓住人，便打死了王靜齋，查封了立華的商店，燒了魏家的宅院。魏福清老人看到自己的家業被毀，雖然得知女兒被火會會員救回，仍決定造反，向日本侵略者報仇。

毫無疑問，這是一部抗戰小說。小說的選材別具一格。作者以大財主魏福清一家從生活富足到受到日本鬼子欺壓而難以為繼不得不走上抗日的道路為基本線索，表達了當異民族入侵時，團結起來共同抗敵禦侮是中華民族重新生存與崛起的唯一選擇這一偉大主題。這是每個中華兒女責無旁貸的歷史擔當，也是一個民族秉賦於國民的天然情感。正所謂：國家有難，匹夫有責。

小說值得稱道的是作者的民族眼光。曾幾何時，我們的文學習慣於用階級的眼光考慮一切，用機械的方法將地主、富農階級與貧下中農劃分為截然對立的兩大陣營，並形成地富階級多賣國求榮，貧下中農多慷慨悲歌的書寫模式。但在這裡，大財主魏福清同樣具有為國家、為民族奮戰的民族氣節。雖然他一度顧慮自己的家產而以「亡國奴」的心態面對現實，時常為家中的萬貫家產及人員免遭兵燹而明哲保身，但真當自己的家庭成員受到死亡的威脅時，他們的命運的咽喉被別人死死扼住時——當民族的生死存亡擺在他們面前時，以家仇激國恨，以國情激民情就成為他們不屈不撓、奮起抗爭，捍衛人格尊嚴，保全民族魂魄的自然行為。當然，比起那些底層的民眾而言，他們的精神負擔更為多樣，他們的思想顧忌更為複雜，但也正是如此，人物性格的轉變才顯得真實可信，人物心靈的搏戰才歷歷可感。而作者的可貴也就在於此，他細緻清晰地寫出了這位開明財主從拒絕到動搖到支持的心路歷程，使人們更清楚地認識到：當民族矛盾上升為主要矛盾時，任何一個中華兒女都有可能成為為自己的生存、為民族的尊嚴而戰的一員，都有可能在民族大義面前成為不愧於民族、不愧於歷史的時代的一份子。

作者的人性視野同樣值得稱讚。作者筆下的魏福清是一個擁有數千畝果林、上百位長工的大財主，但對待富人窮人卻一視同仁，自己也以勞動者、科技人的形象出現在鄉親們面前，因之在魏家溝享有崇高的威望，被四裡八村的鄉親們親切地稱為「局長」，被大家公舉為地方保家衛國的民

間組織的首領。也正因此，當日偽特務要抓捕魏家父子時，那些雖在日偽陣營裡混事但卻懷有一顆民族心的愛國人士（如蘿蔔花），紛紛通風報信；那些曾受惠於他的那些窮人（如李老頭）才願意主動承擔風險，避免了更大災難的發生。這種建立在人性的基礎上的現實主義創作情懷，使得魏福清這一獨特的大財主的形象真實而可信，自然而生動。

這算是著名記者徐盈為新文學做出的一個貢獻吧。

《蘋果山》1943年1月由重慶人間出版社出版，草紙本，僅印行一版，3000冊。

《蓉蓉》：華北淪陷區最優秀的長篇小說

　　在1939年3卷11期的《華文大阪每日》上，刊載了魯風這樣一篇文章：《所謂長篇小說》，在文中，作者在談到當時北京的長篇小說創作時這樣寫道：

　　北京的所謂長篇小說，至於有過——

　　一、《狂迷》，第一部第一節發表，但次期即停頓，之後永無下落。這在《青春文藝的始末》上，有人說過了。

　　二、《蒙昧》，這是在某半月刊的創刊號上出現的，但至第6期，作者聲明「因事繁忙，不克繼續撰述，暫行中止」。該刊編後話有云：「作者病了，沒工夫寫，經大會議決，准予逃脫。」

　　三、《下山虎》，這是分六回刊完的，是個完完全全的「長篇小說」，每回刊量可數，千餘字。那位朋友大概看到這裡，才止不住要疑問起來了。

　　的確，華北淪陷後，大批作家南下，華北的長篇小說創作自然出現嚴重的倒退現象，不僅有頭無尾、虎頭蛇尾的「長篇小說」不在少數，就是幾千字或二、三萬字的「長篇小說」也比比皆是，大家對長篇小說創作似乎失去了興趣，以至於1939年9月1日創刊的《中國文藝》的編者在《編後語》中這樣感歎道：「關閉在這氛圍裡的作家們，好像都失去了創作欲，似乎四肢無力的連筆管也拿不動，而讀者們也為著失望與悲觀，不但對精神食糧沒覺興味，就是對形而上的事情，也很無精打采的。」「這種現象就是趨入於頹廢的傾向，也可以算是一種自暴自棄的情兆，令人很可寒心。」其實，這很正常。面對日寇的入侵和國土的大面積淪喪，又有哪個愛國人士有心在淪陷區從容從事創作——特別是從容從事長篇小說創作呢？放眼文壇，一片蕭條，小說作家幾乎空空如也也就不足為奇了。當然，說「幾乎」而不是全部就說明還有極少數作家因種種原因滯留在了淪陷區，如資深小說家聞國新就是其中的一個。

　　聞國新（1906－1992），筆名克西、茗心等。浙江杭縣人。20年代初入北平師範大學附中學習，1924考入北京大學法商學院法律系學習並開始在《晨報‧副刊》、《京報‧副刊》、《語絲》、《政法學報》等刊物上發表作品，1927年，他將其中的短篇小說結集為《生之細流》，由北京

文化學社出版。之後，他的創作時斷時續。1928大學畢業後他一度回家結婚，並在家鄉謀職。華北淪陷後，他先後在安徽蚌埠法院、偽北京大學等任職，同時從事小說創作。1944年由新民印書館出版的《落花時節》就是他這一時期創作的小說結集。不過，最能代表他創作成就的還是他1943年出版的長篇小說《蓉蓉》，它不僅是聞國新個人的代表作，也是華北淪陷區最為出色的長篇小說。

1941年冬，聞國新在某報的通訊裡發現這樣一篇社會新聞：《好色一代女，飄零落溷，韓小慧魂斷陽臺》，說的是一個二十五歲的失掉了燦爛青春的妓女，又不幸染上了吸毒的嗜好，沉淪在「趙家窯」一間小土房裡，每天勾引著過路人，得到錢後，先要吸毒過癮，然後才能說吃飯穿衣。最後，終於在饑寒、毒病的摧殘下，死在一個客人的身上。這一事件使作家想起了他之前寫過一個類似的故事《小橙》，於是，他將二者糅合併擴展至十六萬字的長篇小說《蓉蓉》，並於1943年1月5日始刊於《中國文藝》第7卷第5期。小說刊出後大受讀者歡迎，但僅刊至6期（2月號）後便暫停。8卷1期和2期都沒有刊載。有趣的是，8卷3期重新刊載時，編者在《蓉蓉》小說文末說：「《蓉蓉》在2月號中登完第十章，因為這次清理存稿的關係，十一至十七章尚未找出，發稿在即，暫先發表第十八章，以後再補登前稿，讀者諒之。」但6月的8卷4期也僅刊載了第十一章後即中斷。但這次中斷不是腰斬，而是應讀者與出版商之約出版單行本。隨後，聞國新將小說重新修改、整理後交付柳龍光。1943年11月，《蓉蓉》作為華北文藝叢書第二冊由華北作家協會出版。

小說寫一個愛好虛榮的山村少女蓉蓉一心嚮往城市生活，但命運不濟。與村裡教師吳柏生約會時失身，不久吳柏生因戰亂學校停辦而離開，蓉蓉的母親也因生產得產褥病而死去，父親又被佔領寺廟的兵開槍打死。無奈之下，蓉蓉抱著「自己的夢自己做」的想法坐惡紳趙連芳的車去城裡找吳柏生，不料卻被趙賣到二百裡外的一個妓館，雖被大房產主黃魁贖出做妾，但又不滿於年過半百的黃魁未能給她帶來生理的滿足，又與綢店年輕的夥計小王私通，但王夥計很快因攜款潛逃而被捕，她也因之受牽連入獄。出來後蓉蓉重入妓院，更名風仙。一天，因長期吸毒而身體衰敗不堪的蓉蓉與吳柏生在妓院重逢，在道來原委後，蓉蓉拒絕了柏生贖身重歸舊好的想法，在遭受一位嫖客的粗暴蹂躪後死去。

這是一個純真但又愛慕虛榮的農村少女不甘心生活的平庸，向自己命運挑戰、抗爭卻最終毀滅的悲劇故事，是千千萬萬個底層婦女不幸遭遇的又一次書寫。作者以同情的筆調書寫了身處偏僻山村、時逢兵荒馬亂之時一個無助女子的富貴夢的破滅之路，將「一個歷史的必然要求和這個要求

實際上不可能實現之間的悲劇性衝突」揭示得生動而清晰。從蓉蓉自求、自沉、自毀、自滅的短暫人生中，我們看到了提高婦女自身素質的迫切願望，看到了時代的動盪給山村婦女帶來的衝擊與影響，看到了中國廣大婦女特別是農村婦女解放道路的漫長與艱辛。小說結構均稱，景物刻畫細緻生動，山鄉風情栩栩如生，特別是對蓉蓉性格、命運轉變軌跡的心路歷程描寫得細膩入微，恰如其分，令人稱讚。隨手摘錄一段即可見一斑。

如：

> 春邁著輕盈的腳步，從遙遠的南國逐步北來，她無孔不入的竟也光臨到這裡荒僻的山村來了。她先像畫家似的用淡黃塗上柳枝，蔚藍抹起天空，命熏風吹綻了山桃的嫩蕊，叫細雨潤澤了小草的生機。風風雨雨，給九十日光陰添染不少的穠穠；而她那種廣大的力量，似乎把人們久蟄的心靈也溫暖起來，尤其是，這一般天真的少女。

這不是單純的寫景。春雨潤澤，大地復甦，春天吹佛著萬物，也滋潤著蓉蓉和她的夢想在春天裡發芽，成長。作者以優美的語言表達出大自然春的生機與少女蓉蓉夢的憧憬，可謂絲絲入扣。

又如寫蓉蓉的心理：

> 經過幾天搜求的結果，蓉蓉覺得自己是失敗了。這仁慈的二老不會猜到自己的心曲，並且沒有理由就管理他們家人以外種種不相干的事情。
> 她想了幾日，仍舊採取了迂回著向「菊子」採消息的方法。但她又得顧慮到：假如自己的事給「菊子」明白了，竟爽直地告訴於「雲伯伯」兩口兒之前，將要發生怎樣的結果，所以躊躇又躊躇，幾次時話已漾到嗓子眼兒上，卻仍然又給擠下肚裡去了。
> 她苦悶的程度日深一日。最後，抱著「自己的夢自己做」的決心，婉轉地向他的「雲伯伯」告別，獨自回家去了。

這裡將蓉蓉決定「自己的夢自己做」的心理描寫得細緻入微，真實可信。

可惜的是，作者將蓉蓉自生之路的起點定在原欲的、虛榮的本性上，降低了人物內心世界的崇高感與審美品質，從而使讀者對蓉蓉悲劇命運的同情轉變為嘆惜，無奈。同時，小說除了蓉蓉這一人物形象生動外，其他

人物包括蓉蓉父親、吳柏生、雲大伯、黃魁等，均較為單薄。在情節設計上，蓉蓉父母之死與柏生的離開時間過於巧合，顯人為之痕。

不過，即便如此，在創作成績低平的華北淪陷區，《蓉蓉》仍可稱為最出色的長篇小說。

「古城文學家」趙蔭棠和他的《影》

　　趙蔭棠這個名字對於今天的人們來說已經很陌生了，但在華北淪陷時期，趙蔭棠卻是唯一一位被稱為「古城文學家」的小說家。

　　趙蔭棠，1893年生於河南鞏縣（今鞏義市），1924考入北京大學國學研究所師從錢玄同學習聲韻學，1926年畢業。1936年由商務印書館出版《中原音韻研究》，頗得錢玄同的好評。「盧溝橋事變」後，這位著名的語言學家沒有隨北大南遷，而是選擇了轉教輔仁大學（1937－1939）。日偽統治當局重開北大後，他又回到（偽）北京大學文學院任教授並開始從事小說創作。這當然博得了日偽當局的歡喜。

　　1944年1月，《國民雜誌》4卷1期刊登《古城文學家介紹之六：趙蔭棠先生略記》，同時援例刊登本人大幅照片與手跡。照片上的趙蔭棠，一副名士的儒雅氣，「古城文學家」的聲名讓他得意非常。1944年9月24日，趙蔭棠被選為華北作家協會執行委員會委員、古典文學部門主任委員。1944年11月11－14日，他又以華北作家協會的代表身份赴南京參加了「第一屆中國文學者年會」與「第三屆大東亞文學者大會」，並就復興與創造「新東亞文化精神」作了發言，同時提出「成立東洋古典文學研究機關」的提案，以呼應「大東亞文化」的建設。1945年6月1日，趙蔭棠的長篇小說《影》由華北作家協會作為華北文藝叢書之九出版，初印5000冊。據說《影》的續篇《蹤》已寫好並交出版社，但很快，抗日戰爭勝利，不僅《蹤》無蹤影，他連吃飯都成了問題。回遷的北大當然沒有了像他這樣「落水」作家的立足之地。幾經輾轉後，1953年，趙蔭棠舉家西遷西北師範學院，任中文系教授。此時的趙蔭棠全然沒有了早年的名士派頭，其落魄之窘可見他的學生何來在《聽趙蔭棠講課》一文中的回憶：

　　　　二十世紀六十年代初，國家暫時困難時，知識分子政策卻放寬了，鼓勵百花齊放、百家爭鳴。這時，我正在地處蘭州的西北師大中文系念書。一時之間，講臺上走上來了一個個陌生的面孔，像一件件展示出土文物似的，猶如在告訴人們，瞧，連這樣的人都可以登臺講課了，足見方針政策落實得如何徹底。其中最引人注目的莫過於趙蔭棠。

　　　　……

　　　　他來了，由老伴扶著，顫巍巍地來到講臺上。頭髮和鬍子都白

了，亂蓬蓬的，沒有任何修飾的痕跡。穿著一身黑色的土布衣裳，上身是中式棉襖，褲子是老式大襠褲，一看就是自己家裡縫的，何談什麼名士的風采。後來見到說辜鴻銘的文章照片，我不由得就聯想到趙蔭棠那遢遢模樣。那時他剛剛七十歲，給人的感覺卻要老得多，而且顯得衰朽，潦倒，目光渾濁無神。沒有開場白，也沒有一句的自引自謙，就打開一疊皺巴巴的稿紙，開始講了。但沒講幾句，鼻涕口水就流在了鬍鬚上。守在教室門口的老伴便趕快跑過去用手絹給擦。他河南口音很重，口齒又不清，一時聽不懂他講的內容。

這與早年的名士派頭可謂天壤之別了。只是不知這是不是趙蔭棠效仿司馬懿稱病曹爽的故伎重演。據何來的回憶，他上課時引經據典，旁徵博引，思維清晰，只是《詩經》的植物考引不起學生的興趣而已。我想，這應該不是癡呆者所能為！他做出的落魄狀只是生存的權宜之計，否則，像他這樣的「落水」作家在那個特殊的年代，要活下來是很艱難的。趙蔭棠1969年回河南老家鞏縣，1970年去世，終年七十七歲。過了古稀之年，算是善終了。

長篇小說《影》寫北京的大學教授費村因和妻子不和，遂去妓院散心。期間，他認識了少婦李依蘭，覺得她像蕭太后便動了真情，雖然汪太太告誡他依蘭有吸食海洛因的嗜好，但費村仍抱著同情與能改造好依蘭的願望與她同居。六年間，費村想方設法都無法戒掉依蘭吸食毒品的惡習，依蘭也在抽——戒——抽的反復中讓費村徹底失望。最後，費村在賠了一筆錢並立下出棺費的字據後，與依蘭一刀兩斷。四年後，依蘭在風雪中倒下。

表面看來，這是一部表現大學教師狎妓吸毒的作品，實際上是一部揭示底層女子不幸命運的悲曲。小說借依蘭不幸的一生表現了底層婦女失去依靠後無奈無助的道路與悲酸痛苦的命運。這些身處底層的女人們都有著不幸的遭遇，卻有著一樣的歸宿，令人心寒，令人悲憤。個人的遭際與她們的性格固然是造成這一悲劇的重要因素，但社會的黑暗才是她們走上悲劇道路的根本原因。作者意識到了這一問題，卻幻想著以知識分子的一己之力改變這一現狀，只能是空幻而徒勞，等待他的必然是失敗的結局。小說生活氣息濃厚，對北京淪陷時期的景致描寫形象，生動，對下等妓院樣態的書寫細緻，逼真，為人們瞭解彼時北京花柳煙巷的風情留下了生動形象的歷史記錄。但是，也正因此，暴露出作者的立意不高，開掘不足的遺憾。作者的出發點在於記下北京淪陷時花街柳巷的真實情形，從中顯出中

國文化的一個側面，但卻因之喪失了對人物悲劇命運的有力揭示，這不免影響了作品的思想深度。小說題名為《影》就說明瞭這一點：任何人特別是身處底層的婦女，一旦染上毒癮，就無法戒除，它如同身影一樣，如影相隨，終生相伴。這固然是這類人的人性弱點，但將其作為整個小說的寓意，將她們的不幸命運歸結為個人因素，將同情化為譴責，將悲憫化為悲歎，既轉移了悲劇的動因，也降低了構思的起點。另外，小說的結構與剪裁亦有不妥，主要人物的命運與相關人物的關係有些鬆散，較為平面化，依蘭的情節前後銜接有些脫離。雖然作者的兩任妻子均有此嗜好，前妻也因之喪命，小說描寫依蘭的癮君子心理與醜態真實可感，但平面的展示而非入骨的刻畫畢竟影響了人物的典型化，不能不令人深感遺憾。

　　不過，即便如此，這部表現大學教師狎妓吸毒與底層女子不幸命運的時代悲曲，還是因題材的獨特與表現的真切，在新文學史上留下了值得關注的一筆。

吳調公‧丁諦與《前程》

提起吳調公先生（1914－2000），當代文藝理論界、美學界無人不曉。他原名吳鼎第，是南京師範大學中文系的著名教授，曾任江蘇省美學學會第二屆會長，新中國成立後長期從事古代文論與古代美學研究，著述頗豐，其中《李商隱研究》獲江蘇省第一屆社會科學研究優秀成果一等獎，《古典文論與審美鑒賞》獲江蘇省第二屆社會科學研究優秀成果一等獎，國家教委人文社科研究成果二等獎。但如果說起丁諦，或許有些人就不一定知曉了。其實，他們是一個人，只不過丁諦是吳調公在上世紀30－40年代從事小說創作時筆名而已。

1933年，還在大夏大學（現華東師範大學的前身）國文系讀書的吳鼎第開始用丁諦這一筆名從事創作。孤島淪陷後，他一邊經商，一邊在經商之餘從事小說創作，並陸續發表在《萬象》、《萬歲》、《健康家庭》、《國論》、《雜誌》等刊物上。1942年8月，他的社會長篇小說《長江的夜潮》由南京作家出版社出版。1944年9月，短篇小說集《人生悲喜劇》由上海太平書局出版。1945年5月，長篇小說《前程》又由上海知行編譯社出版。1949年後，丁諦這一名字淡出人們的視野，吳調公的古代文論與古代美學研究則浮出學界。不過，客觀地說，作為一個學者，吳調公先生的學術研究獨樹一幟，為人讚歎；作為一個作家，丁諦先生的小說創作確實不敢恭維，特別是他的長篇小說《前程》，平庸且破綻百出，是華東淪陷區一部理念化的商界小說。

小說寫成功商人陳立三偶遇藝校畢業生李絮茵，為他的美貌而吸引，就想讓她畢業後做自己的秘書。同班同學馬二南想辦藝術學校但缺資金來找他，他猶豫後幫助解決。為找房找工作而苦惱的同學方輝甫又在陳立三開辦的公司巧遇陳立三，在立三及陳太太葇雲的關照下，方輝甫在立三的公司上了班，同時還做了陳太太監視陳立三與李絮茵關係的耳目。在立三的大力幫助下，二南的藝術學校開學，李絮茵則既在立三那裡任職，也在藝校兼職。為博得李絮茵的歡心，立三支持了二南的畫展，而且舉辦得非常成功，售出了不少的畫作。在慶功會上，立三本想借機靠近絮茵，但由於方輝甫的報告，陳太太來到大廳壞了立三的計畫。在辦校過程中，二南與絮茵產生了感情，然由於二南追求為藝術而藝術，不善經營，學校很快難以為繼。不得已，他低價賣掉了學校，與絮茵一起去鄉下追求藝術夢。之後，立三與葇雲離婚，方輝甫因暗中幫葇雲從立三處賺錢被立三得知而

離開。立三與一個名叫曼娜的舞女同居，後在做股票生意中失敗，曼娜裹挾財物失蹤，而立三的眼睛又因病幾乎失明便決定離開上海去鄉間休養。這天，立三在鄉間散步，正巧遇見二南和絮茵，雙方都為對方的變化感到驚訝。一番釋解後，三人重歸於好。這時，方輝甫也寫信給二南，說他在農村辦了一個農場，一切都在興旺中。一天，他們三人決定去看馬戲，但在看馬戲的過程中，立三發現其中一個受到老闆虐待的小孩很像自己的孩子玲哥，於是絮茵找到員警將玲哥解救了出來。玲哥由於受風寒而生重病，二南在路上遇見菉雲，將她帶到家裡與玲哥及立三見面後自己去請醫生。在回來的路上不幸摔斷了右臂。二南並不灰心，用左臂學畫，而且畫得比以前更好。後來，二南再次在上海舉辦了畫展，這些貼近大地具有濃厚鄉土氣息的現代主義畫作獲得了更高的評價，遠比上次成功。展會結束後，二南，立三，絮茵三人往農村去——加入到方輝甫所創辦的理想的新農村中。這便是他們人生的理想境界，也是他們闊大的前程。

　　作為華東淪陷區的一部商界小說，《前程》的藝術水準實在一般。這主要表現在：人物性格並不鮮明，故事情節破綻百出不合邏輯，主題思想過於理念且生硬。例如，作者本想描寫出作為主人公之一的成功商人陳立三唯利是圖但又八面逢迎、爾虞我詐但又逢場作戲、精明自負但又富於冒險的性格，但卻缺乏典型情節的刻畫，不僅沒有刻畫出陳立三作為成功商人精明的商業手段（包括交際手腕），反而將其性格分裂，致使人物性格的前後變化突兀，脫節。如，渾然不知李絮茵、方輝甫身在曹營心在漢的二面性；將絮茵錄為秘書卻無力進一步發展關係；與菉雲莫名離婚，卻與舞女曼娜莫名同居，且在曼娜逃走後束手無策；在鄉下遇到二南和絮茵後竟述說自己的人生迷途並為之懺悔，遇事後毫無主張，唯二南為是等，這實在不符合陳立三這一人物的性格。在情節上，立三鄉下遇二南和絮茵、玲哥被拐與被救、二南路遇菉雲、二南重回上海興辦美展並大獲成功等，不僅人為痕跡明顯，而且漏洞百出，令人難以置信，特別是結尾三人都前往輝甫的新農場並將其視為他們走向未來的最佳歸宿，充滿著理想主義的色彩。在主題上，作者本想表達理想與現實充滿著矛盾，城市與農村充滿著對立，在理想之間應該理想至上，在城鄉之間農村更為純淨。因此，盡寫城市的齷齪與卑鄙，到處都充滿著銅臭味，農村純樸的環境是實現藝術夢想的理想境界，是實現闊大前程的理想國。但是，這種將人物的命運轉變置於城市的動態環境中，將人物的夢幻追求及其實現置於農村的靜態環境裡，本身就簡單且理念化，經不起推敲。例如，馬二南在陳立三落魄、方輝甫去鄉村開創新農場之際，如何籌得鉅款再次在上海舉辦畫展並未交代，僅憑一些現實主義的畫作就能取得空前成功，讓以前曾蔑視他的商界

名流就對他重新示好，又有多少藝術的真實性呢？特別是結尾讓陳立三、李絮茵、馬二南三人都走向農村，走向方輝甫的新家園去建設新農村，真是一廂情願的浪漫暢想。因此，《前程》，是一個失敗的藝術，是脫離現實的藝術書寫，是概念化的商界小說。

《霧都》：陪都另類生活的歷史鏡像

　　1937年11月20日，國民政府在武漢發佈《國民政府移駐重慶宣言》，正式宣佈遷都重慶。1940年9月6日國府再發佈《國民政府令》，正式頒令「明定重慶為陪都」。抗戰勝利後，國民政府於1946年5月5日發佈《還都令》，還都南京。可以說，在1937年11月20日至1946年5月5日這八年半的時間裡，重慶一直作為中國的「戰時首都」與大後方的政治文化中心，擔負著抗擊日本法西斯的歷史使命，為戰勝日本侵略者做出了永載史冊的不朽功績。

　　重慶又是一座山城，特殊的地理條件形成了它多霧的氣候環境，故有「霧重慶」之稱。在抗戰時期，「霧都」就當仁不讓地成為重慶的代名詞。在八年的抗戰中，「霧都」的人民為中華民族的解放做出了偉大的貢獻。對於這段歷史，無論後人怎樣評價都不過分。那麼，這是不是說在任何條件下身居重慶的軍民都與時代同脈，為早日贏得戰爭的最後勝利而盡一份應有的職責呢？當然不是，正如任何事物都有多面性一樣，在陪都重慶也同樣存在著另類的人群，他們誇誇其談，置民族危亡於不顧，整天沉溺於自我的世界裡，國家的危難與民族的重生彷彿與他們無關，即便是關心也是以空頭的口號掩蓋其虛偽的內心，他們的存在是人性醜陋的真實顯現，也是陪都另類生活的客觀反映。李輝英的《霧都》就是他們另類生活的真實紀錄，也是那段特殊時代的歷史鏡像。小說1948年10月由上海懷正文化社出版。

　　退職軍人黎將軍與夫人乘車去某酒店參加胡委員的宴會，路遇交際花屈小姐和她的好友王小姐，便停車同邀赴宴。到酒店後胡委員將他們介紹給同到的四位客人：胡委員、交際花屈小姐和她的女友王小姐以及委託商行的經理羅子亮、作家劉芹、大學生張雲青、張瑞珍兄妹，一會兒記者徐珊小姐也到場。胡委員想要創辦《展望》雜誌，希望大家出點主意。羅經理答應資助刊物出版。羅經理看上了屈小姐，經濟上無力也無心支持雜誌的出版，而胡委員也動搖不定，獨山大捷後，他將雜誌名改為《公論》、《大捷》，最終還是流產。屈小姐起始答應與羅經理訂婚並與他約法六章，但後來改變了主意與王處長到蘭州結了婚。羅經理非但沒有要回他給屈小姐的價值一百五十萬元的鑽石，反而貼上十萬元換回了一個假戒指。黎將軍整日高喊收復失地打遊擊戰也成為紙上談兵。

　　顯然，這是一部表現抗戰時期陪都重慶沉局的一部作品，也是一部

「前方吃緊，後方緊吃」的形象圖。作者所刻畫的曾經掌執兵權如今卻賦閒在家的黎將軍、整日為所謂革命事業奔波的政客胡委員、交際花屈小姐和她的女友王小姐以及委託商行的經理羅子亮等，整日多混際於飯店、酒館、舞廳、茶樓等，或者坐而論道，或者沉湎於吃喝玩樂，全然沒有國難當頭、民族危機之感。他們是一群民族的渣滓。而作家劉芹、大學生張雲青、張瑞珍兄妹、新聞記者徐珊小姐、部員屈文啟等人，雖有抗戰之情但也僅此而已。不過，小說雖在一定程度上反映了大後方的黑暗面，但難掩藝術的平庸。最突出的三個問題是：一、沒有表現出抗戰的時代氛圍。整個作品若不是其中偶爾流露出抗戰的信息，幾乎無法斷定這是一部表現抗戰的作品，甚至將作品中偶爾露出的幾個有關抗戰的字眼刪去也無礙於作品，頗令人遺憾。二、在人物形象上，除個別人物外，如羅經理，其他大多模糊不清。三、語言拉雜冗長，歐化傾向嚴重，敘述議論過多，極大地影響了小說的藝術魅力。這也是這部「另類」戰爭小說沒有引起人們特別關注的重要原因。

《女兵自傳》是這樣寫成的

「女兵」，一個令人遐想與嚮往的名詞，一個耀眼而充滿神奇的稱呼！「自傳」，一個人物成長的文字記述，一個令人羨慕的成功標誌！在上世紀30年代，如果一個「女兵」寫「自傳」，將會激發人們怎樣的閱讀期待呢？

話要從謝冰瑩和她的《從軍日記》說起。

1927年5月，黃埔軍校女兵謝冰瑩隨軍北伐，途中，她擔心寫的戰地速寫會丟失，遂寄給武漢《中央日報》的副刊主編孫伏園，孫伏園看後喜出望外，立刻以《行軍日記》為題刊發在24日的副刊上。緊接著，《一個可喜而又好笑的故事》（5月25日）、《行軍日記三節》（6月1日）、《寄自嘉魚》（6月6日）、《說不盡的話留待下次再寫》（6月21日）、《從峰口至新堤》（6月22日）又陸續刊出，轟動文壇。經林語堂譯成英文後，女兵謝冰瑩成為中國首位走向世界的軍旅女作家。1929年初，在孫伏園與林語堂的鼓勵下，謝冰瑩將這六篇速寫連同新寫的三篇文章《幾句關於封面的話》、《寫在後面》、《給KL》一起交付上海春潮出版社，編者在增加了《編印者的話》與林語堂的《冰瑩從軍日記序》後定名為《從軍日記》付排，1929年3月15日，《從軍日記》由上海春潮出版社初版，首印1500冊。封面的小兵騎牛由豐子愷六歲女兒軟軟所畫，稚拙天成，童趣滿紙。1929年9月15日，作者在增加了《再版的幾句話》、《出發前給三哥的信》、《給女同學》和《革命化的戀愛》四篇文章後由上海春潮出版社再版，印數1501－3500冊。1931年9月，《從軍日記》改由上海光明書局出版，內文的標題《行軍日記》改為《從軍日記》（《行軍日記三節》也改為《從軍日記三節》），刪去《幾句關於封面的話》，新添《從軍日記的自我批判》。至此，《從軍日記》的編排及內容固定下來，至1942年，《從軍日記》在國內一共印行了14版。此外，還有兩種譯本問世，即林語堂的英譯本和汪德耀的法譯本，1930年分別由商務印書館和法國羅瓦羅書局出版（其他不詳）。其反響之熱烈可見一斑。之所以如此，緣自於文章所透發出的強烈真實感與時代氣息的原生態的本色美，緣自於文章鮮明的時代特色、濃烈的愛國熱情、高昂的戰鬥精神和作者「真、直、誠」的寫作風格，當然，也緣自於那個時代人們對女兵的文學想像。這一點，我們從林語堂的《從軍日記‧序》中也可看出：「自然，這些『從軍日記』裡頭找不出『起承轉合』的文章體例，也沒有吮筆濡墨，慘

澹經營的痕跡；我們讀這些文章時，只看見一位年輕女子，身穿軍裝，足著草鞋，在晨光稀微的沙場上，拿一根自來水筆靠著膝上振筆直書，不暇改竄，戎馬倥傯，束裝待發的情景。或是聽見在洞庭湖上，笑聲與河流相和應，在遠地軍歌及近旁鼾睡的聲中，一位蓬頭垢面的女子軍，手不停筆，鋒發韻流的寫敘她的感觸。這種少不更事，氣概軒昂，抱著一手改造宇宙決心的女子所寫的，自然也值得一讀。」

　　《從軍日記》的成功給「女兵」謝冰瑩帶來了巨大的聲譽，讀者對這位民國第一位女兵的成長史產生了濃厚的興趣，紛紛希望她能用筆續寫自己不平凡的傳奇，既可為投身國民革命的將士們樹立前行的榜樣，又可鼓舞尚在生活底層掙扎的廣大婦女們不屈的鬥志。在陶亢德、林語堂等人的再次積極鼓勵下，謝冰瑩開始敘寫自己的人生並陸續發表在相關刊物上。1931年7月，《讀書月刊》第2卷第3期刊載《我幼時的學校生活》，內附：（一）《近視先生》；（二）《未成功的自殺》；（三）《小學時代的生活：①小腳姑娘；②腐化的蔣婆婆；③樓上示威》。這些內容後來經過較大修改後成為《一個女兵的自傳》的第二章《小學時代》，其中《腐化的蔣婆婆》即第五節《第一次鬧風潮》。之後，《讀書月刊》1931年第3卷第5期刊載《我的少年時代生活的一斷片》，後作修改後為第六章第二節《小學教員》。《現代學生》1932年第2卷第6期刊載《我的中學生生活》，全文同樣經過較大修改後成為《一個女兵的自傳》的第三章《中學時代》，其中第一部分改寫為第一節《中學時代的生活》與第二節《外婆校長》，《倒楣的情書》改寫為第五節《情書貼在佈告處》，《大文學李青崖先生》改寫為第六節《作文打零分》，《可紀念的幾次鬥爭》改寫為第七節《鬥爭生活的開始》。《燈塔》1934年第1卷第1期刊載《兩個逃亡的女性》，後作為第六章《飄流》的第三節《恐怖之夜》。這樣零散且間隔時間太長的寫作方式顯然不能滿足讀者急切的期待。為此，趙家璧乾脆給謝冰瑩直接命題：《一個女兵的自傳》，讓她儘快寫好後交給他出版。在趙家璧的一再堅請與催促下，謝冰瑩終於答應了這一要求，並開始有目的有系統地做起文來。《被母親關起來了──自傳之一章》，刊於1935年1月20日－2月20日《人間世》第20－22期；《逃亡》（即：《第一次逃奔》、《第二次逃亡》、《第三次逃奔》），刊於1935年4月20日－5月20日《人間世》第26－28期；《自傳之一章》（即：《祖母告訴我的故事》、《我的家庭》）刊於1936年4月1日《宇宙風》第14期；《夜間行軍》刊於1936年4月20日《逸經》第4期；《一個女兵的自傳》（即：《黃金的兒童時代》、《採茶女》；《紡紗的姑娘》；《痛苦的第一聲》）刊於1936年4月16日－5月1日《宇宙風》第15－16期。這是作者首次以書名

作為篇名。《當兵去》刊於1936年5月16日《宇宙風》第17期。與最初的信筆寫來後來收入傳記時進行了較大的改動不同，明確為自傳寫作的這些文字作者在寫作前已作了通盤的思考，在主題的提煉，結構的安排，文辭的推敲，甚至是篇幅的長短等，都進行了細緻的推敲，因此，刊出的文字與後來收入傳記的章節相比，基本未做改動。

1936年7月15日，《一個女兵的自傳》由上海良友圖書印刷公司作為《良友文學叢書》第二十七種出版，首印3000冊。全書除「印在前面」外，共六章四十六節，從《祖母告訴我的故事》開始，至《奇異的茶房》結束。該書為軟布面精裝，外加彩印封套，封面首次採用日本引進的照排技術，將謝冰瑩英姿煥發的戎裝照作為裝幀設計的主元素，書頁選用米色道林紙，內插四幅作者不同時期的照片，形款畢現，堪稱珍本，不僅再次轟動並引發了書業界裝幀設計的革命，也使《一個女兵的自傳》成為中國現代傳記文學中最珍貴的記憶之一。1937年6月15日，《一個女兵的自傳》再版，3001－4000冊；1940年1月普及本初版。1943年9月桂林良友復興圖書印刷公司初版，不知什麼原因封面換去了作者的戎裝照，全書也刪去了第六章《飄流》。其間，林如斯、林無雙將其譯成英文《女叛徒》，於1940年在美國紐約和英國倫敦相繼出版，以英漢對照的方式由民光書局1940年12月出版；又譯為《一個女性的奮鬥》（漢英對照）由重慶求知圖書社1945年3月印一版。英譯本還有Tsui譯的《女兵自傳》，1943年由喬治‧艾倫有限公司在倫敦出版；日譯本有甲阪德子譯的《女兵的告白》，東京大東出版社1941年出版；岩波書局也以《一個女兵的自白》為名在東京出版，至1948年發行了五版。由此，謝冰瑩和她的《一個女兵的自傳》成為新時代軍旅文學走向全國、走向世界的一面旗幟，「女兵」也成為謝冰瑩當之無愧的代名詞。而《一個女兵的自傳》也正如良友圖書印刷公司在其廣告詞中所說的那樣：「冰瑩女士是參加實際革命過來的作家，她的身世和經歷，就是一首悲壯的詩，一部動人的小說……」的確，從她的身上，在這部書中，讀者們看到了一個時代女性嚮往新生活的美好願望，看到了一個青年婦女為求解放毅然邁向革命征程的奮鬥之旅，看到了一個女兵與國家同命運、與時代共呼吸的崇高品質。也正因此，這部不以精雕細刻見長卻以昂揚的時代旋律、樸素真誠的藝術風格傳世的個人傳記，打動了無數時代青年的心扉，成為銘記那段歷史的一支豪邁的時代壯歌。

實際上，《一個女兵的自傳》只是計畫中寫作的《女兵自傳》的上部，由於抗戰爆發，作者再次奔赴於民族救亡的最前線，也就暫時擱下了系統敘寫個人自傳的意願。雖然其間也偶有所及並發表在一些刊物

上，如，《一個女兵的自傳——第四次私奔》，刊於《大風》1939年第57期；《一個女兵的自傳》（即：第七章《窮困的大學生生活：①開始和窮困奮鬥；②亭子間的悲劇》，刊於1940年3月5日－20日《大風》第63－64期；《一個女兵的自傳》（即：《破綿襖》和《飢餓》）刊於1941年9月30日《黃河》第2卷第7期；《一個女兵的自傳》（即：《解散之後》和《偷飯吃》），刊於1941年11月30日《黃河》第2卷第9期；《一個女兵的自傳》（即：《情海波瀾》和《做了母親》），刊於1942年7月30日《黃河》第3卷第1期；《一個女兵的自傳》（即：《探獄》、《慘苦生涯的一斷片》、《南歸》），刊於1942年10月30日《黃河》第3卷第2期；等，但直到抗戰勝利後作者才集中精力完成了中卷《女兵十年》的寫作。個別章節如《慘痛的回憶——〈一個女兵的自傳〉之一章》（即：《驚人的新聞》、《多情的米子》），刊於1945年11月15日《讀者》第4期。至此，《女兵自傳》總體完成。1946年4月，《女兵十年》由重慶紅藍出版社漢口分社初版，印行3000冊，從《第四次逃奔》開始到《戰區巡禮》結束，共十章五〇節。由於是自費出版加之編校粗疏，書末專附勘誤表一頁以示歉意。1946年8月重慶紅藍出版社北平分社再版，印3000冊；1947年1月上海北新書局新版。不過，它並非新版，仍是以紅藍出版社的紙型付印，不僅內容完全相同，甚至連勘誤表都未作任何改動。1948年，作者將《一個女兵的自傳》與《女兵十年》合集重排，定名為《女兵自傳》，全書共十六章九十四節，1949年1月由上海晨光出版公司出版，為合訂本二版。至此，《女兵自傳》全部完成。1948年10月，謝冰瑩赴台。

如今，謝冰瑩已不再是一個陌生且與謝冰心相混淆的名字，謝冰瑩和她的《女兵自傳》成為20世紀軍旅文學走向全國、走向世界的一面旗幟，

　「女兵」成為謝冰瑩當之無愧的代名詞，《女兵自傳》也作為20世紀中國傳記文學史最為重要的收穫之一而永載史冊。

第三輯　借鏡・融創

《飛絮》：張資平的「起飛」之作

　　上世紀20年代末30年代初，張資平是新文學最為走紅的作家，其作品一年數版，印刷屢屢突破萬冊大關當屬常形。就以《飛絮》來說，自1926年6月1日由上海創造社出版部出版作為落葉叢書第二種出版以來，至1930年10月1日已印行11版，23000冊，若再加1934年3月上海現代書局的6版，1936年5月復興書局的再版，1936年10月上海開明書店的7版，最保守的估計，發行數也在50000冊以上。這絕對是一個可以誇耀的數字。

　　小說以女青年劉琇霞、大學生吳梅、留洋博士呂廣、雲姨等四人的感情糾葛為題材，對青年男女的愛情理想與婚戀追求作了有益的探索。其故事線索一改《沖積期化石》的紊亂而為明瞭，人物亦由模糊而為較清晰，在表現手法上亦擅於細緻地刻畫人物心理，並對人性弱點亦能展開較為深刻的藝術揭示。不過，關於《飛絮》的創作，張資平在《序》中這樣寫道：「暑期中讀日本《朝日新聞》所載『歸ル日』，覺得它這篇描寫得很好。暑中無事想把它逐日翻譯出來，弄點生活費。因為那時候學校無薪可領，生活甚苦。天氣太熱又全無創作興趣。每天就把這篇來譯，一連繼續了一星期。但到後來覺得有許多不能譯的地方，且讀至下面，描寫遠不及前半部了，因之大失所望，但寫了好些譯稿覺得把它燒毀有點可惜。於是把這譯稿改作了一下，成了《飛絮》這篇畸形的作品。後來因為種種原因及怕人非難，終沒有把這篇稿售去。本社出版部成立後，就叫它在本社出版物中妄占了一個位置，實在很慚愧的。」「總之這篇《飛絮》不能說是純粹的創作。說是摹仿『歸ル日』而成作品也可，說是由『歸ル日』得了點暗示寫成的也可。」由此可見，這是一篇帶有改寫或者說仿寫性質的長篇創作，結構均衡當與作者仿照《朝日新聞》所載長篇小說《歸ル日》的篇幅有關，所謂的藝術成就應是成功借鑒的成果。因此，《飛絮》雖是張資平的第二部長篇，與《沖積期化石》相比亦有質的提高，但因非原創因素，其藝術地位不宜高估。1934年6月1日《現代》第4卷第6期《飛絮》的廣告中所說：「本書是著者成名時的第一部作，內容情節極盡委曲婉轉之能事，描寫刻畫之深，亦壓倒眾人的。自創造社初版迄今，已行銷數十版，而仍未見其減退，該作實為具有永久的價值之作」──「永久」一詞顯然具有廣告色彩，但作品大為暢銷及張資平因之而名聲鵲起卻是不爭的事實。故楊家駱在1936年5月辭典館出版的《民國以來出版新書總目提要》中說張資平「初期的創作如《沖積期化石》、《愛之焦點》等出版

後，一班青年尚對之平平，自本書出版後，方得到許多青年的熱烈歡迎，
稱為現代戀愛小說的典型作家」。

天之故？人之禍？：談陳銓的《天問》

　　陳銓（1903－1969），四川富順人，1921年入清華大學，入學不久，他對叔本華的悲觀主義哲學產生了濃厚的興趣。1928年9月出版的長篇小說《天問》就是他以德國哲學家叔本華的悲觀主義哲學摹寫人生的藝術嘗試。

　　四川富順縣謙祥吉藥店的學徒林雲章鍾情於老闆的女兒張慧林，因出身寒微被張慧林拒絕。慧林與她的表哥陳鵬運情投意合，但家裡已為陳鵬運包辦了婚姻且已成婚，倆人只好盡力克制。雲章看自己的愛情無望，便離開藥店到軍閥部隊當兵。不久陳鵬運的妻子因病去世，張慧林如願嫁給了陳鵬運。林雲章到部隊後，由於精明強幹三年內即升任旅長，並帶兵回到富順駐防。重歸故地，看到慧林比以前更漂亮，舊情萌發。為了奪回慧林，林雲章唆使部下何三將鵬運殺害隨即又殺人滅口。得到慧林後，他發現自己瘋狂追求的「天下第一的美人」不過是一個尋常的女人，特別是一個愛過別人、別人也愛過的女子，又覺得非常難堪。不久，林雲章回到家中閒居，自己亦病臥在床，而慧林將雲章服侍好後，自己卻一病不起。這時，何三的兩個流氓舊友突然來敲詐他二萬兩銀子，雲章這才想起當初許諾何三殺鵬運後給他二萬兩銀子作回報的事。但雲章根本無力支付這筆鉅款，兩人便將他告上警察局。面對前來的警察與病入膏肓的張慧林，林雲章終於說出了事情的真相，並希望慧林能寬恕他。當他聽到慧林說寬恕他時，拔劍自殺。慧林亦病亡。

　　這是一個別開生面的浪漫的愛情故事，也是一個拷問人性善惡的悲劇書寫。小說將造成人生千變萬化的要素通過天真與虛偽、情愛與罪惡、仁慈與殘暴，真實而清晰地展現在人們面前。美麗、善良的慧林只求生活安穩，家庭幸福，卻命運多舛，無以天年；聰明、機智的青年林雲章追求個人目標，無法通過正途，只能以詭詐、邪惡的手段達到目的，但最終仍落的人財兩空。天之故？人之禍？這或許是作者以《天問》為小說之名的緣故吧。以往人們認為這部小說有兩點值得稱道，一是：情節跌宕起伏，線索有條不紊，結構謹嚴有序；二是小說逼真的景物描寫，渲染生動，烘托到位，令人讚歎。其實，這部小說是作者在技術方面實踐哈代、思想方面實踐叔本華哲學的一個文學嘗試。對此，陳銓曾在1941年由獨立出版社出版的《叔本華生平及其學說‧序》中這樣寫道：「我第一次認識叔本華，是在二十年前的時候。那時我還在清華中學，有一天得著機會讀王靜

安先生一篇評論《紅樓夢》的文章。靜安先生根據叔本華的哲學,對《紅樓夢》發表一些感想。以後數年,對於西洋小說,發生興趣,當時我最得意的小說家,是英國的哈代,我把他全集讀完,覺得他文章美麗,對人生瞭解透徹,遠在任何小說家之上。我常常通夜不眠,在宿舍裡點起洋燭讀他的作品,有時萬籟俱寂,我整個的心靈,都沉浸在哈代小說人物世界上間,把自我都忘卻了,然而哈代的思想,又明顯地受過叔本華哲學的影響。」「1928年,當我提筆寫我的第二部長篇小說《天問》的時候,技術方面,我採取哈代;思想方面,間接也傳播叔本華的主義。單是《天問》的題名,就帶不少悲觀主義的色彩。至於婚姻問題的見解,也根據叔本華的意思。」對於後者,看其創作就可明辨。叔本華認為,意志是世界的本質與核心,由於意志是一種盲目的永遠得不到滿足的衝動,所以人生充滿了掙紮和痛苦。若想解脫這一痛苦,就藝術形式而言,只有悲劇才能達到這一目的,因為悲劇是「詩的藝術的頂峰」,「這種最高的詩的造詣的目的,在於表現人生的可怕方面。難以言說的痛苦、人類的不幸、罪惡的勝利、機運的惡作劇,以及正直無辜者不可挽救的失敗,都在這裡展示給我們。」小說中林雲章所做的一切以及與張慧林的悲劇命運,正是這一理論的形象注腳,《天問》因之呈現出別具一格的文學審美特性,也在情理之中。

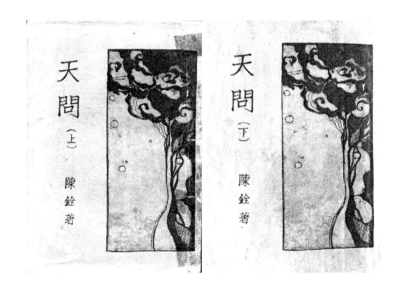

大膽的嘗試與最後的絕唱：
談蔣光慈的《麗莎的哀怨》

　　1929年初，翻譯了蘇聯作家謝麥也夫《都霞》的蔣光慈決定借鑒《都霞》的寫作技法作一個大膽的嘗試，即：創作一篇以白俄少女為主人公的小說以拓新革命文學的新領域，這就是始刊於1929年3月1日《新流月報》創刊號上的長篇小說《麗莎的哀怨》。不過，對於自己的嘗試能否為革命陣營所接受，他心裡並沒有底。於是，在該期的《編後》上，他小心翼翼地寫道：「最後，要說到我的《麗莎的哀怨》了，這一篇是我的很大膽的嘗試，也只是一個嘗試而已；自家當然不能引為滿意之作。是成功還是失敗，請讀者於它發表完時再批評罷。」小說1929年8月1日由上海現代書局出版，初版2000冊。

　　果然，小說一發表，剛果倫（錢杏邨）就認為：「這一年所刊行的《麗莎的哀怨》，在命意上作者雖不免煞費苦心，可是所得的結果，卻未免是一失敗。因著第一身稱的限制，他不能正面的描寫新的俄羅斯的生長，只能從側面略略提及，這結果，充其量也不過只有消極的意義。因著主人公階級性的限制，他不能不採用那種羅曼諦克的文藝的語句的形式，不能在技術上得到比《短褲黨》更進一步的發展。無論如何，在這一部創作上，我們是認定作者是因著內容決定形式的第一人身稱的採用，而失敗了。」對此，馮憲章並不認同。他指出：「《麗莎的哀怨》表現了俄羅斯貴族階級怎麼的沒落，為什麼沒落；並且暗示了俄羅斯新階級的振起！」「如果把《麗莎的哀怨》的藝術的用語，翻譯成社會科學的用語的話，《麗莎的哀怨》如一切社會科學一樣，在告訴我們，舊的階級必然的要沒落，新的階級必然的要起來！它在闡明社會進化的過程！它的作用，與布哈林××主義的ABC一些也沒有兩樣！」在形式上，「《麗莎的哀怨》已經脫離了標語口號的形式，而深進了一步——走上了適合新內容的新形式的道路的開端。」所以，「與其說《麗莎的哀怨》是一部小說，無寧說它是一部散文的詩，詩的散文。」華漢反駁了馮憲章的觀點，他說，《麗莎的哀怨》「不僅不是一部什麼××主義ABC，倒反而是一部反××主義的ABC；不僅不是一種有力的形式，倒反而是一種含有非常危險的毒素的形式」，是「很嚴重的失敗」。他還認為，從作品中「我們只能感到作者所傳染給我們的感情，是在激動我們去同情於麗莎的哀怨與悲愁，同情於俄羅斯亡國貴族的沒落與沉淪，飄零與悲運！」「《麗莎的哀怨》的效果，

只能激動起讀者對於俄國貴族的沒落的同情，只能挑撥起讀者由此同情而生的對於『十月革命』的憤感，就退一步來說吧：即使讀者不發生憤感，也要產生人類因階級鬥爭所帶來的災害的可怕之虛無主義的信念。」

對於同路人的不同意見，蔣光慈不以為然。然而，身體的不適卻日益明顯，飛行集會的要求與創作之間的矛盾又凸顯出來，蔣光慈不願再受束縛，便提出退黨。不料，等來的卻是被開除黨籍。1930年10月20日，在上海出版的中共中央機關報《紅旗日報》第3版上，以《沒落的小資產階級蔣光慈被共產黨開除黨籍》為題，正式公佈了蔣光慈被開除出黨的消息。其中涉及《麗莎的哀怨》文字如下：「又，他曾寫過一本小說，《麗莎的哀怨》，完全從小資產階級的意識出發，來分析白俄，充分反映了白俄沒落的悲哀，貪圖幾個版稅，依然讓書店繼續出版，給讀者的印象是同情白俄反革命的哀怨，代白俄訴苦，誣衊蘇聯無產階級的統治。經黨指出他的錯誤，叫他停止出版，他延不執行，因此黨部早就要開除他，因手續未清，至今才正式執行。」這一處理方式，令蔣光慈長籲短歎，終生不能釋懷。

那麼，《麗莎的哀怨》到底寫了什麼呢？

麗莎是一個白俄貴族少女，其父是沙皇所信用的將軍，她因此也過著奢華的貴族生活。十月革命的風暴，摧毀了沙皇的統治，也打碎了她的美夢，她被迫開始了她的流亡生涯。在流亡途中，麗莎支持丈夫白根參加武裝叛亂，屠殺革命群眾，以恢復昔日豪華的貴族生活，但都以失敗告終，她只得隨丈夫逃亡到西伯利亞、海參威，最後流落到上海。到上海後，白根已無當年之勇，不思謀取，坐吃山空。當他們隨身攜帶的相當數目的財產揮霍淨盡、生活陷入困境時，受密海諾夫伯爵夫人的點撥，麗莎去舞廳跳裸體舞，做娼妓以維計生活，雖然白根默許這一切，但麗莎深感自己受盡凌辱。一天，她發現自己身染梅毒，決定自殺。

應該說，這是一曲埋葬白俄貴族的挽歌，也是對一切剝削制度悲憤詛咒的怨曲。小說新穎的構思尤應稱道，可視為革命文學時代蔣光慈的一部別具機杼的小說。作家通過白俄貴族麗莎的生活的淪落和美夢的破滅、白根英氣消沉日薄西山、伯爵夫人享樂醉迷的生活的描寫，揭示出白俄貴族無可奈何花落去的歷史命運和新興無產階級勢不可擋的壯大起來的歷史走向，特別是麗莎悔恨自己未能嫁給木匠伊萬和羨慕姐姐薇娜作為革命者風光的情節，更是藝術地烘托出布爾什維克走上歷史舞臺的現實。小說細膩真實地描寫了麗莎沉淪的心理軌跡，清晰準確地刻畫出麗莎性格轉變的歷史因由，作為小說藝術而言，堪稱出色。第一人稱敘述視角的使用，使全篇在委婉、哀淒中流露出的感傷與同情。

　　既然是一部別具機杼的藝術創作，為什麼還會招致如此的命運呢？這與蔣光慈的第一人稱敘述使小說流露出感傷與同情的基調有關。要知道，在早期乃至整個20世紀的革命文學中，最不能容忍與理解的也是最招左翼革命者指責的就是文本中透露的對小資產階級的感傷與同情。這也正是錢杏邨和華漢強烈抨擊《麗莎的哀怨》是「失敗之作」，是「一種含有非常危險的毒素的形式」的重要原因。只是令人悲懷的是，這樣的指責在後來二元對立的階級觀念中愈演愈烈，又豈是蔣光慈一人最後的絕唱！

《愛力圈外》：張資平的另一部改寫之作

　　張資平成名之後，各種約稿也紛至沓來。為了對付這應接不暇的局面，也為了滿足自己的虛榮心，粗製濫造，改寫仿作等，就成為張資平繼續博得文名的常用伎倆。《愛力圈外》就是張資平繼《飛絮》之後的又一本改寫之作。

　　《愛力圈外》最初曾部分刊於1929年11月《大眾文藝》第2卷第1期。同月由上海樂華圖書公司出版，初版2000冊。張資平以第一人稱的方式，通過菊筠對自己不幸婚姻的自述，強烈批判了包辦婚姻的罪惡，抨擊了虛偽的封建道德對女性的戕害，揭露了封建大家庭的醜惡與腐敗，表達了時代女性要求婚姻自主的現代呼聲，雖然結尾處貼上的革命元素顯得較為生硬，但就結構設置、人物刻畫、語言描寫等而言，還是顯見了張資平創作的藝術功力。因此，小說一出版，即獲得了不少讀者的喜愛。

　　但是，很快就有人指出《愛力圈外》並非張資平原創。無奈之下，張資平只好於1929年12月1日在他主編的《樂群》月刊第12期上，刊載了這樣一條文壇消息：《〈愛力圈外〉不是張資平的創作》，承認這一事實：「在樂華書店出版的《愛力圈外》一部是張氏由一篇日本小說翻案來的，一部是他自己加添上去的。關於這項，他寫了一封信來要本欄代為聲明。今將來函抄後：『《愛力圈外》一部分是據一篇日本小說翻案的，曾在原稿後聲明，要求樂華書店印出，但後來給樂華書店刪去未印，只好借《樂群》月刊的國內文壇消息欄代聲明一下，以重責任。前在《大眾文藝》發表一部分時，亦曾請該刊主編者在編後裡聲明。又及。』」同時又刊登另一條消息「張資平太忙了」為其暗尋托詞。

　　讀者看到張資平承認《愛力圈外》是改寫之作，也就不再予以深究。但張資平卻認為風頭已過，立刻就在一個月後即1930年1月再版2000冊，至1932年12月已印行7版，發行13500冊，對「改寫」一事更是諱莫如深了。的確，此時的張資平早已不是什麼顧及顏面、操守的文人，而完全是一個唯利是圖的商人了。

《八月的鄉村》：中國的《毀滅》

　　1935年8月（實為7月），田軍的《八月的鄉村》由魯迅作序並被列為「奴隸叢書之二」由上海奴隸社出版。田軍即蕭軍。在序中，魯迅說：

> 我卻見過幾種說述關於東三省被占的事情的小說。這《八月的鄉村》，即是很好的一部，雖然有些近乎短篇的連續，結構和描寫人物的手段，也不能比法捷耶夫的《毀滅》，然而嚴肅，緊張，作者的心血和失去的天空，土地，受難的人民，以至失去的茂草，高粱，蝲蝲，蚊子，攪成一團，鮮紅的在讀者眼前展開，顯示著中國的一份和全部，現在和未來，死路和活路。凡有人心的讀者，是看得見的，而且有所得的。

　　魯迅高度肯定了《八月的鄉村》的題材意義，指出，在結構與人物描寫上雖不能與法捷耶夫的《毀滅》相比較，但「顯示著中國的一份和全部，現在和未來，死路與活路」。這裡，魯迅首先提到了《八月的鄉村》與《毀滅》之間的聯繫。緊接著，紺弩在《讀書生活》1935年第3卷第1期發表的《八月的鄉村》一文中也認為，「就中國自己底文化程度說，《八月的鄉村》在中國文壇上，就說不減於《鐵流》或《毀滅》之在世界文壇，似乎也不算十分誇張。」說《八月的鄉村》「不減於《鐵流》或《毀滅》之在世界文壇」，當然有些誇張，但如劉西渭所說：「《毀滅》給了一個榜樣。蕭軍先生有經驗，有力量，有氣概，他少的只是借鏡。參照法捷耶夫的主旨和結構，他開始他的《八月的鄉村》。」確乎其是。也正因此，人們將《八月的鄉村》比作「中國的《毀滅》」。

　　首先，在小說的構思上，《八月的鄉村》與《毀滅》驚人的相似。《毀滅》描寫蘇聯內戰時期西伯利亞的一支以萊奮生領導的遊擊隊在日本軍隊和白匪軍圍攻下，戰鬥、毀滅、突圍的過程。《八月的鄉村》寫「九一八」後東北抗日小分隊在鐵鷹隊長的指揮下，突破敵人的包圍去帽兒山與大隊會合的故事。可以說，以相似的戰爭底色與規定情境運思《八月的鄉村》，是蕭軍從法捷耶夫那裡率先得到的啟示。

　　其次，在小說風格上，蕭軍也把悲壯與崇高作為小說的主色調。我們知道，兩部作品寫得都是一支小部隊雖然充滿著艱辛、困苦，犧牲，甚至是失敗的故事，但這些接受了生與死、血與火的考驗與歷練的遊擊隊

員們，卻依然以頑強的生命力與更堅強的精神力量迎接著新的希望。法捷耶夫在《毀滅》的結尾中這樣寫道：「萊奮生用仍然濕潤的眼睛默默地掃視了這片遼闊的天空和給人以麵包與憩息的大地，掃視了這些在遠處打麥場上的人們，他應該很快地把這些人變成親近的自己人，就像默默地跟在後面的那十八個人一樣，因此他不哭了；他必須活著，並且盡自己的責任。」結局悲壯但仍充滿光明與希望。蕭軍在《八月的鄉村》中同樣賦予人物以崇高的使命感。看其結尾：「『這樣吧！蕭同志就同那幾位同志，到帽兒山等我們去吧！』李三弟向著蕭明，同時也是向著大夥伙又這樣決定的說了：『就是這樣──準備明天的吧！』」可謂異曲同工。

再次，在小說的結構上，《八月的鄉村》借鑒了《毀滅》的結構方式，不追求完整的人物與情節，而採用片斷式的短篇連綴式的結構方式架構全篇。看看兩書各小節的標題樣式──《毀滅》：1.莫羅茲卡；2.密契克；3.第六種感覺；4.孤獨；5.莊稼人與礦工；6.萊奮生；7.對頭；8.第一步；9.密契克在部隊裡；10.潰滅的開始……《八月的鄉村》：1.流；2.這些全是什麼人；3.第三枝槍；4.夜襲；5.瘋狂的海濤；6.這樣一個女人；7.斃了他們必要嗎？8.為死者祭；9.暫時分開吧；10.厚嘴唇說話了……如果我們不注明這是兩個不同作品的目次，合而為一也完全可以。可見，二者是多麼的相似！

最後，在小說的人物塑造上，《八月的鄉村》受《毀滅》的影響也很深。在《毀滅》中，法捷耶夫主要塑造了行動著與戰鬥著的遊擊隊長萊奮生、礦工莫羅茲卡、知識分子出身的利己主義分子密契克以及杜鮑夫、岡恰連柯、麥傑里察等一批底層軍士形象，《八月的鄉村》中，蕭軍也主要塑造了行動著與戰鬥著的鐵鷹隊長、支隊司令陳柱、知識分子出身的蕭明隊長及底層隊員唐老疙疸、李七嫂、朝鮮姑娘安娜等六名官兵形象。他們幾乎可以說是《毀滅》的翻版與壓縮版。

不過，在主題上，《八月的鄉村》是一幅真實的正面描繪東北人民保家衛國、奮勇抗日的戰鬥風貌的粗獷的素描畫，揭示了中國人民在日本帝國主義侵略者面前不前進即死亡，不鬥爭即毀滅的主題。這一主題應當看作是《毀滅》主題的轉化與融創而非簡單的模仿。雖然，「一個成為一件藝術的傑作，一個成為一種光榮的記錄。」

《馬丹波娃利》與《死水微瀾》

　　說到福樓拜和他的《包法利夫人》，稍有些中外文學知識的人都知道；但如果說到李劼人和他的《馬丹波娃利》，可能知道的人就不多了。其實，《包法利夫人》和《馬丹波娃利》是同一本書，只是譯名不同、譯者不同而已。《包法利夫人》的譯本如今很多，最為通行的當屬李健吾的譯本；《馬丹波娃利》則是李劼人的譯本，1925年由上海中華書局出版，現雖很少通行，但卻是這部世界名著的第一個中譯本，當時福樓拜譯作：弗羅貝爾。李劼人後來還兩次翻譯了《馬丹波娃利》，並於1936年和1944年分別交付上海中華書局和重慶作家書屋出版。其中作家書屋版還有李劼人寫的《〈馬丹波娃利〉校改後記》，較為詳盡地闡釋了他翻譯這部小說的經過及他所受自然主義大師福樓拜的影響。他說：「本來，像本書之描寫一個鄉下醫生的老婆，一個出自田家的女兒，稍稍受了一點教育，薄薄具了一點姿色，於是不安實際生活，而刻刻在追求浪漫文學所表現的種種幻想的人生，以致在愛情中一連跌上兩個筋斗，並為小人所乘，鬧到傾家蕩產，只好服毒而亡。這一種並無多大波瀾，而只社會中，在某一個時代，某鄉鎮上是隨處可遇的現實人生的一段，我們在莫泊桑同時和其後的許多作品中，真是看慣了，幾何不認為這是天經地義的寫法？」而福樓拜嚴肅認真、不偷工減的寫實主義藝術，更得到了李劼人的高度認同。

　　1924年10月，留法4年10個月的李劼人回到成都。之後，他先後在成都大學、四川大學擔任過教授，又在私營重慶民生公司機器廠任廠長。但他對教職並不感興趣，做實業又不像他想像得那樣容易，他的經營並不順利，不久便陷入困境，人事關係也因之緊張起來。1935年5月，他辭去廠長一職回到菱窠。為盡快償還債務，他決定回到他的老本行——從事小說創作與翻譯。毫無疑問，法國的文學營養與成都的生活元素率先激活了李劼人的創作靈感，他以此這突破口，接連創作並由上海中華書局出版了《死水微瀾》（1936）、《暴風雨前》（1936）和《大波》（1937），完成了以多卷體連續長篇小說的形式來表現中國近代歷史變遷的創作意願。

　　小說出版後，得到了郭沫若的高度評價。他在1937年6月15日《中國文藝》第1卷第2期發表的《中國左拉之待望》一文中說：「我真是愉快，最近得以讀到《大波》、《暴風雨前》、《死水微瀾》這一聯的宏大的著作。」「作者的規模之宏大已經相當地足以驚人，而各個時代的主流及其遞禪，地方上的風土氣韻，各個階層的人物之生活樣式，心理狀態，

言語口吻，無論是男的的女的的老的的少的的，都虧他研究得那樣透闢，描寫得那樣自然。他那一枝令人羨慕的筆，自由自在地，寫去寫來，寫來寫去，時而渾厚，時而細膩，時而浩浩蕩蕩，時而曲曲折折，寫人恰如其人，寫景恰如其景，不矜持，不炫異，不惜力，不偷巧，以正確的事實為骨幹，憑藉著各種各樣的典型人物，把過去了的時代，活鮮鮮地形象化了出來。真真是可以令人羨慕的筆！」他繼而認為：「似乎可以說偉大的作品，中國已經是有了的。」

不過，若說李劼人的「大河小說」均為「偉大的作品」恐有異議，但若僅指稱其中的《死水微瀾》，是可以得到大家認同的。的確，這部寫歷史轉捩於男女情愛中，寓政治風情於鄉風民情裡的「偉大的作品」，以蔡大嫂、袍哥首領羅歪嘴、教民顧天成三人構成的多角衝突為主線，對四川的風土人情、市民階層的心理狀態和生活方式作了惟妙惟肖的刻劃，充分展現了甲午戰爭到辛醜合約簽訂這一時段的歷史氣息。教民和袍哥兩股勢力的相互激蕩和消長，透視出歐美資本主義文明侵入後，在如同「死水」一般的四川盆地內激起的微微波瀾。小說將歷史的人與人的歷史表現得淋漓盡致，堪稱時代的人性史詩。

當然，這得益於弗羅貝爾的《馬丹波娃利》。無論選材、構思、立意、表現手法等，均對李劼人有深刻的影響。而這也早已得到學界的公認，也就無需我們贅言了。

康拉德的恩惠：《駱駝祥子》的影響探源

　　許多作家在回答受哪些作家影響時，往往會說出一大串響噹噹的名字，即便被問到「受哪位作家的影響最深」時，回答也「是多重影響而不是哪一位作家」。的確，一個作家所受的影響往往是多重的，作用於其身也是多重的，因此，讓某位作家回答「受哪位作家的影響最深」時，往往感到非常棘手。

　　老舍則不然。他雖也是一位受到眾多外國作家影響的作家，但若問他「受哪位作家的影響最深」時，他則明確地說，他受康拉德的影響最深，康拉德是他最愛的作家。1935－1936年間，老舍在他的一系列創作談中，如《我怎樣寫〈二馬〉》（1935）、《我怎樣寫〈小坡的生日〉》（1935）、《一個近代最偉大的境界與人格的創造者——我最愛的作家——康拉德》（1935）、《景物的描寫》（1936）、《事實的運用》（1936）等，都將康拉德作為他談及小說借鑒藝術的主要人物，特別是，《一個近代最偉大的境界與人格的創造者——我最愛的作家——康拉得》一文，更將他對康拉德情有獨鍾的敬佩之情表白得一清二楚。他說：「康拉德的小說中有許多新奇的事實，但是他決不為新奇而表現它們，他是要述說由事實所引起的感情，所以那些事實不止新奇，也使人感到親切有趣。……康拉德之所以能忽前忽後的述說，就是因為他先決定好了所要傳達的情感為何，故事的秩序雖顛倒雜陳亦不顯得混亂了。」「他是由故事，由他的記憶中的經驗，找到一個結論。這結論也許是錯誤的，可是他的故事永遠活躍的立在我們面前。於是我們知道怎樣培養我們自己的想像，怎樣先去豐富我們自己的經驗，而後以我們的作品來豐富別人的經驗，精神的和物質的。」「康拉得使我明白了怎樣先看到最後的一頁，而後再動筆寫最前的一頁。在他自己的作品裡，我們看到：每一個小小的細節都似乎是在事前準備，……不至於陷在自己所設的迷陣裡。……自然，我沒能完全把這個方法放在紙上，可是我總不肯忘記它，因而也就老忘不了康拉得。」最後，老舍深情地說：「我將永遠忘不了康拉得的恩惠。」

　　如果說上述所言只是老舍對康拉德創作手法的領悟，那麼，下面這段感言則是老舍對康拉德創作中人物命運與悲劇結局的深層領會，也是他最後由衷地讚歎康拉德「無疑的是近代最偉大的境界與人格的創造者」的主要原因：

　　Nothing，常常成為康拉得的故事的結局。不管人有多麼大的
志願與生力，不管行為好壞，一旦走入這個魔咒的勢力圈中，便很
難逃出。……對這些失敗的人物，他好像是看到或聽到他們的歷
史，而點首微笑的歎息：『你們勝過不了所在的地方。』他並沒
有什麼偉大的思想，也沒想去教訓人；他寫的是一種情調，這情調
的主音是虛幻。他的人物不盡是被環境鎖住而不得不隨落的，他們
有的很純潔很高尚；可是即使這樣，他們的勝利還是海闊天空的勝
利，nothing。

　　那麼，康拉德恩惠於《駱駝祥子》的主要有哪些呢？或者說，最恩惠
於《駱駝祥子》的是什麼呢？我認為，康拉德恩惠於《駱駝祥子》的主要
是表現手法的運用，最恩惠於《駱駝祥子》的是文本的立意，即：如何營
建Nothing的結局，營建「被環境鎖住而不得不墮落」的悲劇氛圍。
　　我們知道，《駱駝祥子》的本事來自於原山東大學一個朋友給他說的
故事。據老舍在《我怎樣寫〈駱駝祥子〉》一文中回憶：「記得是在1936
年春天吧，『山大』的一位朋友跟我閒談，隨便的談到他在北平時曾用過
一個車夫。這個車夫自己買了車，又賣掉，如此三起三落，到末了還是受
窮。聽了這幾句簡單的敘述，我當時就說：『這頗可以寫一篇小說。』緊
跟著，朋友又說：有一車夫被軍隊抓了去，哪知道，轉禍為福，他乘著軍
隊移動之際，偷偷的牽回三匹駱駝回來。」「這兩個車夫都姓什麼？哪裡
的人？我都沒問過。我只記住了車夫與駱駝。這便是駱駝祥子的故事的核
心。」請注意，這裡不是說車夫和駱駝是故事的核心，因為祥子是主角，
「駱駝只負責引出祥子的責任」，而是說車夫「三起三落，到末了還是受
窮」的結局是故事的核心。而這，正是康拉德所說的Nothing！它激活了
老舍的創作潛勢，使老舍毫不猶豫地將人物的悲劇命運和悲劇結局作為小
說的總體構思，將「被環境鎖住而不得不墮落」的悲境，作為全書的總氛
圍。這就是康拉德的恩惠。
　　想想看，這是一個怎樣的環境啊！老實勤懇的祥子剛攢了一輛新車，
被當兵的拉走了；剛攢了些錢卻被特務捉拿曹先生不獲時順手搶走了；雖
然用虎妞的錢買了輛舊的，但又不得在虎妞難產死後賣掉。這三次的奮鬥
和失敗，使祥子徹底喪失了進取的信心和生活的理想，也徹底改變了他的
生活和命運，他開始墮落，開始出賣靈魂，由一個自食其力的本分人淪落
為一個無靈魂的行屍走肉。黑暗的社會幾次三番地打擊著他美好的也是微
薄的願望，人性的罪惡幾次三番地拉他墮入罪惡的泥潭。如果說，匪、兵
的敲詐僅是祥子理想破滅的外在原因，那麼，自身的不足與虎妞的性愛是

導致他滑向末路的內在因緣，特別是與虎妞的性愛，使他最終失去了一個普通勞動者應有的品質。虎妞不僅毀掉了她自己的一生，也徹底改變了祥子的命運。這位又老又醜的女人將祥子看作補償自己青春的工具，滿足自己性愛的性奴，她以小伎倆欺騙了老實本份的祥子後，就將他牢牢地拴在自己身邊，使祥子徹底淪為她的奴僕。「他對她，對自己，對現在與將來，都沒辦法，彷彿是碰在蛛網上的一個小蟲，想掙紮已來不及了。」而且「他把虎妞的話從頭至尾想了一遍，他覺得像掉在個陷阱裡，手腳而且全被夾子夾住，決沒法兒跑。他不能一個個的去批評她的主意，所以就找不出她的縫子來，他只感到她撒的是絕戶網，連個寸大的小魚也逃不出去！既不能一一的細想，他便把這一切作成個整個的，像千斤閘那樣的壓迫，全壓到他的頭上來。在這個無可抵禦的壓迫下，他覺得一個車夫的終身的氣運是包括在兩個字裡——倒楣！」正是虎妞對祥子勞動理想的剝奪，對祥子人生興趣的打擊，使祥子在虎妞死後徹底喪失了以辛勤勞動換取平等生活的理想，喪失了做一個正直善良的人應有的道德標準，將人生的劣根性與弱點完全浮現出來，淪為社會的渣滓，淪為一個以出賣靈魂為生的末路鬼。這就是「被環境鎖住而不得不墮落」的悲劇結局。這就是Nothing！

　　這是老舍的融創，也是康拉德的恩惠，是老舍不師法康拉德便不可能如此的最鮮明的印記。

三讀契訶夫之後：談《寒夜》的師法與融創

　　1979年4月17日，巴金在巴黎接待法國《世界報》記者雷米時說：「在中國作家中，我可能是最受西方文學影響的一個。」的確如此。巴金不僅翻譯了大量的外國文學作品，而且在主持上海文化生活出版社的十餘年間，還以「譯文叢書」的形式出版了一百多種外國文學作品，盧梭、克魯泡特金、左拉、羅曼羅蘭、托爾斯泰、屠格涅夫、契訶夫等一系列偉大作家的精神財富，都化為巴金創作的重要滋養流趨在他的字裡行間。不過，對於《寒夜》的創作影響而言，巴金主要受契訶夫的影響，只是巴金對契訶夫的喜愛與理解，經歷了一個由不瞭解，到理解，到熱愛的過程。

　　1954年，在紀念契訶夫逝世50周年時，巴金以《我們還需要契訶夫——紀念契訶夫逝世五十周年》為題，寫下了這樣一段文字：

　　　　我還不到二十歲的時候，我第一次接觸到契訶夫的作品，我讀過的不只一篇（……），我讀來讀去，始終弄不清楚作者講些什麼。我不能怪譯者，本來要從譯本瞭解契訶夫就不是一件容易的事，轉述他的故事並不困難，難的是把作者那顆真正仁愛的心（高爾基稱契訶夫的心為『真正仁愛的心』）適度地傳達出來。要是譯者沒有那樣的心，要是讀者不能體會到那樣的心，我們從譯文裡能得到什麼呢？我那時不能接受契訶夫的作品，唯一的原因是我不瞭解它們。

　　　　以後我仍然常有機會接觸到契訶夫的作品。於是又來了一個時期：我自以為有點瞭解契訶夫了。可是讀著他的小說，我感到非常難過。我讀得越多，我越害怕讀下去。我常常想：為什麼那些人就順從地聽命運擺佈，至多也不過唉聲歎氣，連一點反抗的舉動也沒有？我好像看見一些害小病的人整天躺在床上，閒談訴苦、一事不做、等待死亡，我恨不得一下子把他們全拉起來。盡是些那樣的人！盡是些那樣的事！……那個時候我已經開始寫小說了，……我的年輕的主人公需要的是熱情和行動。而這些東西我以為和契訶夫小說裡的那種調子是不一樣的。

　　　　現在我是一個契訶夫的熱愛者。這是我讀契訶夫作品的第三個時期了。……固然契訶夫寫的是當時俄國社會的面目，可是他筆下出現的人物也常常在我們中國社會出現。……據說亞歷山大二世

統治的末期和亞歷山大三世在位的十三年是十九世紀俄國史上最黑暗、陰慘的時期。因此在我們這裡特別是舊社會開始崩潰、反動統治把人壓得透不過氣來的時候，我到處都發現契訶夫所謂的「霉臭」，到處都看見契訶夫筆下的人物，他們哭著，歎息著，苦笑著，奴隸似地向人乞憐，僥倖地過著苟安的日子，慢慢地跟著他們四周的一切崩潰下去，不想救出自己，更不想救別人。……我翻開他的著作，就好像看見他帶著憂慮的微笑在對一些人講話，我彷彿聽到他那溫和而誠懇的聲音：「太太、先生們，你們的生活是醜惡的！」貫穿契訶夫全部著作的就是這種憂慮，這種關心，這種警告，這都是從他那顆仁愛的心出來的。

這種由不瞭解到理解到熱愛的過程，正是巴金對契訶夫的創作藝術由含混到明瞭到共鳴的過程。從契訶夫的創作中，巴金深切地體會到，通過文學創作宣傳自己對革命道路的認識並以此改造社會是不切實際的幻想，表達自己對黑暗社會的抨擊與對光明前途的嚮往，並非就是著力塑造高聲吶喊或投身社會的革命者，像契訶夫那樣表現底層被侮辱被損害的小人物形象反而更有力，更令人震撼。明白了這一道理，他很少再描寫革命者的形象，而是將自己的筆轉觸到底層的百姓中，轉觸到那些不引人注目的悲苦者的心靈裡，傾聽他們的喜怒哀樂，感受他們的悲歡離合，在深切的同情與辛辣的批判中，寄託自己對現實的思考與對光明的憧憬。他開始自覺地向契訶夫那樣書寫渺小的人和渺小的事，如寫兄弟之間的失和與失悔（《兄與弟》）；寫丈夫的兇橫與妻子的委屈與不平（《夫與妻》）；以及寫夫妻的恩愛與庸醫害命（《生與死》）等，並將這些作品結集為《小人小事》，由上海文化生活出版社出版。這可以說是巴金對契訶夫創作的前師法。

1941年1月，巴金重返離別十八年的成都。此時，一切已物是人非，昔日的老宅早已易主，五叔也淪為小偷後死於獄中。雖然這是他早已料到的結局，但畢竟是令人悲歎的挽歌。他由之想到了契訶夫的戲劇《櫻桃園》。二個寄生蟲──朗涅夫斯卡雅、加耶夫與三個敗家子──楊老三、姚國棟、小虎的人物模式；人財兩空、長宜子孫的人物命運；以及懷舊、惋惜、痛快、滿足同時又帶有挽歌基調的創作情態，便自然而然地訴之筆端。於是《憩園》就成為契訶夫激活巴金小說創作的又一個藍本──雖然這種借鑒稍有表相的印痕。

1941年2月，巴金的摯友陳范予在武夷山病逝。1944年8月，作家王魯彥患肺病在桂林逝世。1945年1月，友人繆崇群也因肺病在北碚去世。接

二連三發生的友人的不幸和臨死前的淒慘悲境，萌發了巴金為他們吶喊和控訴的創作衝動。如何藝術地傳達積鬱已久的悲憤心情和滿心的創作訴求呢？契訶夫的藝術范式就成為巴金師法與融創的自然選擇。的確，這部表現一個小知識分子淒慘命運的長篇傑作，不僅契合了契訶夫小說藝術的重要元素，而且將契訶夫小說創作的神髓發揮得淋漓盡致。它是巴金創作道路走向成熟的標誌，也是巴金師法與融創契訶夫創作藝術的巔峰之作。這主要表現在：

1. 創作旨向的趨同性。巴金在紀念契訶夫誕生九十五周年時說：「他通過他那些『小人物』寫出了他那個時代和當時社會的病史。」「他越來越接近他所追求的東西，他越來越深刻地感覺到全部生活徹底改變的時代逼近了。」在紀念契訶夫逝世五十周年時又感悟：「契訶夫寫那種人物，寫那種生活，寫那種心情，寫那種氣氛，不是出於愛好，而是出於憎惡；不是為了欣賞，而是為了揭露；不是在原諒，而且在鞭撻。他寫出醜惡的生活只是為了要人知道必須改變生活方式。」「對於庸俗的勢力，對於不合理的制度和生活，對於一切醜惡、卑劣的東西，他不斷地揭露，不斷地嘲笑。他憐憫地然而嚴肅地警告人們：你們要不改變生活方式，就得滅亡。」以之比照巴金在創作《寒夜》時的創作旨向，是多麼驚人的相似啊！

2. 人物視點與情感的師法與融創的趨同性。與以往巴金小說對人物的視點多採取仰視角或俯視角不同，《寒夜》採取的是平視角，小說中的汪文宣、曾樹生、汪母等都不是居高臨下的人物，而是身處底層的普通知識分子。作者以平視的視角寫出了他們的生活與遭遇，他們的善良與溫順，他們的掙紮與反抗，他們的無奈與悲哀，令人同情亦令人心酸，而作者由之透出的對社會批判與憤怒的情態，與契訶夫表達俄羅斯人間地獄的情態圖式，全然相同。

3. 情節設置的師法與融創。如果我們讀過契訶夫的《一個官員的死》，為其中的小職員切爾維亞科夫因打噴嚏的不慎而自尋煩惱並因之死亡時；當我們看到《苦惱》中姚納兒子去世無人訴說只得向馬傾訴時；我們再回看《寒夜》中汪文宣的膽小、懦弱，淒然離世的情形，以及汪母孤獨寂寞無處安置的心靈，官員之死的師法與與婆媳之戰的融創就顯得一目了然。

4. 現實主義神髓的繼承與發揚。與以往巴金小說多感情外溢或較為直接地顯現不同，《寒夜》的思想傾向完全從情節與場面中自然而然地流露地出來，如生活一樣真實、形象而又樸素、自然，真正繼承與發揚了現實主義的神髓。對此，我們再舉全書的結尾：

他的生命一分鐘一分鐘地慢慢死去。他的腦子一直是清醒的，雖然不能多用思想。在這些最後的時刻裡，他始終不肯把眼光從母親和小宣的臉上掉開。後來他們的面影漸漸地模糊起來，他彷彿又看見了第三個人的臉，那自然是樹生的，他並沒有忘記她。但是甚至這三個人的面顏也不能減輕他的痛苦。他一直痛到最後一刻。一口氣吊著，他許久死不下去。母親和小宣每人捏緊他的一隻手，望著他咽氣。

最後他斷氣時，眼睛半睜著，眼珠往上翻，口張開，好像還在向誰要求「公平」。這是在夜晚八點鐘光景，街頭鑼鼓喧天，人們正在慶祝勝利，用花炮燒龍燈。

這是嚴謹的現實主義藝術的偉大體現！它將巴金對人物的塑造、氛圍的營造、主題的刻畫，結構的安排等現實主義長篇小說藝術，發揮到了極致。因此，《寒夜》不僅是巴金創作史上的一座豐碑，也是中國現代長篇小說的一座豐碑——一座既受益於契訶夫同時又融創中國文學與現實主義元素的豐碑！

契訶夫　　　巴金

第四輯　傳播・接受

福緣與福分：魯迅與葉永蓁的《小小十年》

　　能與魯迅交往是一種福緣，能得到魯迅的獎掖更是一種福分。葉永蓁就是一位既有福緣又有福分的人。1929年夏，曾因投稿《奔流》與魯迅相識如今卻聽候派遣的青年軍人葉永蓁，抱著試試看的想法將自傳體長篇小說《小小十年》初稿呈送給魯迅，不料魯迅不僅為其校讀，刪改，讓他增加時代內容而不是側重寫戀愛，還親自寫序並推薦到上海春潮書局，這讓正處於苦悶彷徨期的葉永蓁喜出望外。查《魯迅日記》1929年5月3日，魯迅記：「寄還陳瑛及葉永蓁稿並覆信」。1929年7月28日，魯迅作最後校讀後，欣然寫下《葉永蓁作〈小小十年〉小引》，將這位年輕人的新作「極欣幸」地介紹給讀者。

　　葉永蓁（1908－1976），原名葉會西，字永蓁，筆名葉蓁，葉永蓁，浙江樂清人。1926年在溫州第十中學畢業後，考入廣州黃埔軍校第5期，畢業後入廣州燕塘之炮兵團，不到一周即隨師北伐。1927年1月入武漢軍校，7月畢業後任第一路軍連營參謀。大革命失敗後，他痛感自己受了「革命領袖」的騙後脫離軍隊，由武漢而轉居上海。《小小十年》即是他此時居上海時根據自己的生活經歷寫的一部自傳體小說。1934年冬，葉永蓁深感於日本帝國主義對中國的侵略，再次回到軍隊投入到抗戰救國的行動中。抗戰時期，他參加過台兒莊戰役，曾任第59軍炮兵團團長。抗戰勝利後升為59軍少將炮兵指揮官，後任166師少將師長。1949年去臺灣，曾任金門防衛司令部少將副參謀長，國民黨陸軍第54軍副軍長。1964年退役，1976年10月7日病逝於臺北。

　　《小小十年》1929年8月15日由上海春潮書局出版。小說分上下卷兩冊，上卷249頁，下卷續至479頁。全書寫我少年喪父，祖父認為只有讀書才能出息，說服母親讓我讀書。在學校，我看到茵茵很可愛，就對她產生好感。這時，家裡給我訂了婚，這對我來說是一個很大的打擊。祖父去世後，母親仍然供我上學。一天，我給茵茵寫信，茵茵也回了信。但我隨後聽說茵茵許給了趙泌，痛苦萬分。同學們都鼓動我大膽去愛，但「妻」的羈絆使我淺嘗輒止。為反抗包辦婚姻，我在革命熱潮的感召下，來到廣東，考入黃埔軍校，投身北伐革命。後來我發現自己作了「革命領袖」一年的走狗，便退出軍隊來到上海。在上海，茵茵雖經常與我通信，但表示她無力反抗現實，這使得我異常苦悶。我認識了一個叫月清的女子，其實是別人的小老婆。我於是墮落並學會了嫖娼。一天，家裡來信說母親病

了，我只得回家探望。回家後才發現這是母親騙我回來結婚的計謀。我不甘這樣埋葬我的幸福，幾天後就告別了家人，再次來到上海。在上海，我與茵茵熱烈地愛戀著，但不久，茵茵悄然離去，並寫信告訴我她與趙泌暑假結婚，勸我另求幸福。我恨茵茵又原諒了她。我覺得應該結束自己的過去，為推翻這個矛盾的現社會，重上征途。

作者通過對主人公十年間的生活道路的描寫，特別是愛情與革命的描寫，再現了大革命時代有為青年探尋自我、建設自我的艱難歷程。書中奔流的革命精神令人感動。小說最可貴之處有二：一是真，真誠之心，真誠之文。二是強烈的時代氣息，特別是北伐革命的描寫，極富時代面貌。魯迅也正是有感於小說中所表現的強烈的時代精神，欣然作《小引》道：

> 這是一個青年的作者，以一個現代的活的青年為主角，描寫他十年中的行動和思想的書。
>
> 舊的傳統和新的思潮，紛紜於他的一身，愛和憎的糾纏，感情和理智的衝突，纏綿和決撒的迭代，歡欣和絕望的起伏，都逐著這《小小十年》而開展，以形成一部感傷的書，個人的書。但時代是現代，所以從舊家庭所希望的「上進」而渡到革命，從交通不大方便的小縣而渡到「革命策源地」的廣州，從本身的婚姻不自由而渡到偉大的社會改革——但我沒有發見其間的橋樑。
>
> 一個革命者，將——而且實在也已經（！）——為大眾的幸福鬥爭，然而獨獨寬恕首先壓迫自己的親人，將槍口移向四面是敵，但又四不見敵的舊社會；一個革命者，將為人我爭解放，然而當失去愛人的時候，卻希望她自己負責，並且為了革命之故，不願自己有一個情敵，——志願愈大，希望愈高，可以致力之處就愈少，可以自解之處也愈多。——終於，則甚至閃出了惟本身目前的剎那間為惟一的現實一流的陰影。在這裡，是屹然站著一個個人主義者，遙望著集團主義的大纛，但在「重上征途」之前，我沒有發見其間的橋樑。
>
> ⋯⋯
>
> 然而這書的生命，卻正在這裡。他描出了背著傳統，又為世界思潮所激蕩的一部分的青年的心，逐漸寫來，並無遮瞞，也不裝點，雖然間或有若干辯解，而這些辯解，卻又正是脫去了自己的衣裳。至少，將為現在作一面明鏡，為將來留一種記錄，是無疑的罷。⋯⋯
>
> 我覺得最有意義的是漸向戰場的一段，無論意識如何，總之，

許多青年，從東江起，而上海，而武漢，而江西，為革命戰鬥了，其中的一部分，是抱著種種的希望，死在戰場上，再看不見上面擺起來的是金交椅呢還是虎皮交椅。種種革命，便都是這樣地進行，所以掉弄筆墨的，從實行者看來，究竟還是閒人之業。

這部書的成就，是由於曾經革命而沒有死的青年。我想，活著，而又在看小說的人們，當有許多人發生同感。

技術，是未曾矯揉造作的。因為事情是按年敘述的，所以文章也傾瀉而下，致使作者在《後記》裡，不願稱之為小說，但也自然是小說。我所感到累贅的只是說理之處過於多，校讀時刪節了一點，倘使反而損傷原作了，那便成了校者的責任。還有好像缺點而其實是優長之處，是語彙的不豐，新文學興起以來，未忘積習而常用成語如我的和故意作怪而亂用誰也不懂的生語如創造社一流的文字，都使文藝和大眾隔離，這部書卻加以掃蕩了，使讀者可以更易於瞭解，然而從中作梗的還有許多新名詞。

通讀了這部書，已經在一月之前了，因為不得不寫幾句，便憑著現在所記得的寫了這些字。我不是什麼社的內定的「鬥爭」的「批評家」之一員，只能直說自己所願意說的話。我極欣幸能紹介這真實的作品於中國，還渴望看見「重上征途」以後之作的新吐的光芒。

為配合小說的發行，1929年8月15日同時出版的《春潮》月刊第1卷第8期就援引魯迅為《小小十年》所寫的文字作為廣告詞：「魯迅先生在他為《小小十年》所作的小引裡介紹這部作品說：『這是一個青年的作者，以一個現代的活的青年為主角，描寫他十年中的行動和思想的書。』『舊的傳統和新的思潮紛紜於他的一身，愛和恨的糾纏，感情和理智的衝突，纏綿和絕撒的迭代，歡欣和絕望的起伏，都逐著這《小小十年》而開展，以形成一部感傷的書，個人的書。』『他描寫出了背著傳統，又為世界思潮所激蕩的一部分的青年的心，逐漸寫來，並無遮瞞，也不裝點……多少偉大的招牌，去年以來，在文攤上都掛過了，但不到一年，便以變相和無物，自己告發了全盤的欺騙，中國如果還會有文藝，當然先要以這直說自己所本有的內容的著作，來打退騙局以後的空虛。』」9月15日《春潮》第9期再刊《小小十年》廣告：「全書二十餘萬言，內容是一個現代的革命青年的自敘。有魯迅先生的序文，說明瞭本書的意義之所在及本書主人公──即作者──的長處與弱點，因此這部小說更加值得讀了。書中有作者自繪插圖十餘幅，都是別具風格之作。」

　　其實，不僅插圖是作者自畫，就是封面設計也是作者親自所為。對此，葉永蓁在《後記》中這樣解釋：「我覺得這小小十年之間，自己好像都是標點一樣的可笑。有些事，我在這十年之間，已經像結點一樣的作了終結。有些事，好像敘點一樣的才開始。有些事，我好像逗點一樣的必繼續下去做，有些事，做過好幾回了，重複得像雙引號一般；有些事，卻還剛剛開手，又像單引號，奔波了好幾省，我也畫上一條省界的線，奔波了幾十縣，把縣界的線畫得比省界的線長。革命是僅僅記到幾個所謂的『革命領袖』的人名，畫上一條人名旁邊所直的符號；以後覺得自己是還需要知識的，因此也畫了書的符號。而疑問與驚歎，則無處無之。所以，總之，在這小小的封面畫內，我覺得真可以表現自己小小的十年。不僅這樣，設或可以表現全部的人生，無論誰的。」應該說，這一設計也確實別有特色。

　　由於出版商大打魯迅牌，《小小十年》出版後還是產生了一定的反響。不過，批評的較多。沈端先（夏衍）在《拓荒者》1930年1期發表《小小十年》一文就認為：「重複地說一句，──這是一部以革命為穿插的言情小說。濾去了遊離性的革命的Impurity（渣滓），在濾紙上剩下來的只是些「情書一束」的Amorphism（虛幻體）。」浦江清在1930年3月10日天津《大公報》的《小小十年》一文中也指出：「題材分配甚均勻，而每章立名尤佳，當為此書之優點。」但「《小小十年》之不能成一好小說，即由作者不知選擇材料之故。此書寫家庭，寫戀愛，寫革命，題材多而不能打成一片。結構已無可言，而人物之穿插尤欠妥當。」許多人物「皆徒然提出姓名，無多事實可敘，即能敘亦無益於全書。」何況「皆不能與全書始終，隨取隨棄，無關宏旨。」「總而論之，此書流暢之文筆，以及青年健康之作風，皆可稱述，其寫戰爭，比寫戀愛好，如『戰』、『黃鶴樓頭』、『武漢時代』三章為全書之精彩。其寫月清比寫茵茵好，以更真確而精練也。全書體近自記，而若視為長篇小說以論之，則缺點滋多。」

　　應該說，總體來講，這是一部催人奮進的書，雖然議論過多，一些敘述過於冗長，缺乏合理剪裁，但它作為一個時代的忠實記錄有著不可抹殺的文學意義。對此，魯迅、浦江清看的較為清楚，持論也較為公允，沈端先則過於偏激了。這也是1933年8月上海生活書店重印時，葉永蓁在《後記之後》強烈批駁沈端先的主要原因。

　　《小小十年》1934年10月曾被杭州公安局查禁，但直到1937年4月印行4版後才未見刊行。

　　1955年6月，作家出版社重新出版了《小小十年》，印數37000冊。作

家出版社編輯部在「本書出版說明」中這樣寫道：「這部長篇小說，圍繞
著作者十年間的經歷，展開了大革命前後中國社會生活的描寫。這裡著重
地反映了大革命時代人民反帝反封建的激昂情緒和對革命軍的高度熱愛；
同時，也通過作者愛情的悲劇，對封建制度下的罪惡婚姻，提出了無比沉
痛的控訴。」「本書初刊於1927年。現在根據1934年上海生活書店印行的
作者修訂本，進行了一番整理，並加了幾處必要的注釋。重排出版。」全
書刪去了魯迅的《小引》，也刪去了最後一節「重上征途」。在上世紀50
年代，《小小十年》能得以出版，已屬不易。

1985年11月，上海書店以《魯迅作序跋的著作選輯》的名義出版《小
小十年》，印行4000冊。全書以上海春潮書局1929年8月版為底本影印，
除將原上下冊合為一冊外，魯迅的《小引》與葉永蓁的《後記》均保持原
狀出版，沒有刪除。這是《小小十年》的善本。

1998年5月，人民文學出版社以《新文學碑林》的名義出版《小小十
年》，印行10000冊。但不知何故，編者刪去了魯迅的《小引》與葉永蓁
的《後記》。在該書的《出版說明》中，人民文學出版社編輯部寫下了這
樣一段話：

> 為了顯示新文學的成果和發展軌跡，我們選擇在現代文學史上
> 有影響、有地位的作品原集，彙編成這套「新文學碑林」，為中國
> 文學史的教學與研究提供一套精良的參考資料，為文學愛好者提供
> 一套珍貴的文學讀本，為今天的年輕人瞭解那個雖然陌生但卻多彩
> 的時代提供一個園地。這裡面每一種書都是新文學發展歷程中的一個
> 路碑，在新世紀即將到來之際，回顧這一碑林，也是對新文學前驅
> 者的永久的紀念。

這實在令人費解。刪
去了魯迅的《小引》與葉
永蓁的《後記》的《小小
十年》，如何算「精良的
參考資料」和「珍貴的文
學讀本」？抹去魯迅與葉
永蓁的獎掖與友誼，如何
算是「對新文學前驅者的
永久的紀念」？

我真不明白。

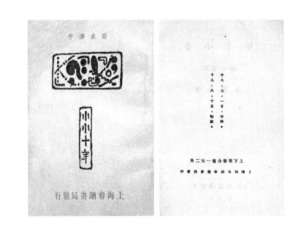

儁聞‧沈從文‧《幽僻的陳莊》

　　說到儁聞（即王林）和他的《幽僻的陳莊》，還得從他和沈從文的關係說起。

　　1931年8月，沒有任何名分的沈從文覺得光憑寫作難以生存，於是在好友徐志摩的介紹引薦下，應校長楊振聲的邀請來到青島大學中文系任講師，主講「中國小說史」和「高級作文」二門課。正在青島大學外文系就讀的大二學生王林，得知作家沈從文來校任寫作教師，非常高興。此時，他的文學興趣正濃，也迫切希望得到名家的點撥以使他更快更好地領悟文學的奧秘。所以，他雖然不是中文系的學生，不能正式選上沈從文的寫作課，但他還是以旁聽生的身份走進了沈從文的課堂。此時的沈從文，雖然比在武漢大學任教時放開了許多，但據聽過他的課的臧克家後來在《新文學史料》上回憶說：「他上課，聲語低，說的快，似略有怯意」。為使學生明白創作是怎麼回事，如何能提高創作水準，沈從文不僅用心去講課，還常常以自己的創作為學生示範如何敘述平凡小事，如何從中看到文學的意義。這使得那些僅想著如何上課、如何簡捷便利地獲得分數的學生感到無利可圖。沈從文告訴他們：「忘掉書本，忘掉目前紅極一時的作家，忘掉個人出名，忘掉文章傳世，忘掉天才同靈感，忘掉文學史提出的名著，以及一切名著一切書本所留下的觀念或概念。」「忘掉『做作文』『繳卷』。」能夠把這些妨礙他們對於『創作』認識的東西一律忘掉，再來學習應當學習的一切，用各種官能向自然捕捉各種聲音、顏色同氣味，向社會中注意各種人事。脫去一切陳腐的拘束，學會把一支筆運用自然，在執筆時且如何訓練一個人的耳朵、鼻子、眼睛，在現實裡以至於在回憶同想像裡馳騁，把各樣官能同時並用，來產生一個作品。我以為能夠這樣，這作品即或如何拙劣，在意識上當可希望是健康的，在風格上當可希望是新鮮的，在態度上也當可希望是嚴肅的。」沈從文將他對文學的真誠理解和創作的高境界嚴要求認真地向同學們傳授著，但眼裡只有分數也並不對創作抱有熱誠的學生們，難以理解沈從文老師的良苦用心。二十五位來聽課的學生，一年之後只剩下五位，其中包括兩位旁聽生。當然，王林是二位旁聽生中的一位（另一位是李雲鶴，就是後來的江青）。但沈從文並不失望，在他看來，只要有一位學生認真聽講，細心揣摩，精心創作，就是希望，就是收穫，就是成功。果然，外語專業的王林不僅至始至終認真地聽著，還大膽地用沈從文課中所說的態度和方法努力地實踐著。聽課才一

個月，他就將他創作的短篇小說《歲暮》交給了沈從文老師。這是一篇表現農村勞動婦女不幸命運的小說，充滿著北方農村底層婦女無盡的悲哀，文中的選材與創作方式，正師法著沈從文在寫作教學中所宣導的「用各種官能向自然捕捉各種聲音、顏色同氣味，向社會中注意各種人事」的指導思想，作品所透露出的健康意識，純樸的風格和嚴肅的態度，也正是沈從文美學思想的自然展現。他非常高興，將這篇小說推薦到當時頗有名氣的《現代》雜誌。1932夏，王林因領導同學罷課被學校當局除名，但這篇署名為「僑聞」的短篇小說依然刊登在1932年12月1日第2卷第2期的《現代》雜誌上。這是王林的第一篇小說處女作。從此，他與沈從文，與《現代》雜誌，結下了不解之緣。他先後在《現代》雜誌1934年7月1日第5卷第3期和11月1日第6卷第1期上又發表了短篇小說《懷臣的胡琴》和《二瘋君》，繼續展示著他文學創作上的才華。而1933年7月就已離開青島大學的沈從文，也仍然記著這位認真聽講並開始入道的文學青年，時刻關注著他在創作上的發展與進步，也將他寄來的作品如《這年頭》等發表在自己主編的《大公報‧文藝副刊》上。可以說，王林的每一點進步，沈從文老師都看在眼裡，喜在心頭。因此，當《幽僻的陳莊》1935年1月由北平文心書業社出版後，王林攜帶著他四百多頁的書稿來到沈從文家，再次希望老師能給予教誨時，他欣然寫下了《〈幽僻的陳莊〉題記》，記下了這段令人難忘的珍貴的師生情誼，也寫下了他對文學青年王林的真誠感言。文章刊於1935年3月10日第1卷第6期的《水星》上，署名：沈從文。他說：「他是北方人，所寫的也多是北方鄉下的故事。作品文字很粗率，組織又並不如何完美，然篇中莫不具有一種泥土氣息，一種中國大陸的厚重林野氣息。他已明白如何把握題材，所缺少的，不過一種處置題材的精巧技術而已。幾年來在《現代雜誌》、《文藝副刊》、《國聞週報》用筆名僑聞發表的一些短篇創作，讀者只要稍加注意，得到的印象，必與我意見相差不遠。中國倘如需要所謂用農村為背景的國民文學，我以為可注意的就是這種少壯有為的作家。這個人不獨對於農村的語言生活知識十分淵博，且錢莊、軍營以及牢獄、逃亡，皆無不在他生命中占去一部分日子。他那勇於在社會生活方面找尋教訓的精神，尤為稀有少見的精神。」而當下軟弱的文壇，「是應當用這個鄉下人寫成的作品，壯補一下那個軟弱的靈魂的」。

小說寫遊手好閒的田成祥在父親病入膏肓之際，卻將心思拴在村婦小白身上。父親原來想讓兒子學個功夫掙家業，反倒養成了成祥土棍子的性格。父親死後，有恃無恐的成祥得知小白的丈夫也病死後，往小白家跑得更勤了。白寡婦每次都將他拒之門外，但他並不死心。這天，他聽到村裡首戶陳老仲在小白家，知道他也在打她的主意，就放火燒了他的麥秸垛。

這一來，也讓陳老仲有所收斂。成祥替白寡婦做地裡的農活，將自家的麥子賣掉後替白寡婦還清了欠陳老仲的錢，無依無靠的白寡婦默默地接受了這一切。一天，正逢集市，成祥知道白寡婦也來趕集，就特意在她面前擺場，顯示他的武功，引起了白寡婦內心的波動。當晚，成祥翻牆進了白寡婦家，滿足了自己的欲望。陳老仲知道後，非常憤恨，借兵稅一事告了成祥一狀，員警以成祥拒交稅款一事將成祥帶到警察局，不料成祥剛剛交了款，員警只得放了他。他猜想這一定是陳老仲幹的，就反告陳老仲侵吞村公款，縣裡沒告成，又去天津告。到了天津看到都市的繁華，他決定離開村子去天津經商謀生。

這是王林模仿沈從文創作風格的一部習作，通篇可以感受到沈從文老師在寫作教學中所宣導的「用各種官能向自然捕捉各種聲音、顏色同氣味，向社會中注意各種人事」的指導思想，作品所透露出的健康意識，純樸的風格和嚴肅的態度，也正是沈從文美學思想的自然展現。這也是這部作品最突出的特點。小說語言樸實，人物清晰可感，但田成祥最後的轉變有些突兀。此外，結構上有些散，個別情節如母子一齊淹死、蓉華哭鬧等，遊離於情節之外。小說原計劃寫四部，此為第一部，後未續寫，頗為遺憾。

王林是幸運的，在他邁上文壇之初，就遇見了深知創作甘苦又好提攜青年的沈從文，因此他的作品充滿了鄉土氣息，充盈著用各種聲音、顏色同氣味交織的健康的文學品格。這是王林不斷探索的結果，也與沈從文老師精心點撥分不開。從這個意義上說，沒有沈從文就沒有後來的王林，也就沒有後來的《幽僻的陳莊》，是不過分的。

這也算是文壇的一段佳話了。

佚 闊 著

幽僻的陳莊

差點被「腰斬」的《家》

　　《家》是巴金最著名的作品現已家喻戶曉，但最初在上海《時報》連載時卻受到了讀者的冷落，差點被「腰斬」。

　　1931年初，上海《時報》文藝版編輯吳靈園約請巴金為報紙寫連載小說，每天發表一千字左右，巴金恰巧有一部已構思三年的長篇腹稿，自然一拍即合。4月14日，上海《時報》刊載《激流》廣告：「本報不日起刊載　巴金先生新著　長篇小說　我們為應讀者需要，特請『巴金』先生撰述一部長篇小說，不日可在本報上發表，巴金先生的小說，筆墨冷雋而意味深遠，在新文壇上已有相當權威，向除文藝刊物及單行本外，不易讀得其作品，此次慨為本報擔任長期撰述，得以天天見面，實出望外，我們應代讀者十二分的表示感謝。」其中，「巴金先生新著」與「長篇小說」大字黑體另行刊登，以示隆重。4月18日，《時報》又在二版右上角最顯著位置再載套紅廣告：「本報今天起揭載　新文壇鉅子　巴金先生作　長篇小說《激流》　按日刊登一千餘字　不致間斷　閱者注意。」而「長篇小說《激流》」特以大號宋體字醒目標出。同時刊載《激流‧引言》：「在這裡我欲展示給讀者的乃是描寫過去十多年間的一幅圖畫，自然這裡只有生活底一小部分，但我們已經可以看見那一股由愛與恨，歡樂與受苦所組織成的生活之激流是如何在動盪了。我不是一個說教者，所以我不能明確地指出一條路來，但讀者自己可以在裡面去尋它。」至此，《家》以《激流》為題開始連載於上海《時報》，至1932年5月22日刊畢，共264期。當然，並非無間斷而是有間斷，最長間斷近兩個月。1931年12月，《時報》不再刊登《激流》，編輯去信給巴金，埋怨他把小說寫得太長，超過了原先講定的字數，同時明確暗示了要「腰斬」的意圖。此時，《激流》已近完稿，巴金覺得換了編輯自己再與他們爭吵也無濟於事，便去信聲明不要稿酬。《時報》這才打消了念頭，從1932年1月24日起以新式標點的方式繼續刊登。對此，《時報》在1月26日發表的《關於小說》的啟事中這樣解釋道：「《時報》發表巴金先生底創作小說《激流》，在去年已有六個月，因為『九‧一八』事變發生，多登國難新聞，沒有地位續刊下去了，空了近兩個月，實在對不住讀者和作者。」「今天起決定抽出一部分地位，將此稿每天不斷地刊登，繼續於五六個禮拜內登完，並已商定請李先生再為我們擔任撰作中篇小說。」巴金後來也說：「『九‧一八』瀋陽事變後，報紙上發表小說的地位讓給東北抗戰的消息了。《激流》停

刊了一個時期，報館不曾通知我。後來在報紙上出現了別人的小說，我記得有林疑今的，還有沈從文的作品（例如《記胡也頻》），不過都不長。」

　　但是，據查《時報》後得知，「九・一八」事件後，《激流》的刊載並沒有受到影響。從1931年9月20日《時報》開始大量刊登抗戰新聞的同時，《激流》仍在連載，直到11月29日連載到184期後才停刊。沈從文的《詩人與小說家》於10月4日起開始刊載，10月15日起改題為《記胡也頻》，至11月29日刊畢。而巴金所說的林疑今的小說則是在1932年1月24日後與《激流》同刊的。同樣，《時報》在近兩個月內並未做到『每天不斷地刊登』，自1月24日到3月15日，五十多天中只載出5期，只是從3月16日起，才又比較連續地刊出57期，至5月22日全部登完。看來，巴金與報館所說《激流》受「九・一八」事件的影響應該是一個託辭。

　　那麼，到底是什麼緣故使《家》險遭「腰斬」的命運呢？我想，這應該與《時報》的定位有關。我們知道，《時報》是一個定位於市民階層的民營日報，1931年前後，正是張恨水言情小說紅遍上海之時，《世界晚報》、《新聞報・快活林》、《立報》、《申報》、《晶報》等上的連載小說幾乎由張恨水一人包辦，《時報》雖未能沾得張恨水的光，但對於取悅於市民階層的辦報理念還是不肯舍去的。這就要求它所連載的文學作品在情節上懸念叢生、跌宕起伏，內容上娛樂消閒、輕鬆活潑，語言上通俗易懂、淺顯明瞭，才能迎合大眾與市民的心理。以此觀之，《激流》的各項要素顯然難以符合《時報》的相關要求，也難以滿足市民階層的閱

讀期待。首先是情節，平穩與舒緩，這是連載小說最忌諱的短板；其次是主題，小說所表現的反封建主題在民族矛盾日益尖銳的30年代難以引起市民階層的共鳴；再次是內容，《激流》所表現的青年學生的人生理想與現實困惑又與市民百姓的理想願望不盡相通；最後是語言，巴金式的激情寫作很難讓市民讀者有充分的耐心。在一千字左右的篇幅制約下，《激流》無法展示出《時報》所期盼的藝術元素，報社漸漸失去對巴金的期望也就不足為奇了（換編輯本身其實也說明瞭這一問題）。好在巴金及時聲明不要稿費，好在《時報》也在這一前提下將全稿刊完，使我們終於有機會在《時報》上目睹了《激流》的全貌。

不過，這次險被「腰斬」的經歷給巴金以深刻的教訓，以後，巴金再沒有在任何報紙上連載長篇小說。

《子夜》的刪節本

　　《子夜》的刪節本究竟是怎樣的，是現代文學界版本研究中一個懸而未決的疑案。最先談及這一問題的是開明書店實際參與《子夜》出版工作的徐調孚先生。他在1949年7月19日的《新民報・晚刊》上刊載《關於〈子夜〉》一文，就《子夜》的刪節本作了說明。他說：「據我知道，《子夜》到現在一共印了二十二版，刪節的似乎只有第五版的一版及第四版沒有售完的一部分，數量在全書總數中占極少的一個比例。」也就是說，第四版並非全部是刪節本，因為開明書店得到《子夜》刪改後可以出售的通知後，「便把第四版售剩的幾部中撕去發售，等到了1935年2月印第五版的時候，便把這兩章刪去不印，只在第95頁印上『四（冊）』字樣，96頁至125頁讓它缺去。483頁也缺去，讓它不連接，使讀者因此發生一種仇恨的心理。他們說要『刪改』，書店是只『刪』不『改』」。至於什麼時候是足本，他認為「似乎是第六版吧」。當然，由於手邊沒有實物，徐先生也是憑印象作出了推斷，「似乎……吧」的句式也為自己的結論留下了餘地。

　　朱金順先生對這一問題也頗為關注，他曾在《中國現代文學研究叢刊》2003年3期發表《〈子夜〉版本探微》一文，感言：「刪節本有待追尋」，並提供了他所知道的一些材料。他說：

　　　　唐弢先生《晦庵書話》中，介紹過這個刪節本，但更為詳盡的是瞿光熙先生。在《〈子夜〉的烙痕》一文中說：「結果只得把描寫農民暴動的第四章和描寫工人罷工的第十五章，全部刪去。在重版的《子夜》中，在這兩章刪除的地方各注一個『刪』字，而頁碼不改，共缺六十頁之多。書店還恐怕發售時發生麻煩，把偽市黨部的『批答』刻版印在版權頁的後面。後來又經過一番活動，才得把刪削的兩章印入，又在版權頁上添了一行『內政部著作權註冊執照警字第三五三四號』。」（《中國現代文學史簡記》，上海文藝出版社1984年1月版第61頁）可惜唐、瞿兩位先生都沒有說明這個刪節本是哪一年的第幾版，瞿先生說到了刪去兩章後來補入了，那又是哪一年的哪一版呢？我查了北京、上海的幾處圖書館，都沒有找到這個帶有「烙痕」的刪節本。中國現代文學館書目上，有一個1935年9月的版本，書目上沒注明第幾版，書卻沒有找到。最後，

還是在松井博光的《黎明的文學》中，找到了這樣一句：「一九三四年六月發行的第四版有刪掉的部分。」（該書第171頁）第三版是1933年6月，經過查禁、刪改，1934年6月出刪節後的第四版，時間上是吻合的。但沒見到實物，不敢確說，只錄以備考。

總之，《子夜》確有過一個刪節本，版本實物有待追尋，因之確實的版本情況難以說清楚。

由於朱先生沒有見到實物，上述材料雖說含有許多重要的資訊，但畢竟是印象性記敘或二手材料轉述，嚴謹的朱先生沒有將其作為定論。孔海珠先生有幸親眼見過《子夜》的刪節本，並就其所見寫了《〈子夜〉版本談》一文，刊於《新文學史料》2007年1期。其中關於《子夜》的刪節本文字如下：

我看到的是1935年9月第六版，綠色的封面，兩個篆體字也如前幾版直行在封面上，表面看與其他開明版沒什麼差異，32開本，報紙本，全書577頁。實際上，第四章和第十五章已被抽去，頁數也跳開了，並沒有重新連貫地改排頁碼。

這顯然令人感到欣慰，畢竟親見了《子夜》的刪節本，只是令人稍感遺憾的是，由於孔先生撰文時特意聲明：「手上沒有這個藏本，只能憑印象和記錄說話」，又使這一印象「很深刻」的「親歷記」成為「印象記」。筆者經過多年尋覓，終於購得上海開明書店1934年6月第四版和1936年9月第七版的兩個《子夜》刪節本，並於吉林省圖書館親閱《子夜》1935年9月第六版，現據四版與六－七版實物及徐調孚所介紹的第五版，對《子夜》的刪節本作一介紹，以期徹底解決這一困擾茅盾研究界幾十年的難題。

筆者購得的《子夜》初版本為大三十二開本的平裝本，封面為葉聖陶的兩個篆字「子夜」，長20公分，寬14公分，厚2.8公分，發行者為杜海生，印刷者為上海東熙華德路餘慶里美成印刷公司，全書共577頁。現筆者手中的《子夜》第四版刪節本亦為三十二開本，封面無改，但長19.5公分，寬13.5公分，厚2.6公分，發行者為章錫琛，印刷者為上海梧州路三九〇號美成印刷公司，全書雖標577頁，但實查為531頁，即缺第四章一半第97－110頁和第十五章全章第450－482頁，共46頁。確如徐先生所言，只刪未改。但有意思的是，此次刪節並沒有完全按照國民黨圖書審查委員會的查禁理由——「（《子夜》）二十萬言長篇創作，描寫帝國主義者以重

量資本，操縱中國金融之情形第98頁至第124頁譏剌本黨，應刪改，十五章描寫工廠，應刪改」進行刪節，而是保留了第四章的一半，即：第95頁第三章末僅印「四」這一章的序號，正文以「（刪）」字替代，但翻頁章題號雖是「五」，但僅首頁為第五章的第一頁外，餘則仍是第四章的部分，只是從111頁起而第五章的第127頁起，故頁眉上仍印著「第四章」，頁碼從96頁突接111頁，中間14頁刪去，頁碼沒有重排，內容也露出明顯的斷痕。（見下圖）

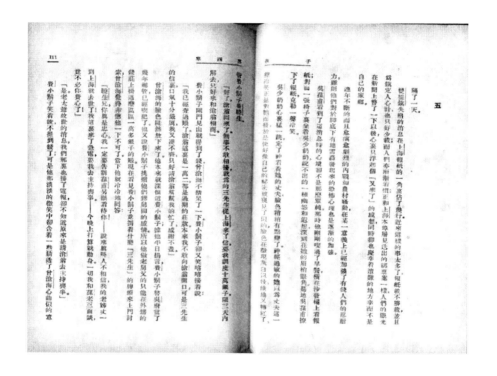

也就是說，第五章第一頁的末段二行「吳少奶奶心裡猛一跳，定了神看她的丈夫，臉色稍稍有點變了。神經過敏的她以為丈夫這一聲冷笑正是對她而發，於是便好像自己的祕密被窺見了似的，臉色在微微現灰白以後，倏地又轉紅了。」之後卻接的是第四章第111頁的開頭「管費小鬍子費曉生」這幾個上下文毫無關聯的文字。之所以出現這麼明顯的破綻，估計與出版社未「撕」淨有關。第十五章則完全撕去，即：第450頁第十五章僅印「十五」這一章的序號，正文以「（刪）」字替代，翻頁為483頁而非451頁。全書未重新改排頁碼使之連貫。版權頁左下有一行小字：「本書已照著作權法呈請內政部註冊並遵中央宣傳委員會決定辦法刪

改。」在版權頁的背面刻印有「中國國民黨上海特別市執行委員會批答：批開明書店等」（此材料全文因收入魯迅《且介亭雜文二集・後記》等為學界所周知故不錄）。售價一元四角。（見下圖）

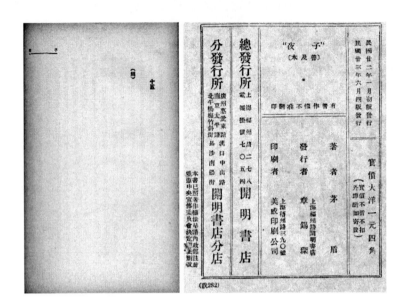

筆者在吉林省圖書館看到的《子夜》第六版刪節本亦為三十二開本，封面不知何故為粉紅色而非綠色，書名兩個篆書無改，長寬尺寸與第四版相同，但厚為2.5公分，雖也標577頁，但實查為511頁，即：缺第四章96－125頁和第十五章450－482頁，共66頁。為完整的刪節本。故第95頁第三章末僅印「四」這一章的序號，正文以「（刪）」字替代，翻頁為126頁而非96頁；第十五章也是完全抽去，即：第450頁第十五章僅印「十五」這一章的序號，正文以「（刪）」字替代，翻頁為483頁而非451頁。全書未重新改排頁碼使之連貫。這與徐調孚回憶的第五版相吻合。這是開明書店嚴格執行國民黨查禁之理由所致。與第四版不同的是，版權頁左下的一行小字是：「內政部註冊執照警字第三五三四號」。在版權頁的背面刻印有「中國國民黨上海特別市執行委員會批答：批開明書店等」，並特附印「本書系遵照辦法第四項辦理」這十二字作為《子夜》可以公開銷售的依據。而辦法第四項即是：「內容間有詞句不妥或一篇一段不妥應刪改或抽去後方准發售」（估計五版當有上述許售文字）。售價被塗黑。七版與六版完全相同，售價一元二角。（見下圖）

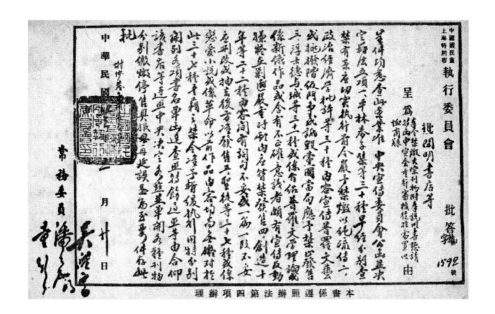

　　由此可知，《子夜》被禁後，出版商並非是一開始就抽去了「犯忌」的兩章，而是撕去了第四章的部分，撕去了第十五章全部，餘則未做任何修改。至第五版後開始兩章完全刪去。由於這幾個版本的其他文字及頁碼與初版本完全相同，字體也同為五號宋體，故可認定紙型亦相同。這樣看來，瞿先生與孔先生所言並不準確，或者說他們可能見到的不是第四版而是其他版次，而且沒有提及「本書已照著作權法呈請內政部註冊並遵中央宣傳委員會決定辦法刪改。」與「本書係遵照辦法第四項辦理」這兩個重要的字證及本文補充的具體細節。

　　由此，我們可以斷定，從1934年6月《子夜》出版刪節本算起，開明書店一共印行了四版刪節本而不是一版，分別是：1934年6月第四版，1935年2月第五版，1935年9月第六版，1936年9月第七版。其中，四版略異，即：存在著少量的全本與少量的撕去部分頁碼的刪節本，而五至七版完全相同，即：完整地刪去了第四章和第十五章。徐先生所說的第六版是足本以及孔先生所說的「是否只有第六版是刪節本，以後就恢復了呢」顯然不妥。因筆者手上的實物第七版就是刪節版。

　　那麼，《子夜》從哪一年印入了被刪入的兩章使其成為全本呢？據筆者目前看的是1939年2月的第七版。只是令人疑惑的是：1939年2月由上海開明書店印行的《子夜》全本，版次竟然也是第七版。隨後，《子夜》分別是1939年6月和9月由上海開明書店印行第八版和第九版。為什麼會出現兩個七版？有待我們繼續探索。

「削除濟」與偽滿刪禁的兩部長篇小說

　　「削除濟」是「刪除畢」的意思，是偽滿洲國時期（1932.3－
1945.8）負責宣傳、情報、監察輿論工作的弘報處查禁作品時刻在條形章
上的三個字，意思是說，此書是一本有問題的書，但經過當局檢查，已將
問題刪除，可以在書肆上發售。

　　我最初看到「削除濟」三個字是多年前在梁山丁（1914－1997）的長
篇小說《綠色的穀》的《瑣記》裡。《綠色的穀》1987年5月由春風文藝
出版社以「東北淪陷時期作品選」的名義出版。書末，作家以《萬年松上
葉又青──〈綠色的穀〉瑣記》為題，寫下了這樣一段話：

> 　　1943年2月，印刷廠正在裝訂時，突然接到偽滿洲國弘報處的
> 命令：「《綠色的穀》一書有嚴重問題，不許出廠，不許發售，聽
> 候處理！」風聲鶴唳，震動了文化社，傳遍了文藝界，也震動了
> 我。發行人，印刷人慌做一團，初版五千冊，如遭焚毀，導致出版
> 商的破產，作者也要遭殃。許多朋友熱情奔走，提出種種理由，請
> 求發售；經過種種管道，請客送禮，終於在五月初取得結果，經偽
> 弘報處通報：《綠色的穀》受削除處分。勒令在潔白的封面上，綠
> 色的書名下，歪歪扭扭的蓋上一個三指寬四指長的大紅戳印：
>
> 　　　　　削除濟

　　那麼，《綠色的穀》是因什麼原因被刪禁呢？作者梁山丁對照
了較為完整的日譯本，認為如下兩段招惹了是非：

第一段是描寫：

> 　　它以怪獸一般的鐵蹄，震碎了這個市街的春夢。誰都知道，使
> 這市街繁榮的脈管，便是一年比一年更年輕更喜悅的火車，它從這
> 裡帶走千萬噸土地上收穫的成果和發掘出來的寶藏，回頭捎來「親
> 善」、「合作」、「共存」、「攜手」……

第二段是對話：

「我不種地了，我去挖煤，去砍木頭，去到南海站當苦力，我不種地了！」

黃大辮子自己憤慨地說：

「我什麼不能幹，忙活一年，什麼也剩不下，我不種地了……」

從中可以看出，第一段描寫將日本人刻畫成掠奪者的形象及揭示出日本侵略者「親善」、「攜手」的虛偽本質而使日本人不悅；第二段對話則可能有煽動農民不種地反滿抗日的嫌疑。如果這一罪名成立，這對於當時文網森嚴的東北淪陷區而言，作者的命運可想而知。因此，正式出版時，這兩段自然被刪除了。直到1987年春風文藝出版社再版時才得以恢復。

不過，我看到的1943年出版的《綠色的穀》的封面上不知何故卻沒有「削除濟」三個字。儘管如此，我仍然對封面上蓋著「三指寬四指長的大紅戳印」充滿想像。

6月15日，我在某網站上看到疑遲（1913－2004）的長篇小說《同心結》上拍。在賣家上傳的書影中，我一眼就看到了「削除濟」這三個字，於是便毫不猶豫地拍了下來。說實話，我就是衝著這三個字去拍的。我想看看原版的《同心結》是怎樣的？偽滿弘報處因什麼原因查刪了這本書？刪除了哪些內容？因為在張毓茂主編的《東北現代文學大系（1919－1949）》（第七集・長篇小說卷）（中）收錄的《同心結》就是刪節本，被刪去的部分以「此處約佚五百字」標注。

很快，賣家寄來了《同心結》，我翻開一看，心裡涼了半截：此書第105－108頁也被撕掉，證明這本書確實經過「削除濟」，只是封面上斜蓋的「削除濟」印章為長3.5×1公分，而非「三指寬四指長」。因《綠色的穀》與《同心結》開本大小相同，均為18×12.5公分，可知，梁山丁的描述有誇大的成份。

那麼，《同心結》又是因什麼被刪除呢？有點僥倖，我這本被撕去的105頁上還殘留了第一行的八個字，多少給我的猜測留了點線索。這八個字是：「朵，那近於呻吟而又」。接104頁最後二行，可以認定作家寫的是：「於是雪芳小姐再悄悄地穿鞋下地稍微鎮定了一下，決計出去招呼楊媽。才走到楊媽屋子的門外，意外地竟會有一種希奇節奏的聲響傳進了她的耳朵，那近於呻吟而又……」結合全書的情節以及下面的文字──「『爸爸，楊媽近來的行為不大妥當啊。她又跑前屋幹什麼去來著呢？』雪芳小姐鑒於楊媽可疑的神色，以及想到昨夜的許多事情，她深深地覺得這淫蕩女人行為的可憎，便就在自己父親面前露一露自己的意見。」我認為，《同心結》被刪除的部分應該是作家對楊媽與才從江北歸來的丈夫雲

雨的情節描寫而非政治性文字。之所以這樣推斷，除「那近於呻吟而又」這幾個最明顯不過的字證外，還有一個情節也可說明：當王茂榮問楊媽昨晚為何不在時，小說這樣寫道：「『昨晚上，家裡有點事情，我就告了假回家去宿……』她這樣地述說昨晚不在的原因，但並沒有提到自家丈夫昨晚自江北歸來的話。」顯然，楊媽這裡是在撒謊，她隱瞞了自己的丈夫昨晚已來這裡並住下的事實。因此，當楊媽與丈夫的房事不慎被尚未結婚的雪芳小姐聽到時，自然被認為是「淫蕩」，是「可憎」，而作者對楊媽夫妻生活的進一步描寫也就被視為應「削除」之內容。此外，全書主要寫熱愛美術的青年王茂榮偶遇資本家張紹武，張看到王有較好的美術基礎，遂介紹他去城裡進一步求學。因人生地不熟，王只得暫住張家。張家小姐雪芳開始對他頗有好意，但不久發現茂榮家境貧寒，與自己分屬兩個不同的「階級」，便與表弟乃勤相戀而與茂榮絕交。茂榮只得憤然回鄉。所謂的「同心結」只是一場「同心夢」。可以說，書中沒有任何涉及政治及其敏感的內容。也因之可以推斷，《同心結》被「削除」，與政治無關。

那麼，偽滿弘報處是依據什麼處理《同心結》的呢？1932年10月24日，偽滿洲國頒佈了《出版法》，規定了八種「不得揭載」的事項：一、不法變革國家「組織大綱」或危害國家存立之基礎；二、涉及外交與軍事機密；三、對外交有重大影響；四、煽動犯罪；五、不公開之訴訟辯論；六、惑亂民心及擾亂財界；七、由檢察官或執行員警職務人員所禁止者；八、其他擾亂安寧秩序或敗壞風俗者。我想，《同心結》的性描寫很可能被認為是「敗壞風俗」。

由此，我對兩書被「削除濟」作一大膽推斷：《綠色的穀》因觸犯第一、四條而被「削除」；《同心結》因觸犯第八條而被「削除」。所不同的是，《綠色的穀》因是出版前被「削除」，只刪去了觸犯文字後重排發行，故與原本基本相同；《同心結》是出版後被「削除」，故撕去觸犯之頁以殘本發行。這留下了令人猜想的迷團，也留下了日偽統治者鉗制文藝的鐵證。

我想，偽滿時期應該不止這兩部長篇小說被「削除濟」吧？

《駱駝祥子》的版次及其意涵

　　關於《駱駝祥子》的版次及修改得失，朱金順先生曾在《出版史料》1989年3－4期上發表的《〈駱駝祥子〉版本初探》一文中談及，文章持論有據，常為史料界所參引。不過，仍有少數朱先生未見者未能說明，頗為遺憾。筆者近年關注現代長篇小說相關史料，經幾年的苦心尋求，終於親見了《駱駝祥子》除人間書屋五版外的自初版至一九六二年間的所有版本，還發現了一篇西方學者關於理解《駱駝祥子》的重要視野。現依筆者所見將其如實呈現，也算是對朱先生大作以及《駱駝祥子》研究的一個補充（凡朱先生已述如刪改得失等不再贅言）。

　　《駱駝祥子》1939年3月由人間書屋初版後，之後的版次是：1939年6月再版，1940年2月三版，1940年11月四版（五版不詳），1941年4月六版。這六版印刷地均在上海。老舍在1950年5月上海晨光出版公司出版的《駱駝祥子》校正本《序》中回憶：「此書在廣州印行單行本，或者還在桂林印過」，當為記憶失誤。之後，《駱駝祥子》轉由文化生活出版社出版。具體的版次是：1941年11月重慶文化生活出版社初版，1943年2月渝二版；1946年1月上海文化生活出版社一版（現代長篇小說叢刊之三），1946年5月滬二版，1946年10月滬三版，1947年3月滬四版，1948年3月滬五版，1948年6月滬六版，1948年10月滬七版，1949年2月滬八版（現代長篇小說叢刊之十）。也就是說，1939至1949年間，《駱駝祥子》一共印行了十六版（不含盜版）。具體印數不詳。需要說明的是，筆者手中的人間書屋第六版的《駱駝祥子》行款格式與頁數為每頁十七行，每行四十個字，共202頁，而非人們通常所說的十四行，三十八字，308頁。這不僅與前幾版不同，也與之後的文化生活版不同。也許是因為抗戰時期，紙張緊張，人間書屋本著節約成本的思路重排了《駱駝祥子》。採取的方案是原書各小段一律不再分段而頂排為一大段，即：全書僅按二四大節分二四大段。由於是重新急促排版，版式較為錯亂，如十七、二〇節起行未空二字，全書錯漏字也較多，稍加細檢就能發現一二，的確可見其倉促。就版式而言，六版的嘗試完全是一個大失敗，它完全破壞了《駱駝祥子》原有的文學意味，可謂得不償失。幸虧老舍先生未見此版，不然真不知會做何感想。

　　1950年5月，老舍將《駱駝祥子》轉由上海晨光出版公司出版，扉頁上寫「校正本附新序」，1－2000冊，1951年2月再版，2001－3000冊；

1951年7月改訂本三版，1－5000冊，1952年1月四版，5001－8000冊，1953年4月五版，8001－10000冊，1953年5月六版，10001－12000千冊，1953年9月七版，12001－16000冊。

1955年1月，人民文學出版社北京第1版，（精）0001－1000冊；（平）00001－37000冊；1956年1月2印，37001－39000冊，1957年1月3印，39001－67000冊；1958年3月4印，67001－83000冊；1962年10月北京第2版。

《駱駝祥子》刪節本收入《老舍選集》由開明書店1951年8月初版，1－1500冊，乙種本1952年6月初版，1－3000冊，1952年11月再版，3001－13000冊。

《駱駝祥子》是老舍最滿意的作品和他的代表作，這已成為文學常識。小說通過祥子墮落的悲劇命運，揭示了城市文明病對人性的傷害，對心靈的腐蝕，也成為我們最通行的理解。但是，外國讀者卻認為這是一部捍衛人類尊嚴與價值的小說。最近，我在廣泛搜集整理老舍的接受史料時，就發現了這一視野。這篇文章是前美國新聞處總編輯華思撰寫的，題目是《評〈駱駝祥子〉英譯本》，刊於1945年8月27日《掃蕩報》。全文如下：

> 我有一個狂熱的想頭，在中國晦暗慘澹的今天，關於這個不幸的國家的一切文章，不論是政治論文或是小說，首先應從下一點來衡量，看它對於美國對中國的國情的瞭解，有什麼供（貢）獻，根據這一點及其他一切觀點，駱駝祥子都有崇高的評價。當代中國勇敢作家的這一本憂鬱，勇敢，樸素的小說，對於想對中國普通人民獲得具體瞭解，想對中國人民的人道主義及其不可毀滅性獲得徹底認識的有教養的讀者，恰是一本最適當的著作。這本書不但把普通中國人民表現得真實而且平易可解，並且把中國人民寫得溫暖，不單調，謙和而又勇敢，全世界都可以從本書理解到，為什麼那些深知中國人民的外國人，這樣的珍愛他們。全書沒有一句宣傳，但對於「一切好人都是兄弟」的真理，本來是最好的宣傳品。
>
> 我們只要作幾點否定的指示，就可以表現出本書的若干最重要的特點來。這不是舶來品，不是嘩眾取寵的故事，沒有弄槍花，故作驚人之筆，也沒有想弄成一個浪漫的色彩斑斕的故事。沒有說教，沒有尖刻，也沒有想作任何社論的企圖。它沒有躲避主題必有的世俗的醜惡，也沒有過分強調這些地方，以博一粲。在本書的樸素風格中，一個好人的形象不朽的雕型出來了，一個偉大的民族和

一個偉大城市的心靈被描繪出來了，一個階級的悲劇，忍受長期痛苦的勇敢被表現出來了，一個動盪變亂的國家的狼狽之況也被具體而微的表現出來了。假若我說，你讀過本書以後，你對於中國普通人民再不會感到陌生，這不是過獎，是對本書應有的評價。

對於美國讀者，選擇一個洋車夫作為全書中心人物，是值得讚美的一個想頭。從美國人的關於人類尊嚴的混亂的概念說來，我們很自然地以為，一個人把自己賣做拖別人的牲畜，是墮落到極點了。然而事實上這正是普通中國人民最重要的獨立精神，他雖然獻身於這樣一種低賤的工作，他卻非常有把握，決不會因此失去了人類的尊嚴。把自己賣身做這種工作，絕沒有使他感覺到他比他拉的客人有所不如。駱駝祥子是一個極為動人的人物，遭受到人類與社會殘酷的痛苦，他受苛待，受折磨，受打擊，但他從沒有失掉驕傲之感。對於他的工作的尊嚴與價值，從未失掉信心。作者清晰地傳達出中國古老文明的這一目不識丁遭受蹂躪的子孫的個人價值與民主的個人主義，作者也就一方面浮雕出這種好人本性中固有的將來的希望，一方面也描繪出那使他陷害於如此狼狽的中國的絕望的情況。

作者老舍是現住重慶附近，在貧窮，通貨膨漲不安及檢查制度種種阻礙之下為建設當代優秀文學而奮鬥的熱誠堅決的中國作家之一。他是一個學術湛深，悲天憫人的小說家，本書足為證明。本書由美人金氏（Evon King）譯成英文，譯筆傳神，不但對瞭解中國是重大的貢獻，而且是一本豐富的，動人的非常可愛的書。

《駱駝祥子》不是政治小說，它也絕沒有任何政治路線要推銷。這只是一個想到北平謀生的青年農民的偶有的快樂與數不清的煩惱的直樸的故事。他的好夢是自己有一輛洋車，娶一個美麗的鄉村姑娘，然而他的單純的勤奮的美德卻似乎無用武之地。駱駝祥子的確是一個好人，是一個不可毀滅的靈魂，使他能夠經受起殘酷生活，最後使他能夠活下來的，也正是那種不為毀滅的精神和謙和善良的德性。駱駝祥子不懂什麼政治，不懂什麼社會學說，一個同情的女學生和他談話的時候，他不知道她說什麼。但是當他看見她被處死時，他陰鬱的體會到一定有若干事情是非常不對的。本書中的任何政治評論都不明顯而且晦澀，但讀過後的印象一樣強烈的使你聯想到腐敗與壓迫及中國貧民的無限的忍耐力。

壓迫的若干罪惡的工具雖被作者加以指斥，然而作者給人一種客觀主義的顯（鮮？）明印象，雖然這決不是冷漠。只有在虎妞身

上（這個潑辣的女人緊緊地抓住駱駝祥子），作者才表示出對於他的人物的真實的厭惡。他把駱駝祥子創造成一個非常引人的人物。年輕的妓女小翠喜（Littie LucKLyone）（注：應為小福子）則是一個真正感人的可憐的女英雄。但實際上，這是北平，中國大眾的北平，北平的污濁與活力，北平的美好與醜惡，北平的顏色與味道，這是本書的中心形象，這幅圖是忘不掉的。

像關於東方人真實的書籍所應有的一樣，駱駝祥子書內也有若干部分，不令人愉快，也不美麗，西方的胃口吃不消。然而，臭醜和俗惡的利用，不是為了煽動，而是為了真實。你或是為了獲得對中國及中國人民更清晰的瞭解，或是為了讀一本引人入勝的小說，來讀駱駝祥子，你都不會失望。這是中美瞭解事業中的一件大事。

這是理解《駱駝祥子》一個獨特而有價值的他者視角，特別是關於故事內核的理解，關於文本主題的認識，關於祥子形象的剖析，關於文本的接受心理等，華思的文章都給了我們許多有益的啟示，只可惜多年來沒有引起人們足夠的重視，也沒有收進任何一本老舍研究的資料中，真是一個遺憾。

《綠色的穀》：險遭日偽查禁的鄉土小說

一般認為，1937年山丁即梁山丁（1914－1997）發表《鄉土文學與〈山丁花〉》一文是東北淪陷區明確提出「鄉土文學」這一主張的開始，因為在這篇文章裡，「滿洲需要的是鄉土文學，鄉土文學是現實的」的呼喊與界定，將「鄉土文學」這一主張從幕後拉到了前臺（當然也引發了一些爭議），而他在1943年3月15日出版的《綠色的穀》則被視為東北淪陷區鄉土小說的代表作。不過，《綠色的穀》的出版經歷了一番風波，險些遭到查禁。

據作者回憶道：

> 1943年2月，印刷廠正在裝訂時，突然接到偽滿洲國弘報處的命令：「《綠色的穀》一書有嚴重問題，不許出廠，不許發售，聽候處理！」風聲鶴唳，震動了文化社，傳遍了文藝界，也震動了我。發行人、印刷人慌做一團，初版五千冊，如遭焚毀，導致出版商的破產，作者也要遭殃。許多朋友熱情奔走，提出種種理由，請求發售；經過種種管道，請客送禮，終於在五月初取得結果，經偽弘報處通報：《綠色的穀》受削除處分，勒令出版社將已裝訂好的書，按照指定的頁碼將書頁扯掉，然後在潔白的封面上，綠色的書名下，歪歪扭扭地蓋上一個三指寬四指長的大紅戳印：

> 削除濟

> 這三個日本字的意思是「刪除畢」。它向讀者宣告，此書是一本有問題的書，經過當局檢查，已將問題刪除，可以在書肆上發售。謝天謝地，沒遭焚毀！走進書店，看到這本《綠色的穀》躺在書架上，那明晃晃的大紅戳印，好像一個古代黥刑的罪犯，給人一陣血淋淋的戰慄之感。

這是1987年遼寧春風文藝出版社以《東北淪陷區文學作品選》的形式重新出版《綠色的穀》時，作者在《萬年松上葉又青──〈綠色的穀〉瑣記》中寫下的一段話。

那麼，《綠色的穀》因為什麼原因被查禁呢？作者梁山丁對照了較為

完整的日譯本，認為如下兩段招惹了是非：

第一段是描寫：

> 它以怪獸一般的鐵蹄，震碎了這個市街的春夢。誰都知道，使這市街繁榮的脈管，便是一年比一年更年輕更喜悅的火車，它從這裡帶走千萬噸土地上收穫的成果和發掘出來的寶藏，回頭捎來「親善」、「合作」、「共存」、「攜手」……

第二段是對話：

> 「我不種地了，我去挖煤，去砍木頭，去到南海站當苦力，我不種地了！」
>
> 黃大辮子自己憤慨地說：
>
> 「我什麼不能幹，忙活一年，什麼也剩不下，我不種地了……」

從中可以看出，第一段描寫將日本人刻畫成掠奪者的形象及揭示出日本侵略者「親善」、「攜手」的虛偽本質而使日本人不悅；第二段對話則可能有煽動農民不種以反滿抗日的嫌疑。如果這一罪名成立，這對於當時文網森嚴的東北淪陷區而言，作者的命運可想而知。因此，正式出版時，這兩段自然被刪除了。直到1987年春風文藝出版社出版時，小說才以「全版」的面貌出現在讀者面前。當然，所謂「全版」也並非與舊版完全相

同，還是進行了極小範圍的修改，除刪除了原版的《後記》外，最有意思的是，改動了原主人公的名字。原主人公叫「林彪」，現改為「小彪」。這或許是避免與現實中曾是中共重要人物的林彪重名以引起誤會吧。此外，筆者看到的《綠色的穀》封面上沒有這個大紅戳印，不知是歲月之故還是當初祇蓋了部分圖書並沒有全蓋，這本僥倖沒有蓋印的書歷經幾十年磨難依然幾近完好如初，實在令人驚歎。要知道，這本《綠色的穀》不僅躲過了出版初期的禁令，還逃過了出版後幾十年的風風雨雨，不能不說是一個奇跡！

《圍城》出版初期的臧否之聲

　　2012年5月是錢鐘書的《圍城》出版六十五周年。據何啟治在2010年第3期《全國新書目》撰寫的《〈圍城〉曾經沉寂三〇年》一文中介紹，截止2008年上半年，《圍城》已創下了印數高達392萬冊的輝煌紀錄。如今，「錢學」已成為學界公認的一門學問，《圍城》也成為家喻戶曉的經典名著，其文學史的地位不可動搖。然而，《圍城》在出版的初期即1946－1949年間，卻經歷了一番不小的風波。

　　1944年，錢鐘書開始動筆寫長篇小說《圍城》，一年後被老友柯靈得知，於是，1945年10月3日的上海《文匯報・世紀風》「編者・作者・讀者」欄中就有了這樣的消息：「錢鐘書先生近方創作長篇小說《圍城》，已經成其十至六七。」這是最早關於《圍城》的創作資訊。1946年2月25日，《圍城》始刊於《文藝復興》第1卷第2期。在該期的「編餘」中，李健吾表達了發表《圍城》的欣喜之情：「可喜的是，我們有榮譽連續刊載兩部風格不同然而造詣相同的長篇小說，彌補我們的遺憾和讀者的怨望。李廣田先生的詩和散文，有口皆碑，錢鐘書先生學貫中西，載譽仕林，他們第一次從事於長篇製作，我們欣喜首先能以向讀者介紹。」6月，僅看了前三章的鄒琪就在《小說世界》1946年第3期《佳作推薦》裡對《圍城》給予了高度的評價：「長篇小說往往不容半途讀起，但《文藝復興》裡面的《圍城》，至少是一個例外。作者錢鐘書散文寫得字字珠璣，這些東西搬在小說裡還是一樣燦爛可愛。這並不是說他喜歡掉書袋。他把書本給融化了，像草一樣吃了下去，擠出來的奶還是有書卷氣的。讀《圍城》，彷彿讀狄更司同時代的薩克萊；拿中國小說來比，第6期的那一部分很像儒林外史。即使前面的沒有看，你還是愛看這一部分。看了這一部分，你就想看前面，等著後面。故事並不緊張，它是寫出來讓你慢慢看的。」這是第一篇評介《圍城》的文字，作者只看了前三章就充分肯定小說的文辭「燦爛可愛」，作品的風格有書卷氣而非掉書袋，有薩克萊的風格，諷刺手法像《儒林外史》，情節舒緩但懸念感強，還是頗具慧眼。短文雖沒有展開論述，但已觸及到之後《圍城》接受的修辭學視閾與比較文學視閾，難能可貴。1947年5月，《圍城》由上海晨光出版公司出版。為配合小說發行，5月1日刊行的《文藝復興》第3卷第3期封底刊載了《圍城》的廣告：「這部長篇小說去年在《文藝復興》連載時，立刻引起廣大的注意和愛好。人物和對話的生動，心理描寫的細膩，人情世態觀察的深

刻，由作者那枝特具的清新辛辣的文筆，寫得飽滿而妥適。零星片段，充滿了機智和幽默，而整篇小說的氣氛卻是悲涼而又憤鬱。故事的引人入勝，每個《文藝復興》的讀者都能作證的。」雖是廣告宣傳但並不誇大其辭，小說的藝術表現力得到了充分的肯定。之後，屏溪、彭斐等也對《圍城》機智幽默的風格、引人入勝的情節、洗練流暢的語言、悲涼而又憤鬱氛圍以及清涼暢快的審美感受等成就，予以了具體化的闡述。不過，影響較大的是林海（鄭朝宗）在《觀察》1948年第5卷第14期發表的《〈圍城〉與「Tom Jones」》一文，他詳細地比較了《圍城》和《湯姆‧瓊斯傳》的不同之處，同時提出了「學人小說」的讀法拓展了接受者的視野。他說：「錢鐘書和菲爾丁至少有兩點相同：第一，他們都是天生的諷刺家或幽默家，揭發虛偽和嘲笑愚昧是他們最擅長的同時也最願意幹的事情；第二，他們都不是妙手空空的作家，肚子裡有的是書卷，同時又都不贊成『別材非學』的主張，所以連做小說也還要掉些書袋。這兩點，前者決定內容，後者決定外表，他們作品的『質』與『形』可由此推知了。」「《圍城》和《湯姆‧鐘斯傳》同樣的是以幽默諷刺的筆調來寫的，這筆調浸透全書，成了一種不可須臾離的原質；偶然一離，讀者立刻便有異樣之感。而也就在這裡，這兩位作家稍微有些不同。菲爾丁雖好諷刺，卻並不悲觀。他不喜歡板起臉孔來教訓，但有時也說正經話。因此，每逢他轉換口氣，總是從『幽默』改為『正經』。錢先生則是個徹底的悲觀家，『諷刺』之外，惟有『感傷』，這情形從兩書的結局處看得最清楚。」「以體裁來說，這兩部作品都是所謂惡漢體的小說（The Picaresque novel）。……比較起來，還是《圍城》接近人生。」而錢鐘書和菲爾丁的根本相通之處在於：「這兩位小說家有個共同的信念，便是題材無關緊要，要緊的是處理這題材的手腕。」至於技巧，明比和描寫文是這兩部作品大部分的血肉和生命。「他們的互異之點，那我們可以簡單地說：《湯姆‧鐘斯傳》中的事實多於議論；《圍城》剛剛相反，議論多於事實。這分別是植根於兩位作家生活經驗廣狹的不同。菲爾丁的經驗比較豐富，所以他的作品雖也一樣的以『批評人生』為主要目的，卻多少總帶點『表現人生』的傾向，儘量把來自多方面的事實填塞進去。錢先生所見的人生似乎不多，於是他更珍惜這僅有的一點點經驗，要把它蒸熟、煮爛，用詩人的神經來感覺它，用哲學家的頭腦來思索它。其結果，事實不能僅僅是事實，而必須配上一連串的議論。這議論由三方面表達出來：作者的解釋、人物的對話、主人翁的自我分析。說到這裡，不由的令人想出一個新的名詞：『學人之小說。』」這一視野之後得到了眾多接受者的認同。

　　當然，並非所有的接受者都看好《圍城》。方典（王元化）就將《圍

城》視為「香粉鋪」，因為「這篇小說裡看不到人生，看到的只是像萬牲園裡野獸般的那種盲目騷動著的低級的欲望……這裡沒有可以使你精神昇華的真正的歡樂和真正的痛苦，有的只是色情，再有，就是霉雨下不停止似的油腔滑調的俏皮話了。」唐湜指出小說的結構如「一般散沙」。更有甚者認為：「錢鐘書的《圍城》，是一幅有美皆臻無美不備的春宮畫，是一劑外包糖衣內含毒素的滋陰補腎丸。它會引你進迷谷，動邪火，陷情網。要是你讀厭了笑話三千、還準備去找尋點趣味和幽默的話，它會使你滿足的。」而無咎（巴人）乾脆否定了小說的立意與人物的價值。他說：「如果說，圍城是一冊以戀愛為主題的小說，那麼，我們還可以加添注釋道，戀愛正是新儒林外史人物的新課程，它和舊儒林外史顛倒於學而優則仕的闈墨中人的描寫，劃出了新舊時代的兩個風貌，作者以方鴻漸為中心，而展開了戀愛的攻防戰。」不過，「我們的作者即使有巴爾紮克式的縱談一切漫不經心的才華，但在這裡卻偏缺少巴爾紮克抓住資本主義社會的靈魂（金錢）的特質的那種初步的社會學觀點。而我們的作者之所以能撇開這一個極度動盪的社會場景，甚至將後方人民生活的落後，也加以惡意的西方人士式的嘲弄（在金華路上所見的描寫）而情願抓取不甚動盪的社會的一角材料，來寫出幾個爭風吃醋的小場面，我們不能不說作者這一觀點──單純的生物學觀點，作了他的羅盤針，一切以戀愛為藝術的主要主題的作者都是這樣，他只看到一切生存競爭的動物性，而忽略了一切生存競爭的社會階段階級鬥爭意義，我們作者這一羅盤針是需要改造了。」他還寫道：「一大群小資產階級的智識分子，或出身於封建世家，或出身於買辦寶殿，……這是作者筆下人物的階級性而徘徊於西方資本主義與東方封建主義相互交融的空間裡的人物，除出向上摸索，努力抱住官僚主義的石柱，或喘息於買辦主義的大廈裡面外，就沒有他們的路，沒落是他們唯一的路，作者沒有有意告訴我們這一點，而我們是可以得到這樣印象的。」熊昕更指責作者脫離大眾的態度以及不敢正視現實與人生的創作動因，認定這書依舊是失敗的，而它的效果，甚至是有毒的。

　　正當接受者欲就《圍城》的文本價值展開進一步交鋒時，社會形勢發生了根本性的轉變，錢鐘書與他的《圍城》隨之沉入地下，《圍城》的接受也陷入沉寂。直到三十年後──1979年，夏志清專章稱讚錢鐘書其人其文並高調斷言「《圍城》是中國近代文學中最有趣和最用心經營的小說，可能亦是最偉大的一部」後，才重新啟動並促成了內地錢鐘書與他的《圍城》研究的反衝力，《圍城》的接受從此步入正常。

　　文學接受是仁者見仁智者見智的精神活動，對《圍城》出現的接受出現截然不同的兩種聲音並非不可理喻，關鍵在於雙方是否在學理的層面上

進行，而不是嘩眾取寵，賺人噱頭。《圍城》出版初期的爭鳴風波中，接受者的肯定性視野雖然未必都令人信服，但從學理的層面上進行闡述的實事求是之意還是盡顯其中。否定性視野則多缺乏學理，或誇大，或歪曲，盡顯嘩眾取寵之心，除了暫時賺取部分人的眼球外，實無可取之處。因此，它們很快被掃進歷史的垃圾堆也是勢所必然。當然，即便在今天，也依然有極個別的接受者對《圍城》採取無端批判甚至是謾罵的態度，但對於此，人們除了將之視為鬧劇外，沒有太多的想法，更沒有具體的回應——也無需必要的回應。

《困獸記》的初版本與修訂本

　　1941－1949年這十年，是沙汀在睢水的十年，也是他創作的黃金十年。在這裡，他文思泉湧，佳作疊出，最令人欣慰也是最重要的標誌是，沙汀在這裡完成了他的長篇小說《淘金記》（1943）、《困獸記》（1945）與《還鄉記》（1948），這使沙汀成為新文學史上一個響噹噹的名字，「三記」也成為上世紀40年代現實主義小說創作道路上的又一個里程碑。

　　當然，就「三記」而言，一般人們認為，《淘金記》是其中最優秀的作品，其實，《困獸記》也有相當的水準。如果說，《淘金記》是沙汀對國統區鄉鎮惡霸恃強凌弱，魚肉百姓的醜惡樣態的深刻揭示，那麼，《困獸記》則是沙汀對鄉村知識分子在現實的、物質的、精神的多重擠壓下抗爭、動搖、妥協乃至認命的根性寫照。小說以鄉村小學教師們籌備演劇為線索，以主人公田疇與吳楣的曖昧關係、與妻子孟瑜的家庭糾葛為糾結點，深刻地揭示了身處於大後方令人窒息的如死水一般的壓抑氛圍下鄉村知識分子如土撥鼠般的生活樣態和精神負荷。它悽楚地表明：置身於這一環境，就如同猛獸置身於牢籠，無論你的拼搏的利爪如何鋒利，也無論你嚮往自由的意志多麼堅強，都將無力掙脫這一樊籬，而你所做的一切，如困獸猶鬥，無濟於事。小說的色調雖然略顯暗淡，但田疇、吳楣、孟瑜等人物形象依然刻畫得栩栩如生，準確而細緻的心理更加深了對人物性格的塑造，而這一切正得益於作者清醒而堅實的現實主義精神。

　　不過，作者的現實主義精神在上世紀50－60年代卻未能繼續堅持下去，迫於環境的壓力，沙汀對《困獸記》進行了較大程度的修改（當然也包括對《淘金記》的注釋與對《還鄉記》的修改），其中最主要的就是對故事的情節、人物的來路與去路作的重大修改，相應地，主題也發生了重大的變化。

　　例如，在1963年10月人民文學出版社出版的修訂版《困獸記》中，小說第8頁有這樣的文字：

> 「若果沒有接二連三的老母病危的電報，他不會回來的，已經溜到解放區去了。因為他所屬的那一部分川軍，正和八路軍防地接近，彼此常有來往。而他這回的確碰上了一個使人啼笑皆非的局面。」

那麼，1945年5月初版的《困獸記》是如何寫的呢？

「若果沒有接二連三的老母病危的電報，他不會回來的，是他就在翌晨，他才弄明白，自己這一回上了個使人啼笑皆非的呆當。」

又如第10頁：

「當他第一次這樣發問的時候，章桐肯定的答覆了他，第二次他卻故意含糊其辭。因為他深知田疇的皮味，而且懂得他的所謂前線，具體內容是不大確定的。有時是指延安，有時是指八路軍的遊擊地區，有時又是泛指一般前線。彷彿只要能擺脫目前的處境，哪裡都行！這一次章桐是連回答也沒有的。」

1945年版是這樣寫的：

「當第一次他這樣問他的時候，章桐肯定的答覆了他，第二次他卻故意含糊其辭，因為他深知田疇的處境，以及他的個性，相信這個在他相當困難。這一次他是連回答也沒有的。

相應的，小說結尾也發生了改變：

「最近，他終於同小鄒聯繫上了，要他去重慶找一位《新華日報》記者，說明他去延安。而他是特別跑來向牛祚告別的。因為他曾經向老教師商量過，而且精神上得到很大的支援。」
　　……

同樣，1945年版的本來面目又是如何呢？

「這一向來，他的日子也過得不順暢。起初，他想說服他的母親，讓他回前線去，不然他會悶死，但老太婆不答應，而且吵鬧得更凶了。現在他已抱定決心逃跑，因而特別跑來向牛祚告別。
　　……
「於是，他生澀地望他點一點頭跟同孟瑜拐進自己屋裡去了。而他重又煩躁起來。他從他的朋友看出了自己的不幸，而且陡然的感覺到，他也只有一條和他相同的出路：到前線去！然而，這個人皆知其為崇高合理，於他更有必要的神聖願望，現在看起來卻又多麼的渺茫啊！……」

可以說，將章桐去前線的目的地具體化為延安是修訂版最大的改動。這也使作品的主題發生了根本性的改變。

那麼，1945年版的章桐到底是如何打算的呢？小說有兩處提到了出走的去處：

（一）「『哼，會想不到辦法！』他接著說，語氣更堅定了，於是搬著指頭，向她一一計算著他們可能得到的出路，『參加半職業劇團，想門路到前線去，——至少教書行麼？我已經寫信到恩施去了』，他忽然記起曾經得到一個在那裡作文化工作的朋友的來信，『第三救亡演劇隊還要那裡，找工作我想很容易的！衡陽還有個同學在辦報紙，再不然到湖南去。接近前線的區域，聽說短期訓練學校容易去得很，暫時混個資格，也要得啦！』」

（二）「『怎麼沒辦法呢？』他反問她，接著就傾箱倒匣的說了下去，『隨便你怎樣說，怎樣好啦！到成都，重慶，都行！再不然我們直接到恩施。只要你願意，我是一點問題都沒有的……』」

可見，章桐提到的去處是：湖南，湖北，四川；涉及的城市是：衡陽，成都，重慶，恩施。沒有陝西，也沒有延安。然而，修訂版文末的寫作時間卻依然標注為：1944年5月10日。後來沙汀將其收入1984年四川人民出版社出版的《沙汀選集》時，也標注為：1944年5月10日。這就使一些人誤以為這就是初版本，在撰寫相關資訊時就出現了不應有的失誤。中國社會科學院文學研究所主編的《中國現代長篇小說辭典》即是如此。論者以1963年的修訂本作為底本評價《困獸記》的藝術得失，在《困獸記》的辭條中，寫出了「章桐介紹並讚賞八路軍地區的生活」並「終於決定到延安去」的文字。作為《中國現代長篇小說辭典》，未能以初版本為據，以至以訛傳訛，可謂硬傷了。

1945年5月初版本　　　1963年10月修訂版

寫什麼與怎樣寫：談柳青的《種穀記》

1947年7月，嚴謹認真的柳青出版了他的長篇小說《種穀記》，這部由光華書店出版的長篇小說以陝北農村王家溝集體變工種穀為中心事件，首次真實地展示了中國共產黨領導下的農村各階層在面對黨的農業生產政策時所應有的生活樣態，被視為實踐毛澤東《講話》精神的起點性長篇而受到文藝界的高度重視，成為《講話》的風向標。雪葦就敏銳地對此做出了肯定：「這是一部比較成功的傑出的作品，是實踐了文學工農兵方向的作品，而且，就藝術上說來，是目下實踐這一方向作品中的最好成就。」他進而指出：「作者的注意力，顯然主要不是在想給我們講這一個簡單的故事，而是在借這個故事給我們介紹初步的新民主主義社會建設裡農村階級力量的變化，給我們介紹農村中各農民階層的人物及其複雜的鬥爭。作者以他深入的豐富的生活體驗，純熟的農民語言的掌握，細膩的、淋漓盡致的描寫，勝利達到了這一目的」，「給《在延安文藝座談會上的講話》立下了一座實踐的豐碑。」隨後，方成等在香港《大公報》上撰文，對作家的創作立場、態度及方法等方面進行了具體的闡述。上海也在許傑、以群等的主持下召開了《種穀記》座談會。會上，巴金、李健吾、周而復、馮雪峰等人就《種穀記》的得失談了各自的閱讀感受。在1950－1954年間，仍陸續有接受者撰文展示了自己的觀點，但大致而言，對於《種穀記》的藝術得失，人們主要有兩種意見：

一、成功之處

方成等認為，（一）在立場上，「作者柳青站在新民主主義的觀點，正確的刻畫一個新時代的新課題，他不是『把自己的作品當作小資產階級的自我表現在創作的』。他是誠心誠意為工農兵而寫作。」（二）在生活態度上，作者「是儲蓄了一段真實的生活經驗，他甚至瞭解了熟習了那生活的最細微的小節，所以在他寫作的辰光，他能夠使一件極平凡的事件，生動活潑而又有趣的呈現在讀者面前；他把這件事情中的錯綜複雜的線索，曲折迷離的來龍去脈，寫得很細膩，很透徹，而又有條不紊。這就是我們要首先指出來的，生活怎樣給予一個作家以無窮的力量的地方。」（三）在描寫語言上，「人民的語言，貫穿著全書的發展，語言在這裡，不再是屬於技巧的範疇裡的東西，也不復是單純的思維的代表符號，而是

和形象與故事取得血肉的關係，一切都是拆不開，完整而具體凸現出藝術的形象來。」（四）在人物刻畫上，「在作者筆下，人物是從生活的活的聯結裡面刻畫出來的，樸素而實在，人物沒有和每個生活細節孤立起來或是遊離起來，生活在這裡活現出人物來，而人物又在創造著生活。這點可以說最值得我們首先來指出的。」（五）在藝術表現上，「在作者筆下，群眾的場面也處理得很好，毫不誇張，而生動有致，每條線路都很清楚，而集體的氣味，又十分濃厚。」「在作者的筆下，我們看見了陝北那一幅飽滿而富有生命力的鄉村畫面。」「在作者筆下，寫景占了極少的分量。但是景致都和人物，情節配合得很融洽，很自然，好像王家溝的景致也有了靈魂，在配合著人民跳躍著。」總之，「《種穀記》優良的成就，是他能夠把人物的刻畫，融合在故事的發展裡，而故事發展又都合情合理，有著他的必然的脈絡，作者處處用景物和生活上的細節故事生動而真切的交織出來，因而加強了藝術的實感，緊密地抓著每一個讀者，使他不得不激情的順著這鮮明的主題一口氣追尋下去。在每個不同的場面，我們看來就如親臨其境一樣。」這五方面的成就與雪葦所首肯的方向性突破及之後葉兢耕對其創作態度的具化──「作者站在人民的和黨的立場來描寫農村中正在進行著的複雜階級鬥爭。這裡面分清了『敵』與『我』的界限。作者十分明顯地表示了自己愛憎的態度，他所熱愛的和他所憎惡的是什麼」成為50年代《種穀記》接受的認同視野。

二、不足之處

相比於《種穀記》多方面的成就，接受者認為作品的不足主要集中在三點：（一）沒有寫出黨的作用，沒有寫出作為農村活動核心的農村支部的作用。雪葦首先就指出這一點。周而複表示認可：「我認為這書有一個基本弱點，是沒有把黨的領導貫穿在整個作品中。這由於作者熟悉生活，熟悉農村，偏重寫作所熟習的一時一地的情形，沒把整個邊區在黨領導下組織變工隊的運動中所發生的變化更高的概括起來，造成典型性不夠的弱點。」日木也深有同感：「這作品的主要缺點，卻在於政治思想上還不夠成熟，並沒有完善而正確地來描寫這個群眾生產運動，這個運動的領導力量──中國共產黨的力量，也沒有深切刻畫出來，同時也缺乏大生產運動中的典型故事，通過這典型故事來描寫出生產運動的發展。」不過，竹可羽並不認同沒有寫出黨的領導是缺點，而是呼應了雪峰所說的「平面化」的視野，將由於作者的思想認識水準的平面化導致作者沒有寫出「應該的」樣子，而只寫出「現實的」樣子視為文本的不足。這與日木的期待

相互交融：「要更好地使讀者較明確地來看到這個群眾生產運動的本質方向，看到在共產黨領導下發展農業生產的正確路線與美麗遠景，在這作品中是嫌不夠的。」（二）農民的階級面貌還處理得有些模糊，作者在這一問題上的思想認識不夠。這一視野自雪葦提出後，在方成等處得到共鳴：「我們覺得《種穀記》裡面對於變工隊所要克服的困難過程不夠突出。那就是說作者對於阻礙群眾力量發展的反動力量，概括的不夠具體，批判的不夠清楚。」「這就是作者對於不利於群眾方面發展的一些事物，缺乏適度的清晰的批判力量。」（三）有些沉悶，故事情節缺乏起伏，人物性格也不突出。這是李健吾、程造之、許傑等接受者的視野。

由此我們看到，接受者多方面剖析了《種穀記》的藝術得失，這其中，對「得」的肯定主要集中在「寫什麼」與「寫得怎樣」上，其中，選材、立場、方向、態度等是毛澤東《講話》精神的新視野，其意義正如葉蒹耕所說：「五四」以來的新文藝創作中，也產生了一些寫農村問題的作品。可是這些作品的內容大多是描繪封建落後的農村破產的圖景，只是指出了農村如何在封建的與帝國主義的雙重壓力下崩潰中的一面，而柳青的《種穀記》在這一點上是完全和那些作品不同的。在這部作品裡寫出的卻是在中國現代社會民主革命過程中生長壯大起來的一個新農村的面影。」對於「失」的批評主要集中在「怎樣寫」上，即：是應該以「現實的」代替「理想的」，還是以「平面的」深化「立體的」？因為「對於一個黨的文藝工作者，這個要求還是有提出的必要」。面對這「得」與「失」之間的接受分野，特別是「失」的視野，謙虛而又壯志雄心的柳青很快做出了決斷，他直言《種穀記》是失敗之作，自己要從中汲取教訓，以避免在將來的厚重之作中重蹈歷史的覆轍。柳青為什麼會全盤否定自己的心血之作呢？

《種穀記》是一部具有轉型意義的起點性作品，它的成功與否對於柳青的未來至關重要，接受者的視野特別是「失」的視野對於柳青而言更是舉足輕重。通過《種穀記》的創作，柳青知道，以豐富的生活積累寫出優秀的作品固然在於「寫什麼」和「寫得怎樣」，但更在於「怎樣寫」和「為什麼這樣寫」，即：用什麼樣的思想反映什麼樣的生活，表達什麼樣的精神，也就是說，用什麼樣的世界觀指導什麼樣的創作對於黨員作家柳青而言尤為重要，這是克服不足取得突破的創作法寶。顯然，在柳青看來，「寫什麼」和「寫得怎樣」已不是問題，「怎樣寫」和「為什麼這樣寫」才是未來應該把握的方向。直言之，當下迫切需要解決的問題是用什麼樣的思想指導「怎樣寫」而不是「寫什麼」，明瞭「為什麼這樣寫」而不是「寫得怎樣」。對此，《講話》已確立了明確的方針，而自己所做

的即是：以《講話》的精神為指針，通過典型化的藝術手法展現中國農村「應該的」和「理想的」現實與未來。《種穀記》沒有寫出黨的領導，應該克服；沒有「立體地」透視農民的思想，應該予以提升；沒有展示正確的路線與美麗的遠景，必須予以彌補……可以說，《種穀記》得與失的接受與反思，成為柳青《創業史》寫作實現突破的思想起點。只是令人遺憾的是，當年柳青「惡補」的「失」在短暫地成為「得」之後不幸成為真正的「失」，而輕視的「得」短暫地成為「失」之後被公認為真正的「得」。得兮？失兮？福兮？禍兮？誰曾預料！

附：《北方文叢》的全目略說

　　1946－1949年間，周而複曾主編了三輯《北方文叢》，這套叢書除蕭軍的《八月的鄉村》外，均為1942年後延安文藝工作者回應毛澤東的《在延安文藝座談會上的講話》所創作的新作，它的出版在當時特別是港澳與南洋一帶產生了強烈的反響，人們由之瞭解了中國共產黨領導下的解放區文藝的新氣象，新風貌，也標誌著一種新文藝的誕生。長篇小說《八月的鄉村》、《種穀記》和《滹沱河流域》佔據了其中的三種。不過，《北方文叢》一共出版了多少種，長期以來莫衷一是。許多學者未見實物僅以書中所附廣告為據，統計為三十或四十種，並寫進相關的論述中。誠然，前期書中所附的前三輯預告是每輯十本，三輯共三十本，但若依先後出版的書中所附的預告統計則有四十本之多。這顯然是草率且不足以信的（目前

的以訛傳訛皆源於此）。因為《北方文叢》廣告上所附的書目中確有一些因各種原因沒有出版。對此，周而複在《周而複文集・往事回首錄》（第12卷）中就說：「丁玲、柳青、荒煤、劉白羽與何其芳已經答應寄稿件但稿件遲遲沒有收到，有的因為稿子在撰寫中尚待完篇，有的因為解放戰爭炮火紛飛交通有時阻隔，無法寄送，有的因為其他工作暫時擱下了筆，也有的改寫其他內容，如丁玲在寫《邊區人物風光》，何其芳改寫《回憶延安》，劉白羽要寫《黎明的閃爍》，柳青另編《犧牲者》都因各種不同的原因，無法把稿件托人送到香港。」因此，丁玲的《邊區人物風光》等沒有出版。其實，關於《北方文叢》的全目，王德寬先生曾在《中國大百科全書・中國文學1》中提到，即：三輯二十七種，但因未具體開列出二十七種書的全目，很少有人採信。現筆者據掌握的情況，將《北方文叢》全書出版狀況作一說明，希望能使這一懸案塵埃落定。

一、已出書目，按出版時間順序排列：

（一）《吳滿有》，艾青著，作家書屋1946年4月初版；

（二）《滹沱河流域》，馬加著，作家書屋1946年5月初版；

（三）《八月的鄉村》，蕭軍著，作家書屋1946年12月新一版；

（四）《李有才板話》，趙樹理著，1946年12月海洋書屋初版，2000冊；

（五）《王貴與李香香》，李季著，海洋書屋1947年3月初版，2000冊；

（六）《茅山下》，東平著，海洋書屋1947年4月初版，3000冊；

（七）《荷花澱》，孫犁著，海洋書屋1947年4月初版，4000冊；

（八）《高原短曲》，周而複著，海洋書屋1947年6月初版，2000冊；

（九）《洋鐵桶的故事》，柯藍著，海洋書屋1947年7月初版，2000冊；

（十）《劉巧團圓》，韓起祥著，海洋書屋1947年8月初版，2000冊；

（十一）《潞安風物》，吳伯蕭著，海洋書屋1947年10月初版，2000冊；

（十二）《釋新民主主義的文學》，艾青著，海洋書屋1947年10月初版，2000冊；

（十三）《三打祝家莊》，任桂林等著，海洋書屋1947年11月初版，2000冊；

（十四）《我的兩家房東》，康濯著，海洋書屋1947年11月初版，2000冊；

（十五）《紅旗呼啦啦飄》，柯藍著，海洋書屋1947年12月初版，
　　　　2000冊；

（十六）《翻身的年月》，周而複著，海洋書屋1948年1月初版，
　　　　2000冊；

（十七）《表現新的群眾的時代》，周揚著，海洋書屋1948年2月
　　　　初版，2000冊；

（十八）《四十八天》，陳祖武著，海洋書屋1948年2月版，1500冊；

（十九）《白毛女》，賀敬之、丁毅、王斌編劇，馬可、張魯、瞿
　　　　維作曲，海洋書屋1948年5月再版，0001－1000冊；

（二十）《李勇大擺地雷陣》，邵子南著，海洋書屋1948年6月初
　　　　版，1000冊；

（二一）《子弟兵》，周而複著，新中國書局1949年5月初版，
　　　　2000冊；

（二二）《吳玉章同志革命故事》，何其芳著，新中國書局1949年
　　　　5月香港初版，3000冊；

（二三）《同志，你走錯了路！》，姚仲明、陳波兒等集體創作，
　　　　新中國書局1949年5月初版，3000冊；

（二四）《糧食》，楊文、荒煤等著，新中國書局1949年6月初
　　　　版，2000冊；

（二五）《種穀記》，柳青著，新中國書局1949年6月版，3000冊；

（二六）《李家莊的變遷》，趙樹理著，新中國書局1949年7月港
　　　　版，5000冊；

（二七）《生產互助》，繆文渭著，新中國書局1949年7月港版，
　　　　2000冊。

二、雖列入廣告但並未出版書目：
（一）丁玲的《邊區人物風光》；
（二）何其芳的《回憶延安》；
（三）劉白羽的《黎明的閃爍》；
（四）柳青的《犧牲者》；
（五）孔厥的《人民英雄劉志丹》；
（六）魯藜的《新的旅程》。

三、雖列入廣告但最終未轉至《北方文叢》而由其他出版社出版書
　　目（僅列一家出版社）：

（一）柳青著：《地雷》，1947年2月由光華書店出版；

（二）雪葦著：《論文學的工農兵的方向——讀〈在延安文藝座談
　　　會上的講話〉》，1948年4月由光華書店大連初版。

（三）集體創作：《逼上梁山》，中國人民文藝叢書1949年5月由
　　　新華書店出版；

（四）馬烽、西戎著：《呂梁英雄傳》，中國人民文藝叢書1949年
　　　9月由新華書店出版；

（五）丁玲著：《我在霞村的時候》，1950年8月由生活・讀書・
　　　新知三聯書店出版；

（六）荒煤著：《新的一代》，1951年2月上海海燕書店一版；

（七）劉白羽著：《血緣》，1953年3月由人民文學出版社出版。

　　　綜上，《北方文叢》雖先後附列書目四十種，但實出二十七
種，未出六種，未轉至《北方文叢》而尤其他出版社出版七種。不
妥之處，敬請批評指正。

反常的與正常的：王林《腹地》的命運

　　抗戰小說應該怎麼寫，似乎沒有固定的套式。但是，在解放區，如果一部描寫八路軍領導下的冀中人民反抗日本鬼子大掃蕩的抗戰小說，將殘疾者作為主人公會如何？這個曾經的八路軍幹部面對村裡的勢利者產生「悵惘」的情緒又會如何？再如果這個領導者雖是個英雄但卻並不顯得高大而且與戀人一見傾心又會如何？又如果蛻化分子一度佔據上風並成為掌權者會如何？許多人會說，這一書寫範式肯定會被視為「反常的」書寫範式遭到質疑，如果某位作家以為是正常的並以此種範式進行了創作，能否出版不得而知，即便能出版，命運也可想而知。因為自1942年以後，寫什麼和怎樣寫已不是作家個人隨心所欲的一件事了。

　　王林（1909－1984）的長篇小說《腹地》就是這樣一部抗戰小說。這部以冀中五一大掃蕩為題材的長篇小說雖完稿於1943年4月，但直到1949年9月30日才由天津新華書店出版，印行10000冊。然而，僅問世一年，就被打入冷宮。這是中華人民共和國成立前出版的最後一部長篇小說，也是中華人民共和國成立後遭到批判的第一部長篇小說。

　　批判者的依據是什麼呢？我們還是看作品是怎樣寫的吧。

　　先看主人公辛大剛的出場：

　　　　榮軍辛大剛坐在一輛老黃牛車上，走到自己村辛莊南擺渡口上的時候，正西大雞蛋黃似的太陽，眼看就要一出溜下山啦，天空裡出現了一片彩霞。欠身一望北岸額外親熱的本村和樹林，扭頭向送自己來的車主老頭說道：

　　　　「謝謝你，不用過河啦。麻煩了你半天。」

　　　　韁繩一拉，老牛站住。大剛從車廂上蹬著車軸下來。老頭順手遞給他拐杖和背包。大剛又說了幾句客氣話，老頭回答著，「這算了什麼，你們抗日是為了誰？」把車拐回去，又嚷了一句，「以後再說吧，同志！」就一捏牛尾巴骨撒了腿啦。

　　其次看與村裡老鄉的見面：

　　　　「這不是大剛兄弟嗎？你怎麼……」

　　　　他末後一句話沒有說完，就又收斂起來。大剛抬頭一看是楊大

章，心裡早明白了他要問沒有問出來的一句話，立刻又慚愧又驕傲地慘笑一下，解釋說：

「行啦，咱們又做伴啦，受了傷成了殘廢，只好回家還當老百姓！」

再看與父親的見面：

進了院子，院子裡冷冷清清的，北屋前邊那棵槐樹上的葉子直往下落。辛大剛以為父母兄弟都沒在家，就一直往北屋走。上了臺階，他才看清他父親獨自一個人坐在灶火坑前邊守著一個小飯桌打盹。拐杖拄地的聲音驚醒了他，他渾身打了個激靈向門口一望，疑疑惑惑地正要問「找誰」時，兒子已經用著離家多年的懷念的口吻說了：「吃飯了嗎，爹？」

「啊！什麼？」父親怕自己的耳朵欺騙了自己，急忙站立起來，用力縮緊了他那花眼，「你是剛嗎？」兒子只能以「啊」字回應，「怎麼你架上拐……」父親害怕什麼沒有說完。

「受傷了。」

「受傷了？」

「傷著骨頭了。可是已經治好了，就是落了一點兒殘廢，不要緊。」

兒子的安慰，父親並不能感到滿意。父親也想說幾句安慰兒子的話，但是心亂得不知道說什麼好。兒子除了再說幾回「不要緊」的話，還有什麼能安慰一下多年等待著日夜想念著兒子歸來的父親呢？

父子倆沉默了。多麼跳動的心！多麼悲喜交錯的情感！都壓縮成沉默了。父親又原地坐下，兒子拄著拐棍一動也不動。

這真是又意外又尷尬的局面：曾任八路軍代理連長的辛大剛因傷回家——不是暫短的回家養傷，而是光榮退伍；不是被組織隆重的送回，而是自行一人孤單的歸來。於是，沒有鄉親們的簇擁，更沒有送上鮮花與掌聲，有的只是如同尋常的關注和為他的殘疾而閃爍其辭的發問。甚至父子相見也沒有激動，沒有歡樂，有的只是無言，是沉默。這是一個真實而樸素的開篇，是一個平常而耐人尋味的生活寫照。但是，這會不會有灰色而淒慘之嫌呢？是否適應新的時代需要呢？

辛大剛回到村裡，村裡的老明叔來，問他是否在部隊裡撈了一官半

職，是否發了點財。大剛說只是當兵沒有發財。他說：「八路軍吃苦耐勞，為人民求解放，還能把老百姓的東西搜刮些來，回家當財主？」他的回答遭到了老明叔的冷笑，於是有了這樣的一段描寫與對話：

> 「你冷笑什麼？叔！」
> 「我冷笑什麼？」老明回問了一句，又不緊不慢地吸完了他這一袋煙，磕打煙灰，才解答道，「什麼吃苦耐勞，為人民謀解放，我算聽膩啦！」他用煙鍋敲打著鞋底，「反正是我這一步棋看透了，不論到什麼年頭，不論改變成什麼派，反正是有了錢享福，沒有東西窄癟。別人有，當不了自己沒有。自己挨餓，白看著人家肚子撐得慌。說來說去，還是人敬闊的，狗咬破的。你天是無產階級，也是吃不飽肚子餓，穿不暖和了身上冷！」
> 大剛立刻反駁道：「你這種說法，可是有點性急。革命到了今天有了大塊根據地，又有強大武裝，成功還發什麼愁？一步一步地來呀，哪能一步登天！今天我們無論如何不受財主的氣了吧？鹽巡也叫我們都打倒了吧？縣官見了我們得先點點頭了吧？這還不行嗎？這還不是勝利嗎？」
> 老明也點點頭，但是過一會兒，他仍舊用他那窩囊腔說道：
> 「不用說遠的了，就拿咱自己村來說吧，你們去吃苦耐勞去啦，人家可自己謀解放了。你吃了半天苦，耐了半天勞，回來照舊還是個窮光蛋！飯只得自己做，鍋得自己刷，衣裳破了得露著通紅的肉！況說自己殘廢啦，幹不了莊稼活啦！誰肯養活咱這一輩子，誰肯養咱到老？公家那點優待夠幹什麼的！天塌了不光有咱，咱為人家謀解放，咱倒了霉，懂事的至多來說個光榮，有什麼用處呢？嘴是兩張皮，反正都使的，說話累不死人。況說莊稼人見識太淺，就看見臉面前的了。你說什麼好聽的就許聽不見，你給他一點兒光沾，立刻樂得合不上嘴。人，哎，就是這麼一回事！」他有無窮的憤慨似的。
> 大剛不自覺地也受了他的傳染，也起了一種悵惘的情緒。

這是八路軍幹部嗎？這是未來的領導者應該出現的情緒嗎？一個八路軍幹部的心靈怎麼能受到農村落後分子的傳染起「悵惘的情緒」呢？

再看辛大剛所追求的戀人白玉萼小說是如何寫他第一次看見她的：

> 這個少婦老在那個老婦身後影著，大剛起先沒有注意，等她用

　　她那尖亮的嗓子一叫，撒嬌似的一跳的時候，他才發覺她即便在黑
暗的夜裡，也有著一種魔力。「她是誰呢？誰家的閨女呢？」大剛
發呆地想著看著。

　　這不是「一見傾心」的那一套嗎？英雄的愛情方式怎麼能以這樣的方
式來描寫呢？更讓批判者不能接受的是，作者接連寫了兩個掌握村政權的
領導人，辛寶發和范世榮，雖然辛大剛最終認清了他倆投機的本質，也將
他們逐出了領導崗位，但村長和村支書都是蛻化分子，這樣的人物設計合
適嗎？這樣安排的藝術效果恰當嗎？這一連串的問題讓陳企霞坐不住了，
他提筆寫了二萬多字的長文《評王林的長篇小說〈腹地〉》並將其發表在
1950年第27和28期的《文藝報》上。他說：「我們不能不在這裡指出，我
們帶著十二分惋惜，鄭重地在這裡指出，《腹地》這部長篇小說，在刻
畫作者所選擇的英雄人物形象上，在處理幹部的關係從而反映農村內部
的鬥爭上，在描寫覺醒中的人民群眾的風貌上，在深入描寫黨內鬥爭與黨
的領導上，這些內容的主要方面，無論從主題上說，從人物、題材、結構
甚至語言上說，都存在著本質的重大缺點。這些缺點和小說全面地糾結在
一起，並不是從屬的或枝節的缺點。」對於英雄，「我們可以用雷馬克式
的觀點，把他們寫成是從戰場上回來的『反常的』人嗎？這合乎我們時代
偉大的人民武裝鬥爭的現實情況嗎？」「誰也沒有給我們這樣權利，把英
雄描寫成為『像一個蚊子』」。「作者用辛大剛這樣一個人物形象，來作
為革命戰士、共產黨員的先鋒作用的具體表現，難道所發生的影響是健全
的、積極的嗎？」至於「作者把一個抗日的村莊，其實各方面工作，還是
比較有基礎、比較活躍的抗日村莊的共產黨領導，放在一個品質極端惡劣
的投機分子的手裡，這樣的事實如果沒有特定的條件，完全是無法使人理
解的。而且像作者這樣的安排，究竟有多少現實的、積極的意義？它將要
發生什麼樣的影響？」「這是每一個小說《腹地》的讀者、也是作者所應
當仔細考慮的問題。」

　　這些左的極端的教條主義觀點在今天看來不值一駁，但陳企霞時任
《文藝報》的副主編，以他的身份向《腹地》開炮，當然有很大的殺傷
力。王林儘管不服，覺得很憋屈，壓得慌，認為這是自己在冀中平原五
一大掃蕩時地道口的親歷記錄，是真實的正常的藝術再現，絕非臆想的反
常的藝術表現，但在那種語境下也無可奈何。1950年3月，《腹地》再版
10000冊後就沒有再發行。而王林為了保護這比生命還重要的成果，卻開
始了一生不斷的修改。1984年7月，王林病逝。1985年8月，《腹地》修改
版由解放軍文藝出版社出版。然而，王林的兒子王端陽在整理父親的遺物

時，突然發現一本1949年版的《腹地》。校讀中他發現，當年陳企霞所批評的「反常的」東西正是《腹地》的精髓，正是現實主義文學所應遵循的正常的法則。於是，他決定再版《腹地》。2007年8月，《腹地》恢復原貌由解放軍出版社出版。1949年版的《腹地》終於又於「反常的」樣式正常地呈現在讀者面前。

　　這是永久的正常的呈現了。

第五輯　文體實踐

黃俊與他的《戀愛的悲慘》

　　新文學伊始，沒有幾個作者知道長篇小說應該怎樣寫，只朦朧覺得長的小說就是長篇小說，甚至認為自己在一段時間裡記下的數萬字的日記如果出版的話，也應是長篇小說了。黃俊就這樣認為，他的第一部長篇小說《戀愛的悲慘》就是這樣稍加彙編後送到了上海新文化書社，新文化書社以「戀愛寫實小說」之名予以出版的，時間是1922年12月。此時，新文學長篇小說僅出版了兩部：張資平的《沖積期化石》和王統照的《一葉》。

　　《戀愛的悲慘》原名《戀愛之末路》，因作者戀愛成功，故打消了戀愛不成便自殺的念頭，將「末路」改為「悲慘」，以記敘其中的磨難。不過，該作雖標有「戀愛寫實小說」，但與其說它是小說，不如稱其為日記彙編更為確切。連黃俊自己也在《序》中說：「這書是從我的日記上取出事實，再由我描寫出來。」全書一開始就如實記敘了黃俊在岳雲中學開運動會時，偶遇活潑有思想的女生徐潛並對她產生了好感的經過。之後，因黃俊要去北京求學，兩人便互留地址。不久，黃俊又前往上海讀書，鴻雁傳情就成為他倆傾訴衷腸的唯一選擇。由於兩地相隔，加之他人挑撥，兩人之間難免誤會連連，嚴重時甚至想自殺殉情（徐潛就因之自殺幸被搶救過來）。因黃俊早已訂婚，故女方家堅決反對退婚，並威脅如若退婚就抄家滅口。為妥協，黃俊的父親特意提出兼房的主張，徐潛因不願失去黃俊，也認可了這一方案。於是，黃俊的戀愛算是有了一個雙方都可以接受的結局。這本八萬字左右的日記以近乎流水賬的方式記敘了黃俊與徐靜涵（徐潛）的戀愛經過與結局，文中所記的時間、地點、人名、事件等均非虛構而是實有其事，亦有案可查，以之證史亦不為過。不過，全書雖真實地記敘了陷入熱戀的黃俊與徐潛的相愛之情，相思之苦，但缺乏剪裁，文字稚嫩，即便是主人公誤解時尋死覓活、釋解時喜笑顏開的心跡也寫得直白乏味，「悲慘」的命意也頗為牽強。因此，全書除真實可信，情真意切外，乏善可陳。不過，《戀愛的悲慘》在1934年11月間印行了五版——可見，只要真實，還是有一定市場的。

　　黃俊還出版有詩集《戀中心影》（1928），大部分篇章就是他與徐潛愛情的真誠抒寫。只是與他的《戀愛的悲慘》一樣，文字稚嫩，藝術平平。

　　值得一說的是，文中的女主人公是徐特立先生的長女，作者是徐特立先生的大女婿，書的第2頁就赫然寫著「米司徐潛是徐特立先生的令媛，

在我校十八班做旁聽」這幾個字。這是真名實事而非杜撰。因現在幾乎無人知道黃俊其人其事，故將黃俊即黃憲章的生平錄述如下：

　　黃憲章（1904－1985），經濟學家。湖南耒陽人。1921年畢業於岳陽中學，1922年考入上海南方大學教育系，1925年畢業後赴長沙女子師範學校任教。1927年出任皖、鄂國民革命軍第十軍二十八師政治部宣傳科長、主任等職，參加北伐。1928年留學法國，在巴黎大學法科博士班當研究生，專攻經濟學和財政學。1931年回國。1935年下半年，應國立四川大學之聘任四川大學經濟系教授並註冊主任。1937年12月6日，黃憲章和學生康乃爾因宣傳抗日救亡道理和為修建機場的民工捐贈三萬斤稻草被康綏靖公署下令逮捕。聞訊後，川大七十六名教師和五十九名學生聯名上書國民黨當局，要求釋放黃憲章教授。12月22日黃教授恢復自由。這就是轟動一時的「康黃事件」。四川大學還專門印行《黃案始末記》一冊，以示紀念。1949年後，黃憲章歷任四川大學經濟系主任、副教育長，四川省工商行政管理局副局長、四川省政協常委，中國民主建國會中央委員、四川省副主任委員等職。著作有《經濟學概論》和《貨幣學總論》。

　　徐潛（1904－1973），湖南善化人，曾就讀於上海南方大學，上海新華藝術學校。1922年與黃俊結婚，翌年生有一女（徐舟，現為武漢鋼鐵公司離休幹部）。大革命時曾投身革命運動（曾傳言被捕犧牲）。後因生計所迫，先後兩次改嫁。1939年至1944年在背景曖昧的「興亞救國運動本部」工作。1957年因之被打成「日偽特務」。1980年後平反。

　　不過，徐家人從未提及黃教授，既便是親生女兒徐舟也以外祖父徐特立為耀眼的光環，對於生父黃俊隻字不提。

抑鬱兒童・愚昧惡母・短制長篇：
談超超的長篇小說《小雪》

超超的《小雪》是上海亞東圖書館1926年6月出版的長篇小說，裝幀是常用的設計樣式：一色紅底封面，黑體字書名與宋體字作者名，加框而無修飾，雖沒有過人之處，但樸素大方。汪敬熙的《雪夜》（1925）、蔣光慈的《少年漂泊者》（1926）、張維祺的《致死者》（1926）等，都是同樣的風格，這也可以說是亞東圖書館的招牌設計了。但許久以來，人們並不知超超其人，也不知《小雪》的藝術貢獻，令人歎息不已。那麼，《小雪》到底有什麼藝術貢獻呢？我以為，有如下三點：

一、塑造了新文學史上第一個抑鬱型的兒童形象

小雪是一個聰明乖巧不同於一般同齡人的男孩，但生母徐四嫂卻不喜歡他。在四嫂看來，孩子聰明並沒有什麼好處，自己的丈夫青年時常被別人誇獎如何如何聰明，現在卻失業在家，整天無所事事，酗酒成為他唯一的「工作」。因此，她希望孩子寧可笨一些但可平安一生。於是，在母親每日冷淡漠然的神情下，小雪滋長的不是快樂與幸福，而是痛苦與抑鬱，煩惱與悲傷。父親雖然愛他卻無力撫養他；學校的老師與鄉村畫師雖然愛他，卻不能真正理解他。七至八歲的小雪居然嚮往墳墓裡的陰森與幽靜，居然常常夢見鬼都和氣地與他相愛，真令人恐怖而悲歎！不久，小雪在憂鬱與貧病中悄然離世。

一個聰慧過人的兒童，不缺乏學校老師的關愛，不缺乏同齡小朋友的關心，也不缺乏村裡他人的歡喜，唯獨缺乏父母特別是母親的疼愛，這對於一個正在成長的幼童來說，是一個多麼悲哀而心酸的現實啊！一個幼齡兒童每天面對的是喜歡自己但卻整天酗酒的父親，雖不喝酒但卻整天叱喝的母親，他的內心是何等的恐懼與憂傷！生活在這樣一個家庭裡，他幼小的心靈過早地爬滿了陰鬱的苔蘚，直至佈滿全身，直至生命悄然地終結。這真是一個令人窒息的世界，一個可怕的人間悲劇。小雪之死向人們拷問：我們應該怎樣做父母，我們應該怎樣認識知識改變命運這一沉甸甸的話題。

二、塑造了新文學史上第一個「惡母」形象

　　談及新文學史上的「惡母」，人們往往想到的是張愛玲在《金鎖記》中所塑造的被金錢奴役變態的曹七巧。這位一輩子生活在金錢的枷鎖下的女人，不僅扭曲了自己的人生，而且戕害了兒子長白、女兒長安的青春與愛情，其內心陰鷙毒辣令人毛骨悚然。但是，一個聰明伶俐活潑可愛的男孩，一個本應感受陽光與溫暖，享受父母的真愛與呵護的兒童，不僅沒有感受到快樂幸福的童年，反而在母親的無視與厭煩下產生難以排解的陰鬱心理，產生他這個年齡段所完全不應有的厭世情緒，不同樣令人悲酸，令人痛心疾首嗎！自己的母親從內心裡不喜歡自己的孩子，對兒子的成長不聞不問，任其幼小的生命枯萎凋零，不是因為笨而是因為太聰明，怕長大後重蹈其父親淪落的覆轍，多麼荒謬絕倫的邏輯！誠然，小雪之死其父難辭其咎，但四嫂的愚昧與無知使其充當扼殺親生兒子的劊子手，更令人悲歎，令人憤慨，令人深思！

三、新文學萌芽期優秀的長篇小說

　　新文學自1922年2月15日誕生第一部長篇小說《沖積期化石》至1926年6月《小雪》問世以來，僅出版長篇小說七部，分別是：王統照的《一葉》（1922）、黃俊的《戀愛的悲慘》（1922）、秦心丁的《洄浪》（1924）、張聞天的《旅途》（1925）和張資平的《飛絮》（1926）。就思想深度而言，雖然上述作品各闡發了不同的思想觀念，但超超在《小雪》中所提出的如何做一個合格的父母，如何建設現代人的人學命題，不僅在當時顯出深度，見出力度，至今仍具有深刻的現實意義。就人物塑造而言，之前的作品大多人物模糊（雖然《飛絮》中的劉琇霞形象清晰，但因是張資平的仿寫之作，不宜高估），小雪不但清晰可感，而且與徐四嫂的形象一起具有典型意義，這無疑提升了萌芽期新文學長篇小說的藝術水準。就藝術結構而言，《小雪》佈局合理，情節緊湊自然，結構勻稱有序，它雖然僅有六萬餘字，但從長篇小說的審美特質上看，確是一部名副其實的長篇，而且是優秀的長篇。黎錦明在1927年8月5卷2期的《文學週報》上發表《論體裁描寫與新文藝》一文稱《小雪》是模仿《儒林外史》的寫法，只不過換了章回題名而已，並不妥當。實際上，若僅從文體而言，《儒林外史》如魯迅所說：「雖雲長篇，頗同短制」，而《小雪》則是：雖似短制，頗同長篇。

　　一部作品得到新文學史上兩個「第一」頗為不易，它被人忽視實在不該。

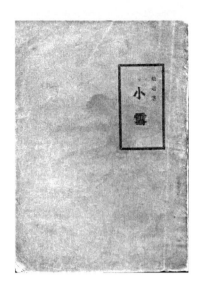

一部對話體長篇小說：黃中的《三角戀愛》

　　在北京歌德拍賣有限公司2009年11月21日進行的秋季藝術品拍賣會上，黃中的長篇小說《三角戀愛》（第一部），毛邊本，九五品，底價三千元，頗吸引新文學愛好者的眼球。這不僅是由於它是首次被公開拍賣，還由於該書於1929年1月1日在上海金屋書店初版後未再版，歷經八十年竟能保存如此完好，實屬難得，稱之為收藏珍品並不為過。

　　這是一部表現留日學生在東京的情感經歷的作品。小說寫在日本東京的一間屋裡，中國留學生老婁和老孫又在報紙上看到一篇自殺的報導，老婁的相好老劉進來，告訴他們女子宿舍一對安徽的戀人因情感糾紛相互殘殺死亡，由之想到汪通和陳強及另一女子的三角戀愛來。這時，老王來告訴他們，汪通病情惡化，命不保夕，大家慌忙前往醫院看汪通最後一眼。五年前，在亞洲書局做編輯的汪通與同事老譚、老朱在南京路上一家酒館喝酒，多喝了幾杯便出門放蕩，看看能不能有豔遇或其他。路上遇見了小程和小梅，小程看汪有這番心思，就給他介紹了章敏貞小姐。章小姐面容美麗，行為得體，讓汪有了非分的想法。汪早已結婚，妻子也給他生了一個女兒，但汪對家裡這個包辦婚姻很不滿意。一是自己年輕漂亮，二是妻子大字不識，他覺得很不般配，但由於已成婚十餘年，自己也是個有家庭責任感的男子，妻子對他也不錯，也就認了命。但章小姐的出現，重燃了他的情感烈火。他與章小姐約會，章小姐也與他談得很攏。章小姐甚至藉故到汪通家來看望。當然這一切讓汪嫂看得清清楚楚。汪嫂大鬧一番後覺得自己本來就與丈夫不配，自己無力影響丈夫，不如讓他自由，只求他看在女兒的份上，不要餓死她們。汪通給妻子說，讓他自由三天，三天後他一定收心，好好做一個丈夫與爸爸。隨後，他與章敏貞在老地方約會。

　　全書最為突出的特色是：整部小說的敘述文體以對話為主，也可稱為對話體長篇小說。作者擅長以人物對話刻畫人物性格，個別章節如《內心的鬥爭》、《愛與妒》等寫得清楚明瞭，個性鮮明，人物性格躍然紙上。在新文學史上，若以文體論，對話體長篇小說也僅《三角戀愛》一部。可以說，這部小說在文體上也是對新文學的一個重要貢獻。當然，由於全書沒有寫完，僅是小說的第一部，書中的情節也多有頭無尾，主要情節集中在汪通與章小姐的「初戀」上，至於汪如何去的日本，如何離開家人，妻子女兒如何以及在日本所生何病，因何病重等都沒有具體交代，情節極不完整。在人物刻畫上，除汪通和章小姐較為清晰外，其他人物多是來無蹤

去無影，模糊不清也就在所難免。結構上，各章節缺乏緊密的聯繫，加之頭緒較多，也顯得較為混亂。此外，作者欲表達的思想也令人難以捉摸，令人不知作者是贊成婚外情還是想強調家庭責任，對汪通情感訴求的描寫也就不倫不類了。這也許是作品未完之故吧。

關於這部作品，筆者有個問題頗感疑惑：1924年10月23日，《申報》第二版刊登了黃中的長篇小說《三角戀愛》的出版預告：「《三角戀愛》，黃中作，滕固序。作者仗著狂放的天才，纏綿的文筆，描寫精神的戀愛和失戀的痛苦，甜蜜處極迴腸盪氣之能，悲騷處有婉轉哀鳴之苦。這原是作者自寫悲哀，比較旁的著作深刻得多。而思想高超，言論怪僻，尤其是言人所不敢言，道人所不能道，直把隱秘的人心，虛偽的世界大聲喊破，是何等大膽的筆仗啊！備有樣本，函索即寄。」顯然，該預告為誇大之辭，但《三角戀愛》正式出版時卻無滕固序。黃中與滕固私交多年，關係甚密，得知黃中要出版長篇小說《三角戀愛》，滕固於1924年10月31日寫了序《低微的碳火》，明確表明黃中所寫的事與己相關，坦言「《三角戀愛》的每行每字之外，尚有無盡藏的真實話」，希望讀者「用一番苦心，在筆外求情，言外求意」。這「筆外情」、「言外意」當有所指，但它所指者何？抑或另有隱情？它與序的刪除是否有因果關係？敬請方家告知。

「往下寫」會如何：
談沈從文的《阿麗思中國遊記》

1867年，英國作家卡洛爾撰寫出版了一本童話小說《阿麗思漫遊奇境記》（「The Adventures of Alice in Wonderland」）。這部幽默風趣、圖文並茂的兒童讀物，以英國小女孩阿麗思在兔子洞中夢遊的奇遇為線索，將兒童的天真與童趣、荒誕與奇想表現得淋漓盡致，小說出版後即風靡全球，給無數小讀者帶來極大的愉悅與滿足。1922年1月，著名語言學家趙元任先生將其翻譯成中文交由商務印書館出版，受到中國小讀者的歡迎。受此啟發，沈從文依照《阿麗思漫遊奇境記》的形式，寫作了長篇童話小說《阿麗思中國遊記》。小說第1卷刊於1928年3月10日的《新月》第1卷第1號，至6月10日第4號刊完，第2卷刊於7月10日《新月》第1卷第5號，至10月10日第8號刊畢。這是沈從文唯一完成的一部長篇小說，也是沈從文接著卡洛爾的小說「往下寫」的模仿之作。

小說寫阿麗思小姐漫遊奇境回家後，因思念那很有禮貌的兔子，於是寫信約兔子約朗・儺喜先生，相約一起去中國遊歷。到中國的第一天，阿麗思從中國旅館的差役口中知道了外國人坐車輾死中國人，只要五十塊錢就可以打完這場官司，又知道了中國的算命先生，很神，可以找到丟失的東西。第二天，他們遇到了一個討飯的，這個乞丐希望他們外國人把他殺死，這樣他就不必為每天活下去發愁。有一天，阿麗思小姐去參加八哥博士的歡迎會，貓頭鷹是主席，各種各樣的動物出席了會議。會場紛亂不堪。之後，阿麗思到了一個人家和一個小姑娘及她的母親度過了幾天。從小姑娘的口中。阿麗思知道了許多農村的風俗習慣及聞所未聞的事情。

作者試圖通過阿麗思姑娘和兔子儺喜先生在中國都市和湘西山村的漫遊經歷，展示20年代東方古國光怪陸離的眾生相，如上流社會奢侈腐化，底層民眾饑寒交迫，在讚賞湘西奇特的風俗人情的同時，嘲諷與批判上層社會的奢靡風氣，並對下層民眾的不幸寄寓了深刻的同情。然而，用不純粹的童話形式寫老中國的落後並不成功。除了童話這一體裁本身不適合承載負面的社會內涵外，結構鬆散，情節拖遝，語言缺少必要的提煉和簡潔，人物模式化，缺少清晰的面孔和個性化的特徵等，是其嘗試失敗的重要原因。從中也可看出，此時的沈從文未充分瞭解童話的體裁特性，也未表現出駕馭長篇小說的藝術能力。不過，徐志摩卻在1929年1月10日的《新月》第1卷第11期刊載的《阿麗思中國遊記》的廣告中寫下了這樣的

文字：「長篇小說的創作，現時在中國真是稀貴極了！寫長篇難，而寫得有結構，有見解，有幽默，有嘲諷，⋯⋯那便難之又難。《阿麗思中國遊記》是近年來中國小說界極可珍貴的大創作。著者的天才在這裡顯露得非常鮮明，他的手腕在這裡運用得非常靈敏：這是讀了《蜜柑》和《好管閒事的人》更可以看得出的。沈從文先生是用不著我們多介紹的，讀者自己去領略這本小說的趣味罷。」顯然，徐志摩的評介帶有同仁之誼，浪漫之情。

《曼娜》：第一部書信體長篇小說

今天，電子產品已經非常普及了，人們——特別是年輕的一代已經很少提筆寫信了，即便是傳達濃烈的情感，也多採取電話、手機、電子郵件、短信或QQ等便捷的通訊手段，那種筆墨傳情的傳統方式已化作歷史的記憶珍藏在人們的腦海中。的確，在上世紀80年代以前，以書信的方式傳遞遠方親友間的資訊幾乎是人們的唯一選擇。「烽火連三月，家書抵萬金」，依然引起人們強烈的共鳴。當然，這一情形在上世紀20年代也不例外，特別是相隔兩地的青年男女傾訴他們的衷腸時，他們所能依賴的方式自然首選鴻雁傳書。由於情書情真意切，稍加整理或進行必要的藝術加工，就能吸引青年男女的眼球，成為青年讀者追捧的讀物，這就使得大批的書信體小說應運而生，如馮沅君是《春痕》（1928）、許地山的《無法投遞之郵件》（1928）等。不過，若以長篇小說計，楊蔭深（1908－1989）在1929年8月1日由上海現代書局出版的《曼娜》是第一部書信體長篇小說。小說初版1500冊，1930年4月1日再版，1501－3000冊。

小說寫十八歲的曼娜與同學羅特相愛，暑假到來，他們不得不暫時分別，通過書信的方式抒發各自的相思之情。之後的兩年時間裡，他們聚少離多，書信便成為他們傳遞愛情蜜語和愛情誓言的唯一方式。但第二年春天他們相會時，多疑的羅特卻認為曼娜與亨莪依然保持著關係，對自己愛情不忠，於是去信給曼娜提出斷絕他們的愛情關係。曼娜接到信後，再三予以解釋，也多次去信懇求相互諒解，不要為誤會所利用，但都無濟於事。最後，曼娜在多次去信無回音且得知羅特已與另一女子結婚時，寫了一封長信，癡情地回顧了他們兩人五年來從相識到相愛到相別的情感歷程後，悲傷地死去。

這是一部由六十一封情書構成的一個悲烈的愛情故事，為了使全書文體統一，作者有意略去了他們相見的生活描寫，而代之以書信回憶的方式，較為成功地刻畫了癡情女子曼娜與猜忌多疑的羅特形象，表現了那一時代部分青年的人生態度和愛情追求，體現出一定的時代意義，推進了這一時期書信體小說創作的藝術水準。全書情感濃烈，辭真意切，感人至深。不過，小說涉及的愛情僅是兩人之間相互思慕的情感內容，並無深邃的時代內涵，而兩人的愛情悲劇也僅是由男主人公多疑導致的性格悲劇，影響了主題的開掘。此外，作者過於拘泥於生活使男主人公羅特的情感轉變突兀，也頗為遺憾。

楊蔭深興趣廣泛，著述頗多，小說、戲劇、散文都曾涉獵，在學術上亦多有建樹，特別是在古典文學方面成就顯著，煌煌百萬字的《兩漢文學編年長編》、《魏晉南北朝文學編年長編》、《隋唐五代文學編年長編》、《兩宋文學編年長編》等，就是他為學術界所做出的重要貢獻。也許是他的學術成就過於突出，掩蓋了他文學創作的光芒，人們漸漸遺忘了《曼娜》。其實，這是不應該被遺忘的。

一部宣洩個人不幸情感的愛的癡狂曲：
彭芳草的《落花曲》

　　看到《落花曲》的名字與封面飄滿音符的圖案設計，一般人都會以為這是一本音樂讀物，其實它是一部名副其實的長篇小說，內容與音樂完全無關，只是寫主人公沒有追上「花」，故名「落花曲」。

　　小說寫F癡迷地愛上了一個來自故鄉的名叫TT的美麗少女，但她的家人嫌他無錢無勢無才，對他很冷淡，他也以為她已有所愛而故意欺騙他，非常苦惱。不久，他離開TT去北京讀書。到北京後，他馬上寫信向她表達強烈的愛慕之情，並且告訴她，他遇到一個叫H的玩世女人也不為之所動。TT回了封信。他讀後欣喜若狂，從此無心讀書，甚至一周都不去學校。為了避開同學們嘲笑的目光，他在報社找了一份工作，但因心猿意馬屢出差錯很快就被解雇。他到L君家去借錢，竟遇到H。H主動挑逗使F身不由己的隨她而行，並被她玩弄。他非常悔恨又常常陷入自責中，但H的肉欲又使他不能自拔。H玩弄了他後將他拋棄，他窮困潦倒，飽受冷遇，只得黯然回家。回家後他又情不自禁地到TT的學校找她，與她見面後發現她依然對他有好感，他又增強了信心。他將手錶當掉維持了幾天的「愛情」後，又跌入窘境。一天，TT來信說，她雖喜歡他，但家裡反對，明天就要將她帶到別處去，希望他們再見一面。H知道他與TT的事，故意與他在舞場上做出親密的動作。待他看到TT想與她話別時，TT轉過身去，並未理會他，他在怨恨與譏諷中低下了頭。

　　這是一部表現青年男子癡迷地追求意中的美麗女子終不可得的愛情小說，雖然它不完全是男主人公一廂情願的表達，而是有著朦朧愛意的情感戀曲，但讀者依然無法感知愛與被愛的社會內容與審美內涵，更無法感受到TT遷移後與F失戀時所產生的悲劇的美學意蘊，這就使一個可能具有現代意義的愛情書寫淪為宣洩個人不幸情感的愛的癡狂曲，也就難以產生震撼人心的審美力量。在形式方面，小說分三部曲：第一部曲是回憶的散文，第二部曲及插曲是書簡，第三部曲又是日記。作為實驗未嘗不可，但文體不一且未能有機統一確為不妥，加之敘述上通篇以第一人稱敘述，過於單調，人物又以字母替代，符號性太強，妨礙了形象的進一步刻畫，最終走入歷史深處當屬必然。總之，內容的淺薄與文體的凌亂與分離是這部小說的致命傷。

　　彭芳草晚年曾一度被學術界將他與彭家煌混為一談，後來經多人更正

及本人說明後才得以還原。《落花曲》於1931年6月10日初版1500冊，未
再刊行，現在已經很難見到了。

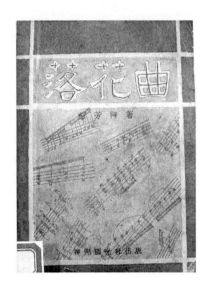

開一代文風的《橋》

　　上世紀80年代中後期，上海書店陸續以「中國現代文學史參考資料」為名，影印了一批新文學史上曾產生過影響但卻在建國後未再刊行的珍本書刊，這些書刊最初並未引起人們太多的重視，以至於多年後仍可以在書店或地攤上看到它們被廉價地拋售。但這毫無疑問是一件功德無量的工程，許多無緣看到原刊的人正是通過影印本達到了瞭解歷史的目的，可以說，它在現代文學的教研中起到了不可估量的作用。許多人將它的功能與原版本同樣看待——至少我就是這樣。我在之後不久購買的其中之一廢名的《橋》就享受同樣的待遇。

　　我的《橋》就是在地攤上買的。很便宜：一元。我那時正對抒情小說感興趣，看到地攤上處理《橋》，沒多想就順手買了一本。從那時，我開始知道，廢名的名字是與現代詩化小說緊密地聯繫在一起的，雖然現代抒情小說的源頭可以追溯到魯迅那裡，但詩意的鄉村書寫卻是在廢名這裡發揚光大，周作人的沖淡平和的哲學也是在廢名這裡神意飛揚，以至於周作人傲然地稱廢名是他的得意門生之一，不僅為他的小說集做序與跋，而且對他的小說推崇備至：「馮文炳君的小說是我所喜歡的一種」，「我覺得廢名君的著作在現代中國小說界有他獨特的價值者，其第一的原因是其文章之美」。

　　的確，廢名小說所表現的牧歌情調以及文中所透出的禪趣與詩意是美的，是開風氣之先的。周作人在《序》中就認為，若從文體變遷的角度去欣賞美文的意境就會看得更清楚，也會更覺得有意義。在《橋》中你會發現，廢名看重的不是故事而是一種情趣，一種詩境，一份禪意，一幅人與自然的詩情畫意。小說文體形似散文卻清新雋永，雖有曲澀之感卻曲徑通幽，詩意盎然，每章如一幀精美的山水畫，可單賞，可連觀，雖跳躍性大但卻文脈相連，令人愛不釋手。小說寫主人公游山逛寺，賞花賦詩，參禪悟道，莫不流溢溫情，雖有惜時傷逝之情，卻有怡然自得之趣。這種田園牧歌式的詩情吟唱，這種空靈跳躍的禪意抒發，這種唐人絕句式的書寫思路，在新文學初始的小說中，可謂別具機杼。

　　當然，廢名的這一探索，對於看慣了小說的故事性的讀者來說，確實有些不適應，文中大量的留白與帶有禪宗意味的意境，難免給人以「曲」，「晦澀」之感。對此，朱光潛在《文學雜誌》第1卷第3期《橋》一文中釋然道：「廢名所給我們的是許多幅的靜物寫生。『一幅自然風

景』，像亞彌兒所說的，『就是一種心境』。他渲染了自然風景，同時也
就烘托出人物的心境，到寫人物對於風景的反應時，他只略一點染，用不
著過於鋪張的分析。自然，《橋》裡也還有人物動作，不過它的人物動作
大半靜到成為自然風景中的片段，這種動作不是戲臺上的而是畫框中的。
因為這個緣故，《橋》裡充滿的是詩境，是畫境，是禪趣。每境自成一
趣，可以離開前後所寫境界而獨立。它容易使人感覺到『章與章之間無顯
然的聯絡貫串。』全書是一種風景畫簿，翻開一頁又是一頁，前後的景與
色調都大同小異，所以它也容易使人生單調之感，雖然它的內容實在是極
豐富。」由於「《橋》是在許多年內陸續寫成的，愈寫到後面，人物愈老
成，戲劇的成分愈減少而抒情詩的成分愈增加，理趣也愈濃厚。」好在
「『理趣』沒有使《橋》傾頹，因為它幸好沒有成為『理障』。它沒有成
為『理障』，因為它融化在美妙的意象與高華簡練的文字裡面。」對於一
般讀者而言，朱光潛的闡釋是理解《橋》的一把鑰匙。

　　《橋》，詩境，畫意，禪趣，交相輝映，相得益彰，開一代文風，對
中國抒情小說的發展產生了深遠的影響，僅就長篇小說而言，蕭紅的《呼
蘭河傳》、艾蕪的《豐饒的原野》以及孫犁的《風雲初記》等，都可以在
這裡找到美麗的風景。

萬迪鶴和他的《中國大學生日記》

　　萬迪鶴（1906－1943）是抗戰時期為數不多的因病貧交加而淒涼離世的作家，時間是1943年4月12日。萬迪鶴去世的二天後，《新華日報》刊登了這一消息：《文藝作家又弱一個——萬迪鶴病逝賴家橋》：「文學家萬迪鶴，患肺病三年有餘，因貧窮無法療養，4月12日上午八時，歿於巴縣賴家橋，享年三十六歲。氏先前供職軍委會政治部文化工作委員會，克勤克儉，廉潔自持，素為友輩所敬仰，對於創作活動尤為勤勉。著名作品有《達生篇》、《王家》、《張居正評傳》（未出版）等數十種。鶴在病中，猶孜孜不倦於寫作，誠為國內可數之小說作家。遺有子女共四人，幼子尚未滿月，身後極為蕭條，友輩正醵食安葬。」萬迪鶴是在朋友們的捐助下下葬的。郭沫若等捐安葬費，並發起捐助遺族活動。老舍致信徐霞村，囑其請張道藩撥給治喪費。成都文藝界也為萬迪鶴氏遺屬募集瞻養費，並將這一啟事刊於5月5日《華西晚報・文藝》第151期，一同簽名的有王余杞、李劼人、牧野、陶雄、陳翔鶴、葉聖陶、碧野、謝文炳等作家。

　　萬迪鶴為人善良，工作認真，被譽為「願意多給而不願多取」的一種人，素為朋輩所敬仰。據他的友人張十方回憶：「他的一副文士型的瘦顏面，帶著一股剛強不屈的神氣。長長而凌亂的頭髮，障在近視眼鏡玻璃片後的眼珠，卻有著閃爍的光芒。」對於他的病和他的工作，張十方說：「那時的物價已經不停地向上爬，作為兩個孩子的父親的老萬，負著一家四口的生活與那個可詛咒的病，經濟上顯然已經困難得很，可是他從不在朋友面前訴一聲苦；不單絕不開口求別的人幫助，並且對一位當時位居顯宦的親屬，為了志趣不同而斷然決絕了。包含在矮瘦身軀裡的，就是這麼一個堅強不倔的靈魂。」「在病中他還是嚴肅地工作著。那一回我到他家裡去，先一天他吐了血，躺在床上。那時他正為一家出版社編一部《抗戰短篇創作選集》，他說必定要把這個集子選得很充實很嚴謹，他指著堆滿在枕邊榻前的大疊書報雜誌，告訴我說是他計畫盡可能全不遺漏地把能夠搜集得到的出版物都看一遍。我勸他要好好地休養呀，回答還是一個苦笑……」也正因此，為表彰他對文藝、對社會的貢獻，《七天文藝》又於4月30日出「紀念萬迪鶴專刊」。「文協」文委會同人撰文弔唁。其文云：

惟君之性兮誠篤，惟君之貌兮謙恭，惟君之學兮宏富，惟君之
文兮奪天工。五載聚首，協力和衷。方期樹鴻猷以拒敵，紆長策而
興中。

詎知肺臟致疾，醫藥無功，遺大艱於後死，抱巨恨以長終。

嗚呼！三十韶華成舊夢，百年功業化輕煙，三寸桐棺一抔土，
世上空餘達生篇，哀哉！

在當時，萬迪鶴之死還是在文藝界引起了不小的震動。不過，在《新
華日報》的消息與文委會的哀挽裡都沒有提到萬迪鶴的長篇小說《中國大
學生日記》，只是點了他的《達生篇》，也就是說代表萬迪鶴創作水準的
還是短篇小說《達生篇》。的確，《中國大學生日記》寫得不好，總體來
說是一部失敗之作。

小說寫「我」因原來念書的學校停辦，只得投考一所「野雞」大學。
但這所學校的現實令「我」失望：收費貴，圖書資料極少，教師講課不是
照本宣科，就是胡說八道，老師與學生都庸俗不堪。在這所學校裡，學生
不讀書，考試作弊成風，「我」也變得空虛無聊，週末常喝酒、看電影，
還從朋友處借錢賭博。快畢業了，「我」祈禱能有幾個做大官、發大財的
朋友，讓「我」生活下去。

小說出版後，也許是因為題名的關係，還是引起了讀者的注意。李
華卿甚至在《介紹〈中國大學生日記〉》（《現代》第6卷2期）中斷言：
「萬迪鶴這本《中國大學生日記》，就其社會的意義與藝術看來，實在是
二十年來一部偉大的小說。」這顯然是言過其實了。蘇雪林就在國立武漢
大學印行的《新文學研究》中反駁道：「張天翼的《洋涇浜奇俠》，已有
淺薄之譏，萬迪鶴的《中國大學生日記》則更自鄶以下了。」「萬迪鶴
描寫大學內幕之腐敗均難令人置信。……或謂他所寫的大學本來不過上
海『野雞大學』自不能與國立大學相提並論，但『野雞大學』亦不至腐敗
至此，那太出尋常情理以外了。」相比較而言，陶清（韋君宜）的評價不
那麼絕對。她說：「如果由作為『暴露』這點去看，這本書還是值得一讀
的」。主人公無聊而又空虛，高傲而又可憐，代表了這一時代中某型青年
的面型。「他寫的是『大學生』，但許多『非大學生』的生活與思想也未
始不可包括在內，作者之所以單要寫大學生者，想是因為大學生的生活最
足以代表他要寫的『中間層』。」「這裡，作者給現代大學教育作了一幅
極刻毒極妙肖的卡通。他告訴我們大學校的內容是如何腐爛，莊嚴的衣裳
怎樣蓋著一個最醜最醜的骨架。」像小說主人公「這種青年是到處都有
的，現在正生活在我們中間。作者使他們在紙上和我們相見，讀者很親

切。或且可以由此矍然覺到這是一條何等危險的路子。只從此點說，我們
（也是這一時代的青年）是很可以讀它一遍的。」「他把握題材的本領還
不算壞，他似曾試想由一粒砂子中，表現出大海的動態。這雖失敗了，但
那個小角落卻描寫得夠活的。他一個個如實的描畫那群大學生，不誇張，
也不炫示他組織的手法。人物的出沒很亂，但這『亂』反似增加了本書的
現實性。他們全是活的。其中每個人都無聊卑鄙討厭到極處，我們討厭他
們，這『討厭』便正是作者的成功！」（《中國大學生日記》，《清華週
刊》第43卷第2期。）

　　我以為，這部由七十二篇小隨筆拼湊而成的帶有諷刺調侃性質的長篇
小說，寫得低俗無聊，名雖曰「大學生日記」卻並非日記體，所表現的大
學生也只有其形而無其神，甚至說是社會小混混也並不過分。小說所寫之
事誇張有餘而寫實不足，令人難以置信，人物描寫也混亂，模糊，語言也
無特別之處，結構也難見其佳，雖常以誇張、變形之術摹寫情狀，但如若
以幽默觀之，全書又缺乏機智，嘲笑譏諷顯在於表，不見其慧反顯其拙。
可以說，這部以「大學生」為噱頭的長篇小說，除有一定的批判揭示意義
外，可取度不高。文委員的同仁們「視而不見」也是有情可原的。

文獻體寫作：優乎？劣乎？
——談李劼人的《大波》

　　在李劼人的「大河三部曲」中，《大波》是最為客觀、全方位和多視角地反映辛亥革命的前奏——四川保路運動全過程，形象地歸結出辛亥革命這一歷史必然的一部巨著，艾蕪曾在《舊版〈大波〉雜談》一文中說：「今天或者若干年後，人們要知道辛亥革命的來龍去脈，除了閱讀中國近代史科學著作之外，如果要弄清它更為深邃而內在的意蘊，以及當時社會各個層面的人物心態微妙變化，那麼，《大波》是一部可靠的『形象史』。」的確，要談及一百年前辛亥革命的緣起與經過，人們不能不從四川轟轟烈烈的保路運動談起，保路運動不僅是辛亥革命的導火索，也是辛亥革命的序幕與重要組成部分。也正因此，這部表現辛亥革命歷史巨變的《大波》又被楊義稱為「名副其實的近代政治史小說」。

　　不過，這部「近代政治史小說」的審美性卻出乎作者的預料。與寫《死水微瀾》時的一氣呵成一樣，李劼人僅用十九天就殺青《大波》上卷，中卷也在二十天內順利寫就，下卷雖頭緒繁多，亦「處處顧到事實」，但因「奔騰不能自已」，也在兩個月便大功告成。在寫完《暴風雨前》時，李劼人曾給時任上海中華書局編輯所所長的舒新城寫信，自信《暴風雨前》「優於《死水微瀾》之處定多，將來必對得住買主也」。《大波》中卷完稿，作家對這部一氣呵成，時間並無耽擱的力作更加看好，再次寫信說：「自閱一遍後，頗以為較前三書俱優」。但實際的認可度卻是：就其文學的審美性而言，《暴風雨前》優於《大波》，《死水微瀾》「較三書俱優」。也就是說，在作家的「大河三部曲」中，書寫辛亥革命的《大波》審美性最弱。這一強烈的反差令作家始料未及。為什麼會出現這一局面？是什麼原因導致李劼人信心滿滿的《大波》卻留下了為人遺憾的結局？誠然，這其中原因較多，但我以為，若從技術層面上講，作家在還原辛亥革命的文體選擇中採取歷史文獻原文全引實錄的「文獻體」的敘事策略是導致文本審美性滑坡的一個不可忽視的重要原因。

　　眾所周知，李劼人的《大波》是中國現代長篇小說史上唯一的一部正面表現辛亥革命的長篇小說。在創作伊始，作家就立意全面書寫辛亥革命的來龍去脈，真實還原四川保路運動與辛亥革命的歷史聯結，為後人留下一部真實可信的再現四川辛亥革命實景的歷史小說。為此，李劼人在《大波》中對辛亥革命的歷史還原除了以四川辛亥年事相關的重要歷史人物為

人物的構成要素，以保路運動產生、發展及其演變為一場轟轟烈烈地推翻橫亙於中國幾千年封建政體的大革命的流變過程為敘事線索外，還採取了將相關真實的歷史文獻原文全引實錄的「文獻體」敘事策略還原歷史的本相。因此，無論是朝廷諭旨、官府奏摺、內閣電報，還是官民公告、革命宣言、討伐檄文，都是作家還原辛亥革命真實圖景的重要文獻，都是《大波》歷史真實性書寫的支撐素材。在《大波》中，作家先後援引了三十多宗角逐雙方的公文函電，如全城文武官員聯名電奏反對鐵路收歸國有的奏文、內閣三封來電、趙制台的告示、令趙爾豐慌張的上諭、哀告全川伯父叔兄弟書、紳定四川獨立條件、官定四川獨立條件等。這其中既有長達2520字的《川人自保商榷書》，也有短至十六字趙爾豐調任邊務大臣的告示。這些素材於史有徵，於實有據，不僅包含著作家對辛亥革命的理解，也包含著作家對歷史小說文體模式的審美探索。在作家看來，這些歷史文獻，特別是這些事關四川辛亥革命大是大非的關鍵性的真實的歷史文獻，口說無憑，空寫無據，輯之以全文，既可證之以史，又可輝映以文，亦可計之以酬，一舉數得，何樂而不為！這一原文全引實錄的「文獻體」寫作模式，確實增強了文本的歷史真實性，以至於《四川保路運動史》都以之作為參考，可見其史料的可信度。

但是，歷史還原僅是歷史小說創作的一步驟，是歷史小說真實性的基本要求，以文獻全文實錄的方式還原歷史本相固然可以起到強化歷史真實性的效果，但若將「文獻體」視為手段不予以合理剪裁，反而會起到阻礙審美閱讀的反作用，削弱文本的審美效能。因為歷史小說畢竟是小說。小說的審美化與形象性必然排斥文獻的條理化與邏輯性，小說學的形象思維與歷史學的理性思維各自不同的思維方式與傳遞手段，決定了二者間只可偶用，不可常用。偶爾為之，或可以起到意想不到的效果，但動輒長文大段地全錄實引並以之為文體範式，必然打亂小說敘事的藝術節奏，阻斷讀者剛剛培養起來的閱讀美感，可謂得不償失。例如，在《大波》中卷第四節，由於罷市給社會造成動盪，全城文武官員聯名電奏政府，希望能收回成命促使事情和平解決。正當讀者關心結果如何時，作家卻將奏文原文全文錄入，一千四百餘字的電報文體不僅與原敘述文體不合，也阻斷了故事的進展，而作家為了回到原有的敘述體式與藝術氛圍，又不得不在電文之後再加一段理性敘述予以交代與過渡，這就破壞了原有流暢的敘述節奏與審美意韻。又如第九節，雖然這次作家將其置於李春霆與楚子材、陸學紳的談話中，但2520字的《川人自保商榷書》同樣中斷了小說原有的敘述節奏，即便作家以「楚子材一口氣念完之後，林志和忙給他斟了一杯酒道：『虧你有耐心，竟能把它念完了，酬勞你一杯酒，快喝！』」的對話接回

了原有的氛圍，但冗長的條款條文還是讓讀者難以聚精會神，所謂「一口
氣念完」也只是作家個人的藝術想像。同樣的問題還發生在《大波》下
卷第十三節《哀告全川伯父叔兄弟》和趙爾豐致全川官紳的電文處。雖
然前者為全引後者為節引，但文體不一，文境不同，還是讓讀者失去了耐
心。可以說，有了前面幾次「文獻體」的接受反應後，「跳過」，「再跳
過」，就成為讀者見到此類文體敘事的接受反射。儘管作家對此樂此不
疲，但讀者已生成了抗拒作家「文獻體」書寫的閱讀心理，審美的接受情
境自然難以維繫，審美昇華也就無從談起了。

　　那麼，李劼人為什麼在還原歷史語境時多採用原文全引實錄式的「文
獻體」寫作模式呢？除作家的歷史觀外，其中的一個重要原因，我以為，
與李劼人當時經濟狀況窘迫欲通過文稿改善生活條件這一重要的創作心理
有關。據李劼人與舒新城的來往書信中得知，李劼人之所以從事《死水微
瀾》與《暴風雨前》的寫作，一個很重要的原因就是希望能夠快速得到一
筆錢改善生活。寫《大波》亦是如此。他在給舒新城的信中說：「《大
波》一書，寫出四萬字即擱下，一擱二月餘，直至陰曆今正廿一日，以
債臺高築，無可再借之時，始再發憤續寫。」同時又刻意說：「唯有二
事奉告：拙稿係信筆寫去，疏密全不一致，計字數時斷不能以一行概頁，
更不能以一頁概全卷。必須逐字數去方可。全書已經內人細心數過，茲將
每章字數附紙抄陳為據。尤須聲明者，文內這個『、』符號作二字計，這
個……符號，亦作二字計，其餘符號、注釋概未計入。」可見，引文獻全
文入書確有增強歷史真實性之需，但藉此計酬以改善生計之意亦是其中的
重要緣由。

　　古語言，人窮志短，馬瘦毛長。

似巧實拙之作：列躬射的《白莎哀史》

　　現在很少有人知道列躬射這個名字了，我們有必要作一簡要介紹。列躬射（1912－1992），廣東潮安鳳凰鎮人，原名李從心，字震南，筆名列躬射、辛爾、車望如等，後長期署用李望如一名。小學畢業後，以優異成績考入潮州韓山師範學校。30年代，他用列躬射的筆名，在《現代》月刊上發表小說，受到上海文壇的重視。《現代》停刊後，他已結識了杜衡、韓侍桁、楊邨人等作家，參加成立「星火社」，出版《星火》月刊，用辛爾的筆名為刊物寫小說。國民政府遷重慶後，他任中央宣傳部編審，1944年創作《白莎哀史》後，轟動重慶。抗戰勝利後他先遷柬埔寨，初任《文潮日報》社長、總主筆，後定居泰國並任《東南日報》主筆、社長。自傳《六十載文壇流火》曾由艾青題寫書名，端木蕻良作序，於1992年由中國華僑出版社出版。是年底，李望如先生因癌病發作，在其子女居住地美國洛杉磯逝世，享年八十歲。

　　《白莎哀史》是列躬射在大後方時期根據一個美麗少婦在重慶文峰塔自殺的真實事件擴寫而成的小說。據說該少婦自殺前曾在文峰塔上哭了一夜。事件發生後曾轟動重慶。重慶人士張汝航在1993年還回憶起五十年前的這段往事。他說：「在附小（重慶廣益附小）讀書二年，記憶猶新的有兩件事：一是文峰塔上一女青年自殺，我們曾去圍觀。後來有人借此編了小說《白莎哀史》：寫一個流亡女學生受富貴人的凌辱而輕生，此事使我感到世態炎涼，謀生不易，社會黑暗，為奪去這位美麗善良姑娘的生命，很是同情了一陣。於是我試講評書《白莎哀史》。女同學們也成了我的聽眾。」可以想見，美麗少婦，慟哭一夜，服毒自殺，這些要素合在一起將會勾起市民們怎樣的興趣！小說於1944年11月出版後，旋即成為暢銷書，二個月後再版，《大公報》也同步策動宣傳攻勢，於1月28日刊載《白莎哀史》廣告：「本書取材於近年在重慶發生的一個戀愛大悲劇。寫一白嬌美慧之少婦，因不安薪金階級清苦生活，為愛情與虛榮所誤，致演成慘不忍聞之結局。訴盡薪金階級之悲遇，是一幅大重慶最深切深入的寫生畫，反映抗戰中暴富暴貧懸殊之危機；對人生與愛情問題，尤發抒精微，具深刻教訓意義。故事極盡曲折自然，文筆靈麗素美，意景深遠，如詩如畫，實為風格高超，藝術輝煌之巨作。欲窺時代焦點，與欲尋驚心動魄之作品者，不可不讀。」一時間，列躬射文名大震。

　　《白莎哀史》是列躬射的成名作，但由於作者過於拘泥於事實，缺乏

提煉與昇華，整個小說格調不高，僅是一個單純的美麗少婦輕信失貞的故事，沒有寫出男女主人公追求愛情自由的合理性與必然性，女主人公的悲劇結局也就難以博得人們的同情，這無疑大大降低了小說的思想深度和藝術含量。雖然作者在表現女主人公失悔負罪的心理時，頗為真實細膩，但女主人公作為母親斷然拋棄母愛，作為妻子決然摒棄責任的自私心理和行為，還是令許多讀者感到生厭，也不由得產生咎由自取的感覺。因此，小說雖然以日記體組構全篇，但構思似巧實拙，破壞了作品的審美意蘊，可謂得不償失。這也許是新鮮度過後該作迅速湮沒無聞的重要原因吧。

第六輯 文學徵文

創造社的長篇小說徵文與獲獎小說

　　上世紀20年代，創造社同人為吸引青年人的創作興趣，決定舉辦一次創造社文藝獎金活動，高額懸賞幾部長篇小說。於是，1927年9月16日，創造社在其主辦的《洪水》半月刊第3卷第34期附頁上，登載了《創造社第一次文學獎金緣起》。文中說：「時局的混亂，與生活的不安使我們的文藝界陷入了死一般的消沉的狀態。文藝應該是時代的呼聲，尤其應該是我們青年的熱誠的叫喊。現在這種消沉的狀態，我們決不可以任其久延，我們應該叫喊出來，從生活的煩悶中狂吼疾呼，打破這種陰氣侵入的消沉，努力與萬惡的社會奮鬥。我們青年中間決不會絕無特出的才能來表現自己，表現這個偉大的時代。我們希望我們年青的天才趕快起來，把我們要說的話，用藝術的手段，大膽地描寫出來，昭告我們的民眾。現在我們提出一種獎勵的方法，希望我們年青的朋友們大家起來參加，我們稍備獎金，略表我們酬勞的微意。」《緣起》還對獎勵的舉辦時間、次數、獎勵額度等也作了規定：1.從今年起以後每年舉行一次或數次；2.第一次獎金定額共四百元，獎金凡三等共四名。其中一等獎一名二百元，二等獎一名一百元，三等獎二名各五十元。同時，還特別強調：「第一次徵文為長篇小說一篇不限題但以能表現時代精神者為合格，字數須在六萬字以上。」收稿截止時間為：1928年3月底。由於只有13部小說應徵，1928年5月1日，創造社同人們在《創造月刊》第1卷第11期上發表《文學獎金延期發表啟事》，要求把發表獲獎作品的日期延展一個月。1928年10月10日，在《創造月刊》第2卷第3期上終於刊出了《懸賞徵文審查報告》：「經審慎的討論的結果，決定下列兩名當選。二等當選：汪錫鵬：《結局》；三等當選：周閬風：《農夫李三麻子》。」儘管只選出了二部長篇小說，也算是給這次文學獎金徵文活動畫上了一個較為圓滿的句號。

　　《結局》是創造社這次長篇小說徵文獲最高獎的作品，年輕作者汪錫鵬因之而嶄露文壇。小說寫相貌平平的東南大學二年級女生章芷芳，主張獨身主義，因家庭經濟壓力被迫中途輟學到蘇州紫竹學校任教。經同學之采介紹，她認識了在青年會工作的黃以仁先生。黃先生已婚且有個叫阿娜的女孩的現實讓芷芳很氣憤，但在後來的接觸中，她又覺得黃先生值得同情，並在他的介紹下加入了國民黨。但黃以仁因革命工作突然秘密離去，芷芳無所依靠。在苦悶的心緒下，她與之采的表弟聖弟發生了關係，與妓女五娘同性戀，又與習同志強姦式的交合，在性的求樂中釋放煩悶，遊戲

人生。一天，她終於得到黃以仁要她去武漢的信，她立刻前往武漢去尋找黃以仁，不巧正逢寧漢合流，黃以仁去向不明，她病倒在旅館。

小說於1929年1月由上海水沫書店出版，初版1500冊。為配合作品的出版，創造社同人在1月10日出版的《創造月刊》第2卷第6期上對《結局》作了如下的宣傳：「這本書是本社1928年第一次徵文期中，在數百部著作之內，很謹慎的審查的結果所選出來的作品。技巧方面在最近的文壇上，確是一部成功的作品。內容描寫一個青年女子，在革命前後的種種，流離轉徙的經過，襯以變亂離奇的時代背景，文筆流利，別具風格，真是百讀不厭。這是因為作者以純客觀的描寫，老老實實，又自然又深刻。在現今文藝界，洵為不可多得之佳作。」應該說，「百讀不厭」有過譽之嫌，但「不可多得之佳作」卻大體符合實際。這主要表現在：一、鮮明的時代性。大革命時期，由於現實與理想的衝突，許多青年難免因失落而產生變態的思想與變態的行為，小說所表現的大革命時期部分青年女子欲求經濟獨立而不得，欲做賢妻良母而無緣，欲做革命者而無力，不甘麻痺自沉又不得不一度麻痺自沉的情形，極具普遍意義。二、主人公的典型性。像芷芳這種女性產生消極厭世與積極的浪漫的情緒在那一時代極為普遍，由之而產生毀滅自己，或尋求官能上的刺激，以求片時的麻醉也極為正常。正如祝秀俠在1929年5月《海風週報》第17期發表的《結局》一文所說：「像《結局》裡面的主人翁芷芳那種女性的模型，在這個『時代急激變革過程中』的社會裡是易於為我們到處找得到的。這種女性，特別是在半封建式的小資產階級分子裡更其顯明。她們一方面因為舊家庭經濟的破落，男女觀念的轉移，不得不踏上社會裡找尋生活的補助。但一方面因為社會環境的黑暗，自身思想的未能徹底，又易於陷入頹唐或苦悶的境象。加之青春期的性的需求，社會制度的種種不良，實際生活與精神生活難得穩定與安慰，更為一切苦悶的來源。」「輾轉在這困苦的生之掙紮中，變態的思想和變態的行為就由此發生了。一是消極厭世。一是積極的浪漫。由於厭世的思想便發生毀滅自己，自萌短見的蠢笨的事實。由於浪漫的狂放，便發生肉欲的弛縱，找尋官能上的刺激！以求片時的麻醉。」「這兩種行為，生活上感覺到缺憾，自身感覺到痛苦而思想未能徹底的青年往往是如此的。」不過，今天看來，作者通過對芷芳這樣時運不濟，命運坎坷的悲劇女性形象的描寫，透視婦女尋求獨立解放的道路艱難而漫長，以表達作者對婦女未來的哲理探尋，不僅別開生面，而且意義深遠。三、深刻而大膽的女性心理描寫，特別是女性同性戀心理與行為的描寫，細膩而真實。五四時期女性同性戀小說少而隱晦，像作者這樣大膽真實地描寫女同性戀的心理及性行為，在新文學史上還是第一次，它所傳遞的女性對異性

婚姻的夢幻與焦慮、恐懼與懷疑、反抗與掙紮的心理動因，的確具有先鋒意義。鑑於此，我認為，這部獨特的表現時代知識女性命運的現代長篇小說，當因題材的深刻與表現手法的獨特在新文學史上有其應有的地位。

《結局》於1929年10月再版，1501－3000冊，1930年2月三版，3001－4500冊。1935年5月被國民黨以「普羅文藝」為由查禁。但此時的汪錫鵬早已是國民黨「民族主義文學」運動的發起人之一了。

《農夫李三麻子》於1929年8月由上海江南書店出版，初版1500冊。僅印行一版，1932年12月就被國民黨以「鼓吹階級鬥爭」為由查禁。作者周闐風1948年還出版過長篇小說《堅守》，之後的情形不得而知。小說寫佃農李三麻子因不堪年荒租重而退租，改做長工期間因與臨工六姐相好，又被退工，只得轉以小本經營為生，但難以糊口，借債亦四處碰壁，六姐雖全力相助，仍無法擺脫饑寒交迫的困窘。革命軍到後，李三麻子加入農會，欲鬥地主陸心仁，但陸聞風而逃，李三麻子便與前去的農民一起將陸家打砸了一通後作罷。不久，陸心仁返回家中，串通律師告李三麻子跨黨作亂，李被捕。

這部小說本是一個因剝削受壓而窮困潦倒、走投無路的農民，被迫革命卻遭捕殺的悲劇故事，但由於作者雖同情農民卻不贊成革命的錯誤的思想傾向，使作品的主題大為削弱。作者甘做奴才的可悲思想，使作品在表現農夫李三麻子的悲劇性時，過多地將悲劇的原因與責任推卸在他身上（如李如果不和六姐相好就不會遭辭工等），而作者認可剝削但不宜過重的態度，也使其不由自主地站在剝削階級的立場上。加之作者雖然在一定程度上同情農民，但作品中流露出的鄙視勞苦大眾的不當心理，以及對革命的理解也存在偏頗，將李三麻子最後的結局歸為咎由自取等，更使

作品的意義大打折扣。不過，小說雖敘述直白，無特別引人入勝之處，但農村生活氣息濃厚，農夫李三麻子的形象也刻畫得較為生動，這在新文學運動的早期長篇小說創作中是難能可貴的。故創造社同仁在《懸賞徵文審查報告》裡對該作給出這樣中肯的評價：「周閬風君以樸素的手法描寫農村零落過程中的農民的憂鬱。手法上雖有多少未成熟的地方，然而農村生活的卷軸重以紆徐的拍子展開，對於他的取材的態度是我們引為滿意的。我們希望他能夠再把農民的生活，感情及共通的他們的煩悶具體地表現出來」。

良友文學獎金徵文與獲獎長篇小說

1936年1月15日，《良友》畫報第113期刊登「良友文學獎金五百元徵稿」啟事：

> 本公司從事文藝書籍之出版事業，已數年於茲。除新文學大系，良友文庫，精裝文學書等外，馳譽已久之良友文學叢書，茲又續出第二集，發售半價預約。本公司特乘此時機，舉行第一次良友文學獎金，徵求創作長篇小說一部，特備獎金五百元贈予得獎之作者。得獎之作品，即列入良友文學叢書第二集內出版。茲特訂立簡章如下：一、除本公司職員外，凡中華民國之國民均得參加這次本公司舉行之徵文競賽。二、本公司此次徵文，限定創作長篇小說，以從未發表者為合格。劇本，論文，散文，短篇以及翻譯作品一律不收。三、此次所徵求之創作長篇小說最短須十萬字最長不得過二十萬字。所有來稿均須用有格稿紙繕寫清楚，訂成一冊，以免散失，稿本封面請書明書名，作者姓名，通信地址，全稿字數，全稿頁數等項。四、投寄徵文，請一律用掛號郵寄，並須附退件郵費。所有稿件請書明上海北四川路良友圖書公司良友文學獎金處，凡面交或托人帶交者一律不收。五、自即日起收稿至本年五月三十一日截止，過期收到者一律原件退還。六、此次徵文由本公司聘請著名作家五人擔任評判。評判人之姓名，待截止收稿後二日內於申報公佈之。七、所有參加此次徵文者之姓名在宣佈評判人之姓名時一同公佈於申報。八、截止收稿後由本公司分送各評判員輪流閱稿，每人均密封記分，以得分最多者為獲獎。九、此次徵文，額限一名，得獎者由本公司贈獎金五百元，並將得獎作品編入良友文學叢書第二集。初版本作者得抽版稅百分之五，再版百分之十，以實售書價作抽稅之標準。十、徵文揭曉期為十月十日，得獎者之姓名作品，均刊登於申報廣告。

1月20日，良友圖書公司又在《申報》重刊該啟事。因應徵者普遍反映時間倉促，5月30日，《申報》又刊登「良友文學獎金延期截稿啟事」：

> 本公司曾乘機舉行第一次良友文學獎金，徵求創作長篇小說一

部，原定收稿期遲為五月三十一日，過期一律退還。茲因截止收稿之時期已屆，而應徵者紛紛來函，謂時間局促，不能於規定期內脫筆，要求將截止日期延後數日，故特遵從來意，改為七月三十一日截止收稿，揭曉期改為十二月十五日，評判人之姓名，為避免麻煩計，將來與應徵結果同時發表於申報；其他規則與前定徵文辦法相同！如蒙索問徵文章程，函告即當寄奉。

12月15日，《申報》終於公佈「上海良友圖書公司文學獎金徵文處揭曉啟事」：

> 本處自本年一月登報徵求長篇創作小說以來，共計收到來稿三十一部（參加徵文者之姓名已刊七月三十一日申報廣告）（注：實未刊出），當由本處聘請蔡元培郁達夫葉聖陶鄭伯奇王統照諸先生評選，本擬於其中選定意識技巧皆臻相當完成者一名，贈於獎金五百元，但經評選者再三審閱，以為諸作皆未能達此水準，故決計改變原定辦法，將較有勝色之左兵先生所作之《天下太平》及陳涉先生所作之《像樣的人》選為第二名第三名，將全額獎金分為三百元二百元，以次分配，至於當選之作，原定編入良友文學叢書，現亦不能不改變原定計劃，單獨發行，得獎二君，另由本處專函通知。未取各稿，一星期內，掛號寄還。

與創造社長篇小說徵文評獎一樣，良友一等獎也空缺，但入選的兩部作品還是顯示了較高的藝術水準。

《天下太平》寫蘇州師範的畢業生柯大福畢業求職無著落，為了生活，在同學劉銘的鼓動下加入了國民黨，開始參加遊行，演說，撒傳單之類的革命活動。此時，國民革命的風潮已漸漸吹到他的家鄉三和鎮。西沙村的農民就將當地土豪的賬房黃克昌趕了出去。不久，傳來上海的國民黨要裡應外和打孫傳芳，柯大福要回來當縣長的消息。果然，孫傳芳被打倒，柯大福回縣在黨部主事。一時間，鎮裡人紛紛巴結他的父親柯二叔，尊他為校董，請柯大福回母校演講，小販馬仁發還趕緊掛起國民黨旗，央求柯大福安排工作。正當柯大福和共產黨員陸鐵、俞甫明籌辦農會，投入到轟轟烈烈的國民革命運動中時，國民黨開始清黨，柯大福和陸鐵、黃昌明等三人不知去向。馬仁發見狀詐黃克昌，稱柯大福已經抓住，只要他出千元即可將柯大福處死。黃克昌轉而去敲詐柯二叔，讓他出三百元作為活動費以救兒子的命。柯二叔內心悲痛不已卻又無錢救子。正在二叔忐忑不

安時，同鄉的孫老闆告訴二叔，他在上海看到柯大福正在撒傳單呢。二叔想，沒死就好，總會回來的。

《天下太平》於1937年4月30日由上海良友圖書印刷公司單獨出版，初版2000冊。作者在《題記》中說：「本打算從『五卅』寫到目前，以二十萬字（那自然是受徵文限制）描繪農村在內憂外患交相煎迫之中陷於破潰之形象；並傳出革命勢力相乘地在大眾心裡蔓延生根。」但由於字數所限和駕馭力不足，作者未能實現這一宏願。不過，作者還是以樸實的筆觸真實而生動地描繪了貌似太平的江南農村卻到處呈現出凋零的景象和農民困頓無助的生活本相，以及革命在大眾心中生根開花的歷史必然。特別是小說濃鬱的鄉土氣息，至今讀來仍有撲面而來之感，這也是這部作品最鮮明的藝術特色。蔡元培就認為，小說「敘崇明三和鎮農村凋敝狀況，劣紳剝削手段，及國民黨到江蘇、清共時代各方面反復無常態度，均有舉一反三之妙。方言亦表出特性。」不過，由於作者對歷史背景的刻畫不清晰（特別是『五卅』與『北伐』這段歷史），主人公典型刻畫力度不足，使得主要人物形象較為模糊（小說刻畫的較為生動的形象反而是柯二叔），次要人物與無關人物太多且凌亂，結構組織也不太嚴謹，方言味較濃且缺乏提煉，有些粗俗，影響了作品的藝術深度。

如果說《天下太平》重於寫「史」中之人，那麼《像樣的人》則重於寫「事」中之人。楊家村的村民們正準備按慣例在清明這天用公田的收成吃村宴，但村裡「像樣的人」楊硯田卻遲遲未到，大家雖一片怨言卻不敢開宴。許久，這位全村最有錢有勢的「像樣的人」擺足了譜後才姍姍來遲。在一片饕餮聲中，硯田宣佈了一條新政：在楊家村建一所小學，以改變村裡無「像樣的人」的現狀，學資由公田的收入承擔。為此，他假意要將公田外租，實際以提高租息的方式解決了學資問題。隨後他寫好呈文到烏義鎮上求鎮裡「像樣的人」夏奇峰，正巧，夏先生在處理一椿糾紛，見硯田來了就讓他來了斷。硯田聽了當事人的陳述後明白了就裡，卻故做公平地偏斷了事。不久，夏先生又陰謀楊硯田乘人之危將一藥鋪低價盤進，讓硯田先墊資，楊硯田只好同意。之後，楊硯田看到村小學開課後，便搬到了鎮裡。在這裡，他學會了鎮裡「像樣的人」的生活方式：晚起，泡茶館，聊天，看報，明敲暗詐等。很快，他與寡婦張家嫂子同居並使其懷孕。他怕事情敗露就騙她服下自己找來的藥，導致張家女人大出血死亡。楊硯田剛將張家女人埋掉，鎮裡的流氓王大麻子突然闖進藥店，以張家親戚的名義找硯田算帳，夏奇峰又恰到好處地來到現場調解糾紛，讓硯田將藥店給王大麻子。硯田明白這是夏奇峰的陰謀，裝作若無其事地接受了這一處理後，提起早已裝好錢物的箱子，離開了藥店。一天，硯田在報上看

到夏奇峰的兒子因綁架勒索被關進監獄，非常興奮，終於等來了置夏於死地自己翻身的好機會。當夏奇峰因自己抽鴉片不便遠行只得來求硯田時，硯田爽快地答應了去上海營救他兒子的請求。但硯田拿到錢後到了城裡，立刻拜了縣裡的名人倪大個子為先生，將夏奇峰以唆使殺人犯為罪名抓進監獄。正當他心滿意足之際，家鄉出現搶風，鎮裡出現混亂。硯田只得花錢請兵。雖然保證了鎮裡的平安，但一個排的兵還是讓鎮裡的百姓不堪重負，許多店鋪因之倒閉。硯田又給排長說情，勸他們離開。排長答應年後離開，但在離開前在鎮裡大肆搶劫。聽到槍聲的硯田一家東躲西藏總覺得哪裡也不安生，最後狼狽地從後門逃進桑田。兵亂過後，硯田覺得鎮裡也不安全，便帶著錢財坐上了雇來的船向城裡開去。

　　與《天下太平》相比，我以為，《像樣的人》就表現人性的深度而言，藝術水準當在其之上。小說對鄉村土紳奸詐狡猾、虛偽歹毒、道貌岸然、貪婪卑鄙之本性的揭露，入木三分。正如蔡元培所說：「閱陳涉所著《像樣的人》，描寫鄉間劣紳貪鄙殘忍之行為，極深刻。」評委們將《天下太平》評為二等獎，或許更看重左兵在作品中透視出的史的線索和較為宏闊的歷史的背景。陳涉以嚴謹的現實主義手法真實地刻畫了生活在南方某農村農民卑微的生活境遇，鞭撻與嘲諷了所謂「像樣的人」的虛偽本性，深刻揭示了社會的黑暗與不平及其吃人的本質，無論在題材之新還是人物塑造之深，都達到了當時長篇小說創作的較高水準。何況全書結構合理，脈絡清晰，情節有條不紊，人物栩栩如生，惡紳楊硯田、夏奇峰的形象堪稱鄉鎮此類土紳的典型。這也是新文學長篇小說創作中較早出現的鄉紳典型形象。惜作者對楊硯田的同情之心，多少沖淡了批判的主題。再者夏奇峰兒子出事回找楊硯田的情節，雖然有實現楊硯田最終實現打垮夏紳士成為鎮裡最「像樣的人」的情節需要，但這一設計也有是否真實之嫌。儘管如此，《像樣的人》仍是一部有著較高水準的優秀之作，應當引起人們充分的重視。

文協長篇小說徵文與獲獎小說

　　1939年9月，「文協」在《抗戰文藝》第4卷第3－4期發表《〈文協〉徵文通告》：「徵文十萬字以上的創作小說，中選者一部由本會組織專門委員會評選決定。題材限於：（一）前線的戰鬥情勢，或（二）淪陷區域的生活動態，或（三）後方生產建設的進展過程。中選者受獎金一千元。收稿期本年10月底截止，送交或郵寄重慶箱235號，外地寄稿以發件的郵章日期為憑。評選決定後，除專函通知中選者外，另再登報通告，可能時並舉行受獎儀式，期限至遲不能在明年2月1日以後。」同時附「說明：1.此次徵文，為本會受貴陽中央日報社，宜昌武漢日報社之托，獎金由兩社捐出，但評選責任完全在本會。2.中選作品，除獎金外，版權仍為作者所有，但貴陽中央日報，宜昌武漢日報有優先發表權。另送發表費，每月月終付出。3.評選決定發表時，貴陽中央日報，宜昌武漢日報同時連載，連載期限不得超過三個月以上。連載完畢後，作者即可用單行本發賣，但得在封面上，封面包紙上注明『中華全國文藝界抗敵協會選定中獎作品』字樣，並得贈送本會及兩報社共一百部。如中選者以外，另有優秀作品，本會當設法表彰，幫助作者出版。」1940年12月19日，《新華日報》報導《文協鼓勵創作　選獎小說兩部》：「全國文藝界抗敵協會，前受貴陽《中央日報》、宜昌《武漢日報》之托，徵求評選抗戰長篇小說，茲已評選完畢，計共收到原稿19部，無一部中選者，原稿已一律退回，獎金仍由貴陽《中央日報》保管。惟有三部被選列為上等，除其中一部已早由作者出版外，其餘S・M之《南京》，陳瘦竹之《春雷》兩稿，由該會各贈四百元，以資鼓勵。」

　　《春雷》於1941年11月1日由華中圖書公司出版。11月10日，《抗戰文藝》第7卷4－5期合刊刊載廣告：「本書是一首素描的抗戰史詩，是一幅古樸的木炭畫，去年曾得中華全國文藝界抗敵協會徵求長篇小說的獎金，是抗戰文藝中難得的傑作。書中故事是抗戰以來日常發生的故事，人物是抗戰以來日常見到的人物，然而作者卻將每個人物寫到了靈魂的深處，而故事的演出也是從實生活中一步一步逐漸展開，讀了之後使我們落淚，然而更使我們興奮。」這段文字儘管有誇大的成份，但還是為《春雷》的出版起到了造勢作用。

　　1937年冬，日本人佔領了無錫石家鎮，許多人紛紛逃往楓林山。大糧商桂老爺和兒子榮少爺組織了維持會，膽小的土財主王大戶當村長。維持

會剛宣佈開市，趕集的老百姓就遭到了鬼子的搶劫。為迷惑群眾，鬼子又帶醫生等人來村里安撫，宣傳日本的德政，還裝模作樣地給了些賠償，但當梅大嫂要求鬼子賠被他們殺害的丈夫時，日本便衣則露出了凶相。之後，日本人假意答應梅大嫂的要求，而梅大嫂進城不久便設計與鬼子同歸於盡。正當村民們苦悶之際，本鎮小學校長王鵬回到家鄉，在村裡組織起自衛軍。這時，維持會謊稱無錫絲廠招女工，實際上卻將這些女人直接送進了石家祠堂供鬼子蹂躪。青年青郎見自衛隊光練不打，便約了馬浪蕩等偷偷拿了槍去鎮上打鬼子。誰知沒打著鬼子反被鬼子打傷。由於槍聲，石家祠堂的大關娘子趁亂逃了出來，人們這知道了招工的騙局。看到自衛隊不斷壯大，桂老爺便想讓王大戶借請王鵬之機引日本人來殺害王鵬，但王大戶將消息告訴了王鵬。王鵬將計就計在敵人必經之路伏擊了敵人，救出了關在祠堂裡的女人。祠堂旗杆上，國旗升起，等待著日出。

《春雷》是作者以樸素的筆調寫出了江南人民在民族大義的旗幟下，自發地組織起來抵抗日本侵略的故事。全書鄉土氣息濃鬱，語言生動活潑，人物真實可感，馬郎蕩、王大戶都刻畫得栩栩如生。小說發表後，引起了陳西瀅的注意，他於1942年5月在《中央週刊》第39期發表《春雷》一文，認為，這部抗戰小說，「所著重的卻在鄉村人物的描寫。故事的演變即從人物個性的發展中出來。我們可以說，這仍然是一部鄉土小說，只是所寫的不是平時的鄉村，而是抗戰中的鄉村。」「書中的許多人物，以馬郎蕩為最有趣味。這是一個別開生面的，有創造性的角色。」而小說「比較大的缺點，是作者對於戰爭並沒有經驗，所以寫到了自衛軍的組織和行動，便不十分有把握。」周駿章也於6月在《文史雜誌》第2卷第5－6期發表《陳瘦竹〈春雷〉》一文，認為，小說長處在於：情節緊張有趣；人物生動靈活。不足在於，佈局有漏洞，著者不善於描寫戰爭戀愛和心理變化，小說的俚詞俗語有些不雅。」的確，由於作者沒有親歷家鄉被鬼子燒殺的情景，故對美麗的江南遭敵寇蹂躪的場面缺乏有力的描寫，題材的開掘略顯單薄，又加之作者沒有戰鬥經歷，戰鬥場面的描寫沒有「戰鬥味」，結尾就顯得簡單了。但無論如何，這部別開生面的小說還是對當時抗戰文藝的提倡與實踐起到了積極的作用。

S·M即阿壟，《南京》一書直到1987年12月由人民文學出版社更名為《南京血祭》才首次問世，2005年8月又由寧夏人民出版社出版。由於此稿改動較大且出版時間在當下，這裡就不討論了。

從1927年創造社創立長篇小說徵文距今已八十多年了，既便以「文協」徵文算起，這一活動也已過去七十年了。回首這段徵文歷史，多少讓人感歎不已。不僅其中的一些作品不為人們所知，就連作家汪錫鵬、陳涉

的生平都無從知曉了。客觀地說，這三次重要的徵文作品總體在水準線以上，《結局》和《像樣的人》甚至可以說是較為優秀的長篇小說，雖然以傳世的標準看，確有距離，但它們在當時卻體現了彼時的文學水準，有的還產生了較大的影響。但為什麼這三次徵文活動及其作品多為後世所淡忘呢？究其原因，我以為主要有以下幾個因素：1.作者身份的轉換與創作的偶然與無續。在獲獎的幾位作者中，汪錫鵬、周闓風、陳瘦竹雖間或從事小說創作，但由於他們後來介入國民黨的「民族主義文學」運動，這自然影響了對他們之後的評價，加之周闓風和陳瘦竹又轉向學術活動，無形中也分解了他們的文名。左兵和陳涉僅為徵文而作，之後均不再從事小說創作，曇花一現，自然易為人們所忽視。2.優秀的長篇小說是可遇而不可求的，在規定的時間內徵求優秀的長篇小說，除非某位作家正好有完成之作，而這一作品又恰好是他的嘔心瀝血之作，才有可能獲得成功，但這樣的機遇的確是可遇而不可求；3.長篇小說是作家生命藝術的重要體現，這種創造又恰恰不是以命題的形式作所能取代的。「文協」徵文在內容上予以規定，篇幅上也予以限定，對於激發作家的創作熱情或可有益，但期冀出現優秀之作，就有難度了；四、與之相聯的還有商業眼光與徵文。良友徵文帶有明顯的商業氣息，徵文前的大量文字是關於良友的書的廣告，這種帶有很強的經濟色彩的徵文，對於有一定經濟條件且視文學為生命的名家而言沒有多大的誘惑力，這也是來應徵者不多且主要是無名之人，作品的質量很難上乘的重要原因了。不過，雖然有些許遺憾，我仍認為，應當感謝新文學先哲們為開創新文學長篇小說創作的美好願望和所付出的艱辛勞作，在將來的文學史或長篇小說史上，它們值得我們書寫。

鮮為人知的「朱胡彬夏文學獎金」

在現代文學史上，有許多具有民間性質的文藝獎助活動由於時間久遠和影響微弱而鮮為人知。「朱胡彬夏文學獎金」就是其中的一個。

1935年，著名土木工程專家華南圭先生（1877－1961）的夫人華羅琛（1883－1970）決定在自己的家中——北京無量大人胡同十九號舉辦「北平國際文藝座談會」，邀請中外愛好文藝的人士（主要是留法人士），每月舉行例會一次，討論國際文藝創做事宜。這是一個帶有文藝沙龍性質的學術團體，中法大學教授郭麟閣（1904－1984）、陳綿（1900－1968）、曾覺之（1901－1982）、清華大學教授吳宓（1894－1978）等是其中的常客。據目前筆者所知，第二次活動由陳綿主講「中國的戲劇」，第三次由范任先生主講「中國作家魯迅」，對魯迅進行了批判。吳宓在其日記裡記載了三次活動，一次是1937年2月27日由陳綿君主講《中國之新戲》，座客中，有新由歐洲歸來之王藹芬女士。再次是3月27日，但由於吳宓先生臨時有事未去，故不知具體內容。最後一次是5月16日，因是在吳先生家進行，所以記載得最為詳細。

> 下午國際文藝談話會在宓室中開會，由宓作主人，茶點僅費2元。
> 下午1:30王藹芬女士先到，蓋在歐未與蔣公子結婚，似若有隱痛者。然仍從容大雅，應對裕如，不愧交際長才。宓與談歐洲情形，其見解甚高超。
> 2:50張君川來，旋赴校門迎客。繼而王友竹、靳文翰及王女士之表兄孫瑞瑠來。約近三時，城中客至。其乘自用汽車來者，（一）成舍我夫人蕭宗讓；（二）林慰君女士；（三）胡木蘭夫人，率女孩Therse。其乘公共汽車來者，（一）徐芳女士；（二）郭麟閣君；（三）曾覺之君；（四）孫福熙君。續到者本校李群珠Ariadne Lee女士。坐定，由徐芳女士講《中國歌謠》：一、敘歌謠研究之歷史。二、列舉歌謠之四優點。i真情；ii方言；iii音韻之美；iv實際生活。由郭麟閣君譯為法語。畢，進茶點。但多談中國話，極少說法語。林慰君女士謂昔年曾由容庚夫婦與張蔭麟君陪導來此小坐，適宓不在室中云云。
> 5:00客辭。宓先送乘公共汽車諸客出校門，上車去。宓歸，至校務處前院，遇乘坐自用汽車諸客方照像，乃並將宓照入。然後送

客登車去。

　　6-7王友竹來。

　　「北平國際文藝座談會」「七・七事變」後無形解散。

　　朱胡彬夏（1888－1931）是中華職業教育社的發起人。姓胡名彬夏，朱為夫姓，江蘇無錫人，與華南圭先生是同鄉，曾先後留學日本、美國，是中國最早倡導女權運動的傑出的革命者之一。1916年任上海《婦女雜誌》主編，1917年在上海被推選幼稚教育研究會主任。1928年任清華大學董事。1931年12月不幸病逝。

　　華羅琛非常敬重女中英傑朱胡彬夏，決定設立「朱胡彬夏文學獎金」以示紀念。為此，她特在1935年的《文學》第4卷第6期和《論語半月刊》第67期等刊物上刊登「朱胡彬夏文學獎金章程」，宣佈：「一、本獎金一名定額三百元；二、本年應徵作品以本年度出版之長短小說及戲劇為限；三、應徵者將作品印行本一份（並姓名住址）於本年十二月三十日以前寄北平遂安伯胡同七號彭基相先生轉交；四、本會本年請鄭振鐸李健吾朱光潛張若名曾覺之五位先生審查委員；五、審查結果於明年（二十五年）二月三十日以前宣佈；六、得獎金之作品得著者同意後由本會翻譯為英文或法文版權為著者譯者公有。」由於收到的作品很少，華羅琛決定延期一年。1937年2月15日，上海《月報》1卷2期「文藝情報欄」內刊載揭曉啟示：「華羅琛女士主辦之『北平國際文藝座談會』前曾發起1936年朱胡彬夏文學獎金。茲悉業已決定第一名為上海劉王立明女士之長篇小說《生命的波濤》，得獎金二百五十元。第二名為王儁之《幽僻的陳莊》，獎金五十元。」至此，這場歷時兩年的民間文藝獎助活動畫上了句號。

　　《生命的波濤》於1936年5月由上海中國女子生產合作社出版。作者劉王立明（1896－1970），本姓王，劉為夫姓。學界有人認為王立明為紀念丈夫劉湛恩為國犧牲的業績，在自己的名字前面冠以「劉」字，以示永久的緬懷與紀念。其實，時任上海滬江大學校長和上海各大學抗日聯合會主席的劉湛恩先生於1938年4月七日晨遇害，此時小說已出版兩年了，從封面上的署名「劉王立明」我們就可以清楚地得知，改姓以紀念丈夫之說是不妥當的。當時有許多女性在出嫁後改為夫姓，如蔣宋美齡、華羅琛等。《生命的波濤》以主人公慕雲的逃婚為線索，描繪了她從舊式家庭逃離後的交織著痛苦、辛酸、離奇與幸福的複雜人生歷程，塑造了一個堅忍不拔對理想有著執著信念的新式女性形象，展現出經過新文化運動洗禮的新知識女性對於自身命運的不屈抗爭歷程，肯定了新女性為自身解放所進行的反抗，同時對包辦婚姻等吞噬女性幸福的封建思想進行了暴露與批

判。小說擅長通過大量的心理獨白來揭示人物的性格，描寫細膩、綿密，富有戲劇性，但也顯出刀斧之痕。

　　《幽僻的陳莊》於1935年1月1日由北平文心書業社出版。作者王儔即王林（1909－1984）。作者原計劃寫四部，但因故只完成了第一部。

　　「朱胡彬夏文學獎金」是一個純民間個人性質的文藝獎助活動，從獎項的設立到揭曉都比較低調。由於華羅琛本人並不會漢語，她的創作都是用法文寫成後由他人譯成漢語的，評定小說的優劣只能由他人來進行。因此，一些人將華羅琛作為外國人漢語寫作的典範來宣傳是不對的。不過，獲獎的兩部作品是否確由那五位評委認真選出不得而知，獲獎作者本人如王林也不知道自己的作品榮獲了這一獎項，因為此時的他早已回到冀中投身於抗日戰爭了。但是，作為一個朋友的紀念，作為一個良心的諾言，華羅琛女士完成了自己的心祭，實現了自己的承諾，這無論如何是值得肯定的，也是值得我們紀念的。

「盛京文學獎」的獲獎長篇：《北歸》

1906年，日本取得日俄戰爭勝利後，日本人中島真雄於當年10月18日在瀋陽創辦《盛京時報》，旨在通過對當時中國內政、外交、經濟、軍事、文化、教育、社會風情，特別是東北及當時中國發生的重大事件的報導，以達到瞭解世態同時對中國進行文化侵略的目的。該報於1944年9月14日終刊，歷時三十八年，是東北地區影響最大的報紙。

1936年11月7日，《盛京時報》為紀念報紙創刊三十周年，決定舉辦「盛京賞」。通告說：「本報為促進邦家文化，寄與國民福祉起見，茲與辦創刊三十周年紀念事業，決定設置『盛京獎』，並於每年10月8日前後，舉行獎賞授予典禮。」獎勵分科學、文藝、體育三類。其中關於「文藝盛京賞」的要旨如下：「本賞對於滿洲國人在滿洲國內所發表之文藝作品本報認為有表彰之價值者，授予此賞。右賞由本報組織審查委員會審查之後決定之。（本賞於已經發表作品中如無合格者時，得由本報另行徵集）。」

「文藝盛京賞」一共舉辦了七次，但前三次都給了舊文學，即第一次（1936年）是陶明浚的《紅樓夢別本》，第二次（1937年）是黃式敘《松客詩》，第三次（1938年）是穆儒丐《福昭創業記》。1939年以後，則全部授予了新文學，即第四次（1939年）是古丁《奮飛》（短篇小說集），第五次（1940年）是山丁《山風》（短篇小說集），第六次（1941年）是小松的《北歸》（長篇小說），第七次（1942年）是爵青《歐陽家的人們》（短篇小說集），第八次（1943年）疑遲《天雲集》（短篇小說集）。由此可知，《北歸》是一唯一部獲得「盛京賞」的現代長篇小說。

1941年10月17日，《盛京時報》宣佈本年度「盛京文藝賞」獲獎作者為滿洲雜誌社編輯局次長趙孟原（小松），作品為長篇小說《北歸》。理由是：「本人為滿洲文學之作家，歷史甚久，該作品《北歸》認為去年度文藝作品中最優秀者。」同時刊載了作者的簡歷：趙孟原，筆名小松，廿八歲，奉天文會書院西洋文學系畢業，歷任奉天《民聲晚報》、大連《滿洲報》、新京《大同報》編輯，嗣轉職雜誌界，主編《明明》月刊，《滿洲映畫》等。康得七年任滿洲社雜誌編輯局次長，現任藝文書房企劃部部長。著有：《蝙蝠》（短篇小說集）（城島文庫），《無花的薔薇》（長篇小說集）（東方國民文庫），《木筏》（詩集）（詩歌叢書），《北歸》（長篇小說）（藝文志叢書），《人和人們》（短篇小說集）（駱駝

文子叢書）等。獲獎者小松的獲獎感想也同時刊出：「記者把當選的消息告訴我，並且問我有什麼感想，我想了半天，無非是一些過去的回憶。十年以來，便埋身在稿紙堆裡，無論是編輯室或是書齋，從沒有和紙筆脫離關係。」「和常人並不兩樣，在暫短的過去，有希望也有失望，有飲食也有戀愛，但是真正能寄託我快樂的，沒有能超過『寫小說』這種工作。最近辭去滿洲雜誌社的職務也是因為那種職務對於寫小說有些不太方便，雖然我對於編輯雜誌很有趣味，但是《麒麟》一向是對我執拗著，看樣子不把我變成張恨水它是不能滿意。」「已經幾乎是一個走失的人現在又歸還到『小說的故鄉』，所以一些朋友，很為我高興，現在又蒙受盛京賞的鼓勵，這使我非常感激，要說的話雖然很多，可是又無從說起，好在我的筆今後也不會停頓，希望指導的地方很多。」

由於《盛京時報》由日本人主辦，因此，頒發這樣的文藝獎顯然不是以純藝術的標準來評選的，而是融人了明顯的政治意圖。那麼，《北歸》寫了什麼呢？

清末劉家屯堡劉家有劉大爺的兒子叫劉振邦。楊參謀長的繼子為楊經業。蘇司令的乾兒子叫蘇春陽，孫子叫集生。後來楊經業已在南方一個叫曹港的港埠成為企業家，劉振邦也來到曹港成為有名的工程師。這年夏日的一天，劉振邦的元配夫人王氏帶著孩子劉群與弟弟王林一起從北方山東到曹港來找丈夫。曹港正鬧工潮，劉振邦見狀只好帶著妻子、小舅及兒子去寧橋，妾楊小蝶回了娘家。劉振邦知道這次工潮是楊經業的鼓動的，目的是讓他跨台。他不願回曹港與楊經業爭霸，就在寧橋做自己的工程，還讓楊小蝶也回到寧橋。楊經業有兩個兒子，大兒子楊基，楊基有一兒一女，兒叫楊大光，女叫莎麗；小兒子叫楊明，妻子叫紫姍。不久，楊經業死了。集生又向莎麗求婚，莎麗沒有立刻答應，一天夜裡，集生與紫姍私奔，莎麗很傷心。炮兵上校王仲謀，妻子叫楊菲，是楊經業的妹妹，兒子叫王權。劉振邦帶小群、小雲離開曹港。楊小蝶在病中被梁偉害死。劉群和小雲出來散步，結果劉群被伐木工人綁著扔進火海，小雲死在伐木工人的木房中。集生在和紫姍因莎麗發生爭執時被楊明打死。不久，劉振邦在瘋人院死去。莎麗生了一個女孩，與集生很像，之後與王權同居。王權後又與另一女人生了一個男孩子。大人們又死去，好像一個新的罪惡又從這兩個青年人身上開始。

小說名為「北歸」，但沒有寫出人物為什麼要「北歸」的原因，更沒有寫出人物「北歸」後的結果與希望。作者雖借莎麗之口說道：「一想到南風，我的靈魂是痛苦的」，但楊群、小雲回了北方卻死去預示著回到北方亦不是幸福之地。哪裡才是真正的家呢？南方？北方？無家可歸！時間

不安定地流動著，人也在這幾十年間不安地漂動著，由南向北，由北向南，無所依託。這或許也是作品立意的深度與附逆作家的矛盾吧。小說開頭尚具有傳奇性與文學性，但幾節後就走樣變形。情節凌亂不堪，隨意而跳躍，故事突兀幾無邏輯性，人物結局幾無關聯，文筆雖瘦硬有畫面感，但形象性差，令人無法卒讀。作為一部長篇小說，全書確乏貫穿中心的線索，情節如一盤散沙，故事缺乏邏輯性，形象亦缺乏典型性。然而，這樣一部平庸之作，讀者天平卻在1941年9月16日的《盛京時報》發表《〈北歸〉讀後的聯想》一文，認為：「《北歸》的樸素，單純，生動，挺秀，是一般作品所具而此具據了」。而且，「《北歸》思想上不傳統，作法上不典型，不生硬，不滯泥，也不冗長，處處都是流露出朝氣的。」姚遠更在《東北文學》1946年第1卷第2期發表的《東北十四年來的小說與小說人》一文中認為，「《北歸》是一幅很美的、很勻整的作品」。顯然不切實際。

　　《北歸》僅因「北歸」的象徵而獲「盛京文學獎」，同樣說明東北淪陷區長篇小說創作的平乏與蒼白。

《大地的波動》：徹頭徹尾的漢奸小說

　　在華北淪陷區長篇小說創作中，有一部內容十分反動、藝術十分粗糙、卻獲得《大阪華文每日》第一次長篇小說徵文正選，這就是田瑯的《大地的波動》。這部明目張膽地為日本侵略者侵犯我東北而歌功頌德的長篇小說，是一部徹頭徹尾的漢奸小說。小說獲獎後連載於《大阪華文每日》1940年4卷6期至5卷9期。在獲獎感言中，田琅以《我的勞作，我的感情——寫在〈大地的波動〉的前面》為題，闡述了自己的創作體會。無恥的漢奸嘴臉盡現無遺。

　　田瑯（1919－？），原名于明仁，黑龍江通河縣人，先後就讀於齊齊哈爾黑龍江省立二中和日專高中，畢業後赴東京第一高等學校，曾以筆名「白樺」寫劇本《齒科醫生的家族》獲1939年《大阪華文每日》電影話劇腳本二等獎。1938年就讀帝國大學經濟學部，1941年回國，任偽國務院外交部調查屬官。他是「滿洲文藝家協會」會員，第三屆「大東亞文學者大會」的偽滿洲國作家代表團成員。

　　小說寫十六歲的健生告別戀人翠娥奔赴前線抗日，負傷後死在一個小鎮裡。翠娥與老祖母逃難，過著行乞討飯的困苦生活。健生的父親王綱趁日軍入城之際，謀得維持會長的職務，但因侵吞公款及兒子從軍等原因，被革去職務。他曾為此拜訪日軍及當局縣長，希望能官復原職，未能成功，非常鬱悶。妻子得知兒子健生死訊生變瘋，被王綱監禁在暗室中。被王綱誘姦的女傭懷孕將要生產，他為了醜聞不外露，不肯為她找接生婆，但此事已為全鎮人所知，王綱憤慨亦無奈。王綱的弟弟王紀窮困潦倒，做收廢品的生意。一天，王紀開門時發現門上靠著一具被暗殺的死屍，驚惶失措之後逃離了家鄉。其妻陳香為生活所迫，不得已與流氓周大榮一起生活，忍受他的虐待。王紀逃到北方後，歷經困苦，後當了水手。半年後他回到家裡，卻得知妻兒早已出走，他再次離開了家鄉。

　　乍一看，小說的故事好像並無大礙，其實作者是完全站在日本軍國主義的立場上為其侵略中國而塗脂抹粉的，作品的主旨就是宣揚「中日提攜」，「東亞共榮」，合作則興，抵抗則死，留守則保全生命，逃難則家破人亡。因此，小說寫與日本合作的留學生升為縣長；參加抗日的青年健生負傷死在缺醫少藥的小鎮裡；逃難的翠娥、陳香、王紀等掙紮在死亡線上；抗戰區百姓的生活則苦不堪言。為表現作者的這一思想，小說中露骨的描寫比比皆是。例如，小說寫當日本軍隊進城時，王綱帶領一些紳

士見日本大佐，感謝日本軍進城保護良民，維持治安，發誓要本著中日親善，共存共榮的理想，振興東亞，互相提攜，以建設新中國。還給他老婆玉英講，此次日本在中國的軍事行動，完全是為了防共和打倒共產黨傀儡的抗日政權而舉的正義之兵，並不是以一般中國民眾為敵對，中國民眾應予以支持，同心協力，共同為建設東亞而奮勉。並對日本大佐佩服得五體投地。王綱還以治安維持會長的身份在縣民眾教育館召開的民眾大會上做《中日提攜與新中國之誕生》的發言，他說：「友邦日本乃以八紘一字的大理想，來建設東亞，以正義來實現和平，使世界民族相扶相倚，協和萬邦。我中國與日本系同文同種，更應率先提攜；以日本之新文化，啟發中國之舊文明。友邦日本自盧溝橋事變一年以來，即本此宗旨，以武士道之精神，敢然執大義之戈，斷乎發應徵之軍──」一派無恥讕言！一副醜惡嘴臉！在描寫上，小說幾乎是臆想的藝術碎片，情節缺乏有效的關聯，又缺乏貫穿中心的主要人物，幾個次要人物亦缺乏必要的關聯，故事情節多是簡單的堆砌，雜亂無章，信手寫來，無所照應，個別看似生動的情節也只是為了宣教日本軍國主義的思想。美國學者在其《被冷落的繆斯──中國淪陷區文學史（1937－1945）》一書中說：「很難證明，任何留在日本佔領區的作家所創作的文學作品是出於對日本軍國主義的同情，或者希望在日本人的統治下得到政治庇護」的論斷，顯然不妥。《大地的波動》就宣揚了這一思想，而這樣徹頭徹尾的漢奸小說，掃進歷史的垃圾堆勢所必然。

沒有頁碼的長篇小說：《路》

　　如果有人給您說一本書沒有頁碼，您會相信嗎？如果有人給您說一部長篇小說沒有頁碼，您也會相信嗎？我以前不相信，但親見張金壽的長篇小說《路》，我確實相信了，這雖然令人難以置信，但千真萬確是真的：《路》是一部沒有頁碼的長篇小說！

　　《路》1945年5月1日由文潮月刊社出版。作者張金壽（1916－？），筆名趙天人、齋軒館閣主。1945年後改名張文鑄。北京海澱人。早年在北京小報上發表雜文隨筆，1939年從事專業寫作，其作品多見於津、京、滬、日本等地的報刊，是華北淪陷時期較為著名的作家。1941年加入華北文藝協會，並進入《國民雜誌》任編輯。1944年曾任上海《雜誌》編輯，後在蘇州任偽江蘇省政府教育廳督學室督學。出版有短篇小說集《京西集》和長篇小說《路》。這部《路》曾以「本刊第一次徵募長篇小說當選副選」初刊於1940年5月1日至11月15日《華文大阪每日》第4卷9－11期，5卷1－10期（正選為田瑯的《大地的波動》）。這在很大程度上擴大了張金壽的影響。當然他後來也因之飽受訐病亦在情理之中。因為《華文大阪每日》是昭和十三年（1938）11月1日創刊於大阪、由日本大阪「每日新聞社」與東京「日日新聞社」主辦、日本人石原博、須古清等任編輯人與發行人的半月刊，雖然從1943年第10卷起由大阪「每日新聞社」單獨承辦，改名為《華文每月》，1944年1月1日起改為月刊，昭和二十年（1945）5月1日出至總第141期後終刊，但它畢竟是在日本出版發行並行銷於日本佔領區（特別是華北）的一個重要刊物，張金壽的這一行為，難免受到非議。只是在學術與政治日漸剝離的今天，人們可以相對超脫的心境看待這一問題罷了。

　　《路》寫一個名叫許懷民的村鎮苦孩子，由於家境貧窮，小學畢業後只得放棄繼續上學的念頭轉而到工廠去當學徒。由於這是父命的安排而非出於他本心的選擇，三年後他雖然學滿出師，但卻一直無法認同底層（師兄弟們）本真卻粗俗不堪的生活方式和行為準則，因而也無法真正融入他們的生活圈。他也被他們視為另類。幾年來，許懷民雖然默默地承受生活的重壓，但內心的倔強以及通過讀書改變命運的念頭卻從來沒有停止過，他要好的朋友也勸他努力改變自身命運，但懷民念及年邁的父母以及自己身為長子的重任，不得不在枯燥與煩悶中煎熬掙紮。盧溝橋事變後，許懷民失業在家，這使他有時間認真思考自己的命運與未來的選擇。迫於生

計，他寫信向他最要好的朋友義群借錢，卻遭到了拒絕。他的那些師兄弟
們也一個累得吐血而死，另一個已開始吐血。看到這種慘狀，懷民徹底地
清醒了過來。雖然他的師傅為他在鐵路上重新找了一份工作，但他毅然決
定辭掉這份工作外出學習。他知道這幾年來他就是耽誤在延宕之下，由延
宕而產生依賴心理，由依賴而陷入困境。現在他終於明白：路只有靠自己
去走，雖然這條路能不能奔向光明尚不得而知，但至少這條路是自己選擇
的道路，命運掌握在自己手中。小說通過對許懷民由屈從命運到為命運抗
爭的心路歷程的描寫，再次印證了一個平凡、樸素卻耐人尋味的道理：靠
天，靠人，不如靠自己！小說的基調有些沉重，但這沉重卻正是契合於那
個悲慘歲月的時代氛圍。不過，由於作品描寫較為瑣碎，加之作者骨子裡
對底層人民及其生活方式的輕視，在字裡行間流露出顯的「貴族氣」，
沖淡了作者與生活在底層的勞動人民的同情與博愛之心，影響了作品的藝
術厚度。

　　《路》雖然標注「文潮叢書第一冊」，但因當年3月《文潮》已停
刊，「文潮叢書」也就僅出了這一種。不過主編馬博良能在《文潮》停刊
後堅持將「叢書」出版，可謂難能可貴。這部書沒有頁碼很有可能是因為
雜誌社突然解散，刊物停辦，而馬博良又想將這部書急速出版給作者一個
交代，倉促時忘了編頁碼，又無心細審或者說發覺了這一「錯誤」也無心
去糾正，任由它匆匆上市了。只是不知這本沒有頁碼的長篇小說是否是民
國出版物中唯一的一本。

門生和老婆的代表們：
談「大東亞文學獎」的爭議之作《貝殼》

1943年8月，《華北作家月報》第8期「會員動靜」一欄中，刊登了如下消息：「會員袁犀在新民印書館出版之長篇小說《貝殼》，獲得第一次大東亞文學賞次賞，（此項文學賞係由大東亞文學者大會內設之審查委員會所權衡，而於第二屆大東亞文學者大會最終日之全體會議席上發表，無正賞，僅對中日滿三國作家作品六篇授與次賞，袁犀氏獲得其一）袁氏適參加本會日滿文學視察團列席第二屆大東亞決戰文學者大會，其《貝殼》入賞，付予華北文藝界莫大之興奮，當代華北文藝作家紛抒所感，期待甚殷。」「又此次中國方面提出受賞補者共五名，即：上海之予且（代表作《予且短篇小說集》）北京之袁犀（代表作長篇小說《貝殼》）及梅娘（代表作短篇小說集《魚》），林榕（代表作散文集《遠人集》）莊損衣（代表作詩集《損衣詩鈔》）云。」林榕即李景慈（1918－2003），莊損衣即朱英誕（1913－1983）。袁犀（1920－1979）、予且（1902－1990）、梅娘（1920－2013）與他們都是當時活躍於淪陷區的青年作家。

「大東亞文學獎」是日本文學報國會為配合所謂的「大東亞共榮圈」於1942年11月在日本東京舉行的第一次大東亞文學者大會時提出並設立的文學獎項，1943年8月第二次大會時正式頒發。大東亞文學者大會一共召開過三次，「大東亞文學獎」則頒發過兩屆。中國長篇小說獲獎的是：袁犀的《貝殼》、石軍的《沃土》和爵青的《黃金的窄門》。其中，袁犀的《貝殼》被認為缺乏「大東亞文學」的味道而受到在華日本人的強烈批評。日本興亞院華北聯絡部調查官志智嘉就認為《貝殼》這部描寫戀愛遊戲的作品是「一種無意義的小說」，他以《以什麼為基準而授賞了的呢》為題，質疑文學報國會的權威性，認為他們推舉並非代表華北文學地位的《貝殼》作為獲獎作品是一個過於草率的決定。而雪魂則撰寫《關於袁犀和〈貝殼〉》一文回應《貝殼》獲獎的合理性，指出以袁犀的才情與當時華北的創作現狀而言，這是當得起的獎勵。司馬諲並不談論袁犀創作的高下，而是以《北京文場的幾件事》為題，透露了自己所瞭解的獲獎緣由。原文刊於1944年《敦鄰》第1卷3月號，相關部分抄錄如下：

據說開會時日本每日新聞社捐助了這筆賞金的時候，會場裡也便規定了這份賞，因為要在短期間內決定所以審選也是草草了事

的。這一點久米正雄先生到北京來也親口說過，不容那個再來翻案。但我們的代表們，在一不加小心時便容易露出他們的嘴臉或尾巴來現了原形。因為時間匆促，不能往各國去另聘審選委員，所以便請當時出席大會的各國代表們（包括買辦和名士）偏勞審查，別國的在下不知底細，不敢多嘴，卻說我們華北的代表們為了此事是很嘰嘰喳喳了一番的。當然是各要選他們的嫡派人的作品來入選的，一則可以得些錢買點上等煙膏過癮，一則可以露露名辦氣。經他們最初的商量和打聽，知道在華北可以選四篇得賞，於是買辦就和名士便妥協的把這四份賞品包篇了。買辦是會打算盤的，他說那逢四進二罷他和名士一人選出了兩篇。名士是有門生的，門生也會寫文章，於是他便選出了還未預備出版的詩集，題名曰：《損棉襖詩抄》（當是《損衣詩抄》之誤）外一篇茲不錄，買辦也選了兩篇，其中的一篇便是他老婆的短篇集《蟹》，而且在未確實發表之前，東京還不知道消息的時候，我們這裡便已見到了消息。以後據說是大會方面又要在中國作者的作品中只選兩篇了，而且其中的一篇還須是華中的，所以輪到華北的名下，便只可選一篇，於是買辦和名士便勢不兩立了，他說他老婆的文章好，他說他弟子的詩高；因為他們沒有更高的本領，不能把老婆和門生的身體從中劈開，然後再把它合在一起，造出一個半男半女，半門生半老婆的中性人物來，忸怩而闊步的去領了那份賞，使買辦和名士皆大歡喜，所以便只好選出一份與二者都大不相干的人的作品，而它又是華北此年中唯一出版的長篇來，獲得這個賞，也算交了這份差事。於是又天下太平了。

買辦是時任華北作協總幹事的柳龍光（1916－1949），名士則是時任偽北京大學國文系主任的沈啟無（1902－1969）。也許這只是一個傳聞，但《貝殼》獲「大東亞文學獎」則是不爭的事實。顯然，在獲獎已成為事實之後，討論其該不該獲獎已無必要，我們所需要討論的是：《貝殼》是一部怎樣的小說？是不是「一種無意義的小說」？它為什麼獲「大東亞文學獎」？這一切說明了什麼？

誠然，若簡單地以篇幅論，《貝殼》是一部不足十萬字的中長篇，但對於華北淪陷區的文壇而言，它卻是第一部有影響的長篇小說。小說寫李玫到醫院裡檢查是否懷孕，醫生是丈夫趙學文的同學郝鑄仁。李玫與大學同學呂桐相愛懷孕，但呂桐卻不同意娶她，為了掩蓋事實，她急忙嫁給比她大十八歲的教育學系主任趙學文。確診懷孕後，思量再三，李玫決定回

青島娘家掩飾並休養、生產。正在讀大學教育專業的妹妹李瑛也一同回去。在去青島的車上，她們遇見了曾在家裡見過的詩人白澍及他的表兄周乃庚和李瑛的中學同學徐儀。在青島時她們又相遇並開始相互間的走動。白澍追求李瑛，李瑛為此感到很苦惱。白澍還在向周乃庚的堂妹周靜示愛，並佔有了她，但周靜發現白澍與周乃庚的老婆在調情，便傷心欲絕地告訴了李玫。白澍說，他對李瑛其實就是好奇，是試探，對周乃庚太太是玩弄而已。同學張嘉士也連連給李瑛寄情書，她曾動情白澍，但李玫告訴她白澍是一個感情騙子，李瑛遂回到學校繼續讀書。不久，李玫在青島生子，之後在丈夫的殷切關懷下她決定相夫教子，然而在一個宴會上碰巧遇到了呂桐後，她又重新陷入情感的糾結中。回來李玫回到北京，郝鑄仁借機敲詐了她兩次，呂桐甚至還灌醉並再次佔有了她。這天，李玫從報上發現呂桐是一個制毒的首領，再次受到刺激的她又染了肺病，便聽從醫生的勸告到西山療養去了。

由此可知，《貝殼》是一部以大學生戀愛與婚姻為題材討論什麼是愛情以及女人的位置是什麼的長篇小說，也是作者表達愛情觀、婚姻觀的一部感傷小說。李玫未婚先孕，面對居心叵測的呂桐、本份刻板的趙學文，她在道德與良心間徘徊，自責；淺薄險詐的白澍、無能無味的張嘉士，顯然不是值得付出的愛人，李瑛不願像姐姐那樣草率初戀，但也在情感與理智間苦惱，糾結。那麼，在家庭、妻子、孩子、情人、丈夫間的選擇中，這些受過高等教育的現代女性應該如何選擇呢？什麼才是真正的愛情呢？這或許就是袁犀試圖在《貝殼》中著力思考的核心問題。

其實，關於小說的題旨，袁犀在《貝殼・前記》中這樣寫道：「在這本小說裡，我寫了些知識青年男女的生活，寫著他們怎樣在生活裡沉溺，寫著他們的思想的混亂和迷惑，善變與矛盾。由於他們的教養造成他們的痛苦，由於他們的知識製作的罪惡，並且人性的醜惡的一面是怎樣的被人類的教育程度以及現代生活所掩飾而伸張著。」「自然這不過是我的企圖而已，我想我也許很難做到我所想的地步，因為我打算寫的原非一部『道德小說』，所以我繼續寫下去的時候，立刻遇到許多問題，這是很艱難的。」的確，作者的這一企圖並沒有很好的實現，他遇到了許多亟待思考與解決的問題，如，什麼是正確的愛情觀、婚姻觀？知識為什麼會製作痛苦與罪惡？人們的教養與人性的醜惡有著怎樣的關係？女人是否有著她們的宿命？如果知識產生痛苦，那無知就幸福快樂嗎？等等。應該說，對於這些問題的思索，作者本人也是含混不清的，這就導致了文本主題的含混、淺白，人物思想的蒼白、矛盾，人物性格的模糊、頹廢，故事情節的淡化、無味。加之文本無法識別的時代氛圍，招致了眾多的批評聲也在

情理之中。步南在《跋》中就指出，「《貝殼》最大的缺點，就是個中人物都是蒼白而貧血的欲追求真理而又懷疑的。由懷疑的不可解釋而陷於絕望。所暗示給我們的，至少像李玫，白澍，呂桐都該滅亡。這是作者對人類的哭聲，對於人類的絕望。……倘就社會意識形態而言，頗有頹廢，陰暗，混亂，沒落之嫌。」上官箏（關永吉）也說，「《貝殼》有一個大的缺點，就是它缺乏深刻，這不是一本哲學的書，也不是一本暴露的書，因為這兩點作者都沒有做到。作者並沒有發掘到人類的心靈的深奧，更沒有能夠解釋出為了什麼智識階級的墮落和他們生活漸趨於無恥的原因，在感情的分析上，許多人很少有什麼特徵，他們雖然嘴裡說著上等的漂亮話，可卻都是一個一個沒有一點熱情，全然涼卻了的動物。」麥耶（董樂山）也有相同的意見：「很顯然，作者的目的，是想藉這一本小說，暴露出現代知識分子的醜惡。」但由於作者對於知識與教養的價值的否定理解，使作者「沒有把握到它們的本質，只表面地看到了一些它們被歪曲施行了的一些醜惡的現象，便貿然發出這種『對人類的哭聲，對於人類的絕望。』於是，便陷入了悲觀主義的泥淖，在《貝殼》這本小說裡的人物，便全是『蒼白而貧血的』，而其思想，也是頹廢的，懷疑的。」

既然成就如此之平，問題如此之多，為什麼還要授獎於它呢？我想，這固然與華北淪陷區文學創作成就低，出現了一位「新進作家」的長篇小說就使日偽統治者看到了「共榮」的「成果」，便急切地予以肯定外，還有一個因素就是：作品中所透露的反英美的傾向，暗合了「大東亞文學獎」的宗旨。而這，恰恰是日本文學報國會所希望看到的。

為什麼這樣說呢？

1944年1月，《文學集刊》第二輯刊載了《貝殼》的廣告：「獲得大東亞文學賞第一回賞之榮譽的本書，袁犀氏以其彩筆描繪了現實中青年男女的生活與戀愛，暗示了自由主義的歐美思想之毒害，對於個人主義的戀愛觀，作了最嚴的批判，是人生探求之書。」《文學集刊》是藝文社編刊的一個不定期文學期刊，主編沈啟無曾作為中國作家的代表參加了第一、二次東亞文學者大會，雖然他所主編的《文學集刊》只出過兩期，也沒有明顯的「大東亞文學圈」的字樣，但其親日的身份勿庸諱言。也正因此，他「敏銳地」嗅出了《貝殼》獨特的氣味——「暗示了自由主義的歐美思想之毒害，對於個人主義的戀愛觀，作了最嚴的批判」，同時對小說作了高度的肯定——「人生探求之書」。你看，李玫受所謂的歐美思想的毒害，信奉個人主義的戀愛觀，其結果是道德淪喪，婚前婚後均與他人發生不正當關係，欲做賢妻良母而不得；李瑛之所以沒有上當受騙，就在於看穿了白澍裹在詩人外衣下的奸詐行徑；而白澍、呂桐的所謂個人主義戀

愛觀，其實就是遊戲人生、張揚欲望的市儈哲學，其結局不是被人識破就是被捕入獄。由此證明，西方個人主義思潮影響下的道德觀與價值觀是一個混亂而錯位的觀念體系，是造成青年男女特別是青年大學生人生不幸、精神痛苦的主要原因。小說中有這樣一個典型情節：當趙學文將印有呂桐被捕的報紙遞給李玫看時，說：「教育收到了相反的效果，知識補助了犯罪，一個大學畢業生是制毒機關的首領，從他的住所，說是還搜出了原文的杜威博士的論文集呢……」而報上刊載的呂桐被捕的標題竟然是：「大學教育的成果　麻醉藥之密輸犯　制毒機關之首領──呂桐」。這就令人匪夷所思了。且不說將犯罪的原因歸結為「大學教育的成果」是如何得不值一駁，僅說從呂桐住所搜出「原文的杜威博士的論文集」就何等的不倫不類！實在難以想像，作為哲學家、教育學家與心理學家杜威的原版博士論文集與需要用化學原理制毒品的呂桐有著怎樣的必然關聯！唯一或可解釋的便是歐美思想的侵蝕使一個有為的受過高等教育的青年走上了犯罪的道路，杜威就是他們的「罪魁禍首」，而這本原版的論文集則是其走上犯罪道路的「鐵證」。這是何等荒謬絕倫邏輯啊！但這不正迎合了日本軍國主義反英美思想以構建「大東亞共榮圈」的文化鬧劇嗎?!所以，《貝殼》恰恰不是一本「無意義的」書，而是一本「意義大大的」書，它的獲獎恰恰說明了袁犀的投機與日本文學報國會的靈敏，只是志智嘉嗅覺失靈了而已。

對此，我們還可以從袁犀筆名的角度對此再稍做一點補證。袁犀原名郝維廉，曾用名郝赫、郝慶松、吳明世、梁稻、李克異等，其中袁犀與李克異的名字最廣為人知。他在淪陷區使用的筆名在一定程度上反映了他的心路歷程已為大家所公認。如欲追求革命時署名「郝赫」，以三個「赤」字表示嚮往赤化，嚮往革命，1933年發表《麵包先生》時署；生活困厄時發表的文章署名「梁稻」，取「著書只為稻粱謀」之意，1941－1942年上半年發表《人間》等時署；創作起步時發表的文章署名「吳明世」，與「無名氏」諧音，感歎自己的創作無人賞識尚處於無名階段，1942年下半年發表《夏日》等時署。那麼，作家在創作《貝殼》之際與日本人交往並撰文時署名什麼呢？郝慶松──諧音「好輕鬆」。

1942年11月，《華北作家月報》第2期曾刊登一消息：《斡旋會員郝慶松獻金》：「會員郝慶松前由本協會派遣赴濟南一帶視察治運狀況，一路收穫頗多，今為感謝皇軍赫赫戰果，自動願盡槍後國民之誠，將治運視察旅費金提出一百元，獻金與北支派遣，當由本協會代為斡旋呈送北支軍局矣。」同時還刊有一文：《由都市到鄉村──治運視察報告會講演詞之三》，作者郝慶松，文中有如下字句：「在鄉下我看見了英勇的日本軍，

治安軍，他們在千難萬苦之中，從事著職業工作，對於本次治運運動之一的『幽滅共匪』，不待言說的持有著堅定的信念。而農民們出由各方面協力這工作，修護著道路，修建關樓，雙手如是的從事著這樣困難艱苦的工作。所謂『建設華北，完成大東亞戰爭』這一偉大豐實的理念，倘說是由農民之手，由農民之力完成的，也非恰當。」毫無疑問，這是袁犀附逆時的發言，也是郝慶松心情「好輕鬆」時的感言，但這對於國難當頭的每一個有良知的中國人來說，又是多沉重的感受啊！1943年8月，作為華北作家協會滿日文學視察團成員赴日本參加第二次大東亞文學者大會的袁犀，以郝慶松之名寫下了《到日本去》一文，又以此身份欣然領取了「大東亞文學獎」。誰又能說，此時的郝慶松不是以躊躇滿志、意氣奮發的「好輕鬆」的心情登上領獎臺的呢?!只是他沒有想到，二年後日本投降，「大東亞文學共榮圈」以鬧劇收場。他為他的「好輕鬆」付出了代價。

特定歷史階段即生即滅的藝術泡沫：《國民雜誌》第一次長篇小說徵文的獲獎作品

　　「七七事變」後，大批作家紛紛南下，華北文壇頓顯荒蕪與寂寞。日偽統治者為裝點門面，粉飾太平，也展開了進一步的文化攻略，除炮製所謂的「大東亞文學」外，就是以重金為誘餌舉辦的名目繁多的徵文活動。這其中，就長篇小說而言，最有影響的莫過於《國民雜誌》舉辦的兩次長篇小說大徵文。

　　1942年2月1日，《國民雜誌》2卷2期刊出「本刊大徵文（長篇小說）啟事」，徵求以「描寫中國民眾的真實生活」為內容的十萬字左右的長篇小說兩篇，設正選一篇，酬金一千元，副選一篇，酬金五百元，由本社徵稿審查委員會審選，獲獎作品將刊於本志七月號。在徵文緣起中，執筆者寫道：

> 　　伴隨著中華民國三十一年的新年伊始，國民雜誌也要開始著一個新的出發，並且企圖著飛躍等前進。
>
> 　　這次舉辦長篇小說大徵文便是本志革新的具體表現之一。
>
> 　　華北盡有著許多刊物，但出版界其實是貧弱而浪費。華北盡有著許多作家，但文藝界卻是萎靡而墮落。因此讀書界對之不是苦悶而焦灼，便是輕蔑和冷淡。考其原因，不是因為刊物辦自己的刊物，根本忽視了讀者，便是刊物自身拒絕了作者。優秀的寫作者自是無從發現，而真正的文學工作者也在如此現狀之前擱筆，所以這次大徵文的目的，不僅為振興萎靡而墮落的文風使得文藝界健康的發展而已，還在於打破從來刊物之門羅性，以及喚起全國寫作者之熱情。
>
> 　　我們知道，在華北除去章回小說家，以及自稱「作家」者之外，仍舊存在著許多真正的寫作者，但他們表示了沉默。沉默在如今雖是無可非難的，但也並無用處，『清高』的結果，也不過是『絕俗』而已，反而遠離了現實。為不負讀眾的熱望，並瞭解我們暗夜行路的困苦，我僅以十分的熱意等候踴躍參加。
>
> 　　長篇小說在事變後的文壇上，沒有產生過，所以我們征長篇。寫長篇雖在於作者之魄力，但也必須有刊物發表，國民雜誌就願意

獻出這個園地來。

　　倘若因此次徵文為契機而振興了出版界，使華北文壇健壯起來，而獲得出版家，作家，讀者間之緊固握手，那我們的喜悅就是無限的了。雖然這也許是一件艱苦的勞作，也許是一件困難的願望。

　　1943年1月1日，由孫鵬飛、郝慶松、王則、德玉葆、張金壽等組成的審稿人在3卷1期的《國民雜誌》上宣佈徵文結果：「正選：天津楊鮑的《生之回歸線》；副選：宣化劉延甫的《新生》」。同時在引語中說：「本刊一千五百元徵文，曾一度展期至十月末日，這中間收到計由華南，南中，蒙疆各地寄來的稿件，不下百數十件，在審選時，承審選者始終維持著起初的熱，終於拔擢出下列兩篇發表於此，對這，我們不敢說什麼『我們要建設華北文壇』，但是，在發表難，寫作難，稿費難諸聲中，我們願掘發出這兩位新人獻於華北文壇。」對這次徵文，編輯也較為滿意，這從該期的《編輯後記》中就可看出：「長篇小說自去年一月號刊登啟事以來，整整一年，中間因為來稿缺乏正選，便延遲到本期才發表。當選者兩篇的好壞不論，僅以寫作者的熱情來看，我們便不能不高興的。在現今華北文藝界，長篇小說可謂太少見了，一則作者缺乏寫作的勇氣與生活經驗，二則沒有刊物肯給予鼓勵也是實在的情形。本刊自去年革新以來便注意及此，不惜以千五百元的賞金與很多篇幅來貢獻華北的文藝界。這次的發表，或者能夠與華北文藝界一種興奮劑，因之而能激蕩起更多青年的寫作的勇氣來，這也是我們所期待的。」兩篇獲獎作品也隨即在《國民雜誌》3卷1－4期與5－8期先後刊載。

　　《生之回歸線》寫農村青年朱永強對父親讓他輟學去粉房當學徒心有不甘，決心到外面闖一闖。哥哥在天津打工，他也就來到天津並隨哥哥住在一個大雜院裡。同住的都是底層的各類打工者。其中，與永強相差無幾的鄰居田小丫對他頗為鍾情。不久，朱永強找到一份慈善會的事，但沒過多久便由於天津突發大水時只顧逃命而未在崗，被慈善會藉故辭工了。一起逃難的田小丫父女在水退後不知去向。朱永強只好又到一小飯館打工，卻因聰明而受到另一比他笨的師兄胡大的嫉妒與侮辱。一天，他得知田小丫的父親在發水逃難時病逝，無依無靠的她被迫嫁於表哥後，痛苦萬分。處於青春期苦悶期的他也有了學壞的想法，但因胡大逛妓院而染病，回家後死去的悲劇深深刺痛了他，他決心改變自己。正巧，飯館因內訌倒閉，他便來到圖書館當差。能到圖書館打雜且能看書，這讓朱永強很高興。圖書館有兩位先生，一位是崇尚舊學但道貌岸然的汪先生，一位是講新學務

實的于先生，他對於先生鼓勵他著眼現實努力讀書銘記在心。這天，他偶然遇到田小丫，得知她的婚姻很不幸，但他也很無奈。終於，田小丫不堪忍受丈夫的毒打，將丈夫刺殺而入獄。不久，圖書館人員升遷並發生變動，朱永強又失去了工作。他只好又到一小旅館當差。但他很看不慣這裡的污濁混亂，遂辭去離開。經哥哥的介紹又到一機關的旅館當僕役後，認識了報紙編輯姜志言，他鼓勵永強不要空談要實幹，寫出自己的經歷來。他將永強的新作發表於報紙並介紹他到報館來當校對，這讓永強倍受鼓舞。不久，姜志言升遷，永強也做了助理編輯。在這期間，他目睹了許多人間的亂象，也耳聞了許多故友的不幸，深深地感到自己的城市黃金夢破滅了。這真是一個破社會！他決定回家，不再歌頌人生的大海是一幅美麗的景色，回到已經消滅了「匪患」的太平的農村去。他坐上了回家的火車。

　　由此可知，這是一部表現農村青年破滅城市夢的悲情小說，也是一部反映社會黑暗、人性醜惡、物欲橫流、泥沙俱下的現實小說，套用時尚的話即是一部表現「理想很豐滿，現實很骨感」的青春小說。主人公朱永強不甘現狀、懷揣憧憬來到城市，但由於先天不足，雖勉力勞作、苦力掙紮，仍不能從根本上改變自己身處底層的痛苦與現狀，被侮辱與被損害的現實，更不能改變社會的黑暗與不平，雖然心懷一顆不平與奮鬥的心，雖然終於遇到了領路人，重新找回了自己，但現實的污濁與人世的炎涼，時代的頹廢與社會的黑暗，還是徹底擊碎了他的城市黃金夢，他不得不做出了暫時離開城市而重返家園的選擇。由於作者來自底層，感同身受的經歷使得作者筆下充滿著對底層民眾艱辛與不幸生活的關愛與理解，他以同情的筆調深情地記下每一個底層不幸人們的坎坷人生與悲劇命運，令人感動亦令人共鳴。作者以愛恨分明的情感對吃人的社會淋漓盡致的揭示與對人性醜惡的鞭撻，以及對生活中不乏美好人情的謳歌，都使這部作品成為一個特定時代的一份忠實記錄而令人回想，特別是有著同樣經歷的底層小工們，當他們讀到作者以慈善會雜役、飯館小工、圖書館雜務、旅館僕役的身份遭受屈辱時，不禁感觸於心，共鳴於懷——張金壽就因有著一段相似的經歷而深深愛好著，並投出了自己贊成的一票。當然，我們也應看到，小說的不足是明顯的，沙裡就在《〈生之回歸線〉讀後雜話》中指出：「這雖是一個長篇，但是故事太冗雜了，好像是作者怕素材缺乏，完成不得這十萬字之約，於是搜集了若干材料，到執筆時隨之插入，不然，則是作者事先便沒有具體打算，臨時隨處擷拾，拾起便即插入，所以全篇讓主人公顛來倒去的失業，把各節都擠得難堪，致使文章失去了緊練的顏色，造成了創作上最大的失敗。」不過，以記帳式的方式導致結構的紊亂固然

是文本失敗的形式因素，但我認為，作品中所暴露出的錯誤思想更應引起我們的注意。

為什麼這樣說呢？我們看小說第七章寫永強父親來時與他的一段對話，也正是這段話使朱永強最終下決心返回家鄉：

> 永強關心自己的家鄉，問父親：
> 「家裡可平靜？」
> 「太平靜了，現在咱家可比以前勝強了百倍，那真可說是太平歲月，收成好，糧米又賣的上價。」
> 「土匪呢？」
> 「土匪？連個影子也沒有啊！自從××隊管轄了地面，土匪誰還敢來？」
> 「只要日子安寧就……」
> 「太安寧了。」老人臉上浮滿了欣喜：「現在，咱那村子，要是跑了一匹小驢，都沒有人敢領。」
> 「沒想到這年頭竟這麼太平。」

這怎麼講呢？將日偽統治下的家鄉的光景稱為「太平歲月」，而且是前所未有的「匪患」全無的太平歲月，這不是赤裸裸地替所謂的「大東亞共榮圈」塗脂抹粉嗎？這不是典型的漢奸邏輯和奴化思想嗎！正是這一錯誤的指導思想，使作者將一部展示農村有為青年不甘貧窮、幾經風雨、幾經奮鬥、最終初步實現人生理想的勵志小說，寫成了一部雖局部有著一定的生活氣息但卻有違生活哲學且支點嚴重迷亂的「危險品」。作者將從起點到起點的這一重返鄉村的人生之路喻之為「生之回歸線」，並對此表示由衷的讚美，遵奉與呼應了漢奸文學理論的創作方針與創作要求，暴露出日偽統治下奴性思想對作者的侵蝕與浸淫，暴露出作者思想的貧乏與反動、荒謬與悲哀。因此，這雖是一部局部有一定生活氣息、一定批判色彩和一定人文情懷的青春小說，但由於作者思想觀念的根本性錯誤以及由此做出的自我否定，極大地削弱了作品應有的審美意蘊，這既令人深感痛惜，也令人深思警醒。

如果說《生之回歸線》還有一些錯誤的話，那麼，《新生》則是一部典型的漢奸小說。作品寫大學生俞經和茵這對戀人還有一年就大學畢業時因「七七事變」而被迫中斷學業並各奔前程。俞的父親俞老先生是當地有名的紳士，俞經便逃回了家裡。家徒四壁的李吉因心眼直而被人稱傻李，也一直未能娶親。地痞張三想借提親一事向他舅舅老吳詐點錢財，但老吳

在請客時發現張三偷了俞經的鋼筆和俞老爺的表，就拿過來給俞家送去。但俞老先生生疑反而拒絕了他送回的物品，俞經覺得這樣不妥但又無奈，只留下了茵送他的鋼筆。不久，日本人建立了維持會，侄子周學仁鼓動俞老先生當維持會長和警察局長，而俞經則建議他不要當漢奸，但俞老先生還是答應了官差，只是具體的事由周學仁經辦。這天，俞老先生接到山裡軍隊要錢要糧的信（其實還是土匪），俞老先生左右為難。周學仁主張「私通」，俞老先生同意了這個方案。由於俞老先生當了差，老吳擔心會遭到報復就逃了出去。一天，傻李受到一警士的無故敲詐，因筆的事情而內疚的俞經正好遇見傻李被警士綁著帶走，就托周學仁放他。周學仁本不想放，但因他戀著俞經的妹妹俞綺，就做了順水人情。其實，俞綺對周學仁並無好感，雖然周學仁向她的父母提親，而且俞經也不贊成，於是兩兄妹商量逃跑。看到舅家不同意，周學仁便以告俞老先生「通匪」為名逼婚。這時俞綺正巧生病，於是，俞經借養病之機，將妹妹帶到了傻李家先躲了起來。不料，第二天夜裡軍隊來到俞家帶走了父子兩，俞綺在傻李家焦急萬分。第三天夜，突然傳來槍聲，傻李急帶著俞綺慌忙外逃，看她跑不動還背著她跑到麥地。又凍又怕的俞經非常感動，主動要求傻李抱她並在他的身上感到了男子漢的溫暖。豈料沒過多久，槍聲又向著他們這個方向射來，傻李剛抱著俞綺跑了沒幾步就被擊中倒地。正當他們絕望時，卻發現來的是老吳和哥哥帶來的軍隊的剿匪聯隊，一家人重又團圓。原來，老吳加入了聯合自衛隊並擔任了隊長，得知土匪張三他們來侵擾後，就帶兵來圍剿並擊潰了他們，張三重傷後不治身亡。隨後，周學仁被判十年徒刑，傻李也養好了傷。經過這件事後，俞老先生懺悔自己看錯了人，認為錢財並不重要，重要的是人品，遂同意將俞綺嫁給傻李。而俞經也接到了茵的來信，說國民政府也還都了南京，她也加入了「和平運動」，鼓動俞經也來參加。俞經接信後倍感鼓舞，決心明天就赴南京共同「和平、奮鬥、救中國。」

　　可見，這是一部十足的瞎編亂造的反動作品，也是一部杜撰的充滿奴顏媚骨的說教小說。且不說其中充滿著虛假的、荒唐的情節，如俞老先生在侄子周學仁面前束手無策，言聽計從；俞經將妹妹藏在傻李家，俞綺主動投入傻李的懷抱，俞家事後同意將女兒嫁給傻李等，僅說作品的立意及結尾公然喊出的漢奸汪精衛的賣國口號，就足以將其釘在歷史的恥辱柱上。雖然小說在局部上一些景物描寫細膩生動，一些心理刻畫細緻逼真，一些人物的對話也具有個性，但這絲毫不能掩蓋這部小說為配合汪偽政權並服務於其政治綱領的藝術指向，絲毫不能掩蓋作者為迎合日偽集團而歌頌日本奴役下的「新中國」、「新秩序」的醜惡嘴臉，絲毫不能掩蓋作者

喪失民族大義而出賣靈魂鼓吹和平建國的漢奸本質。

由此也可以看到，《國民雜誌》舉辦的第一次長篇小說徵文活動，是日偽統治者為奴化中國而採取的文化策略，是打著「振興」的幌子幹著文化殖民的卑劣勾當。雖然獲獎的兩部小說中在局部上有一些情節有一定的生活氣息，人物也有可感之處（如《生之回歸線》），但總體上主題虛假先行，思想媚日反動，情節拖沓荒謬，人物概念說教則是其共同的特性，一副十足的漢奸文學的模樣。因此，徵文不僅沒有使華北文壇健壯起來，反而使華北文壇顯得更加畸形羸弱，更加嶙峋不堪，它們根本不能代表華北文學創作的藝術成就，是無意義的偽文學，充其量只能是特定歷史階段即生即滅的藝術泡沫。

矮子裡的將軍：《牛》

　　第一次徵文後，《國民雜誌》又於1943年3卷8期刊出第二次「長篇小說大徵文」啟事：「本刊第一次長篇小說徵文，中選《生之回歸線》與《新生》兩篇，已陸續於本刊刊載。從來華北之『壇上無文』與『文中無物』的一貫觀念，雖然不能僅因此兩篇作品而打得淨盡，但對於文壇的新路途與新感覺，卻因之而啟發了一種新的動向，便是已使『筆鋒切近現實』『作品深入民間』了。」「那些從來把文壇歧視為門羅把戲的人，現在總可以心平氣和了些。本刊第一次大徵文所錄取的作品，可以說全是新人底作品——這一次我們依然抱定素來的志願，打算在文場中繼續掘發一些新的作品，希望有志文藝的朋友們努力參加本次的徵文吧！」徵文在內容上仍以「描寫目前中國民眾真實生活者為宜」。1944年1月，《國民雜誌》宣佈本刊大徵文揭曉：「本刊第一次一千五百元長篇小說發表之後，即獲得了各方不少的反響。因此決再作第二次一千五百元之長篇小說之徵募。在去年本刊9月號裡刊登了啟事，即在9月裡截止收稿，這還收到了百數十件來稿，對作者的如此熱烈參加，我們是極其感激的。審選委員會組成之後，即著手慎重審選，茲將審選結果發表於後。」正選：天津關永吉的《牛》；副選：北京師範大學如水的《海濱的憂鬱》。審查委員為司空彥、戈壁、王介人、蕭蕭、魯風。《牛》隨後刊於《國民雜誌》1944年4卷1－7期，1945年6月由漢口大楚報社出版，初版4000冊。這也是《國民雜誌》徵文唯一出版單行本的長篇小說。《海濱的憂鬱》刊於《國民雜誌》1944年8－12期（未完）。

　　「牛在牛廄裡吃草，安靜而悠閒；它慢咀嚼著，吞咽著，貪婪的把口水浸潤在穀草上，吐出來又吃草，迂緩而且鎮定，如一個赴筵的年邁的紳士。」這是關永吉長篇小說《牛》的開頭。初映眼球這二行字，還真讓人眼前一亮，牛在牛廄裡悠閒吃草的神態被作者摹寫得生動形象且從容不迫，也一下將讀者帶入那熟悉而又親切的農村生活場景中。

　　關永吉（1916－2008），本名張守謙，河北大城縣人（今劃歸靜海）。1937年全家移居天津。中學時開始寫作，華北淪陷時期先後出版有小說集《秋初》（1944）、《苗是怎樣長成的》（1945）、《風網船》（1945）及長篇小說《牛》等。

　　小說寫田主高五爺曾是艾子口鎮小有地位的紳士，有田地，有瓷器店，門上貼著「文章華國，忠厚傳門」的對聯，很受他人羨慕。在漢口創

業失敗的大兒子高祖禹回來後，聯合一些年輕人，成立了鎮自治公所，建立了婦校，自己則從事長途販運與放債的營生，家業迅速擴大。然而，辛亥革命後的軍閥混戰又使逃往天津避難的高五爺一家很快坐吃山空，無奈之下，高五爺只好借債回到家鄉重新種地，而高祖禹則留在天津從事紙煙生意。高五爺重買了一頭牛，孫子高賢中學畢業後找不到職業也回鄉種田。這一年，收成意外的好，但糧價卻漲不上來，為還債，高五爺只好低價賣了家裡的糧食。這時，村裡一些人謠傳高賢要當鎮長，要拉起隊伍來並已買了槍等。聽到這些謠言，高賢想：「鄉村，這就是鄉村，這裡有牛，而且也有狼啊，要緊的怎麼對付這狼。」他帶著也受到流言侵擾的趙秀姑娘返回天津。

　　作家的本意是想以牛象徵不屈不撓、辛勤勞作、默默奉獻的農人，象徵眷戀土地、熱愛家鄉、回饋自然的大地之子，象徵與牛有著同樣遭際的以高五爺為代表的田主們的坎坷命運，雖然其中蘊含著苦澀與疲憊，蘊含著辛酸與悲哀。但可惜的是，小說對這一寓意的總體表現並不到位，作者雖寫到了田五爺如牛般耕耘的奉獻精神，但對造成田五爺一家悲苦命運的「狼」——鄉村惡霸的揭示卻並不清晰，對其他人物的性格塑造也缺乏給力的刻畫，對矛盾的產生與衝突的結果表現得過於簡單而倉促，命運轉變也過於隨意，這就使得故事的情節失去了應有的張力，也造成了全書結構上頭重腳輕，零散不均的局面。小說的後部，草率而散亂，藝術描寫與開頭相比，幾乎判若兩作，喪失了開卷展讀時所留有的藝術韻味，令人難以卒讀。不過，對於《牛》的獲獎，關永吉非常高興，他說，這是他規

劃中的長篇三部曲《地主》的序曲，預計寫的《地主》共有三部，第一部
內容是辛亥革命到北伐戰爭；第二部是1925－1927大革命一直到「七七事
變」；第三部是「七七事變」後農民的生活與思想的大變動；或許還有一
個尾聲《馬》與序曲呼應。但終究只是一個構想。

　　關永吉曾大力提倡「鄉土文學」，《牛》也因表現鄉村生活而被一些
學者視為華北淪陷區鄉土小說的優秀之作，這實在是矮子裡面拔將軍，由
之也可見華北淪陷區文學的貧乏與荒蕪。

　　由此我又想到，連同《大阪華文每日》舉辦的長篇小說徵文，共有六
部小說獲獎，其中《大地的波動》、《生之回歸線》、《新生》與《海濱
的憂鬱》均沒有正式出版，而這四部作品恰恰都是典型的漢奸文學。這說
明，「漢奸文學」雖然可以獲得日偽統治者的暫時支持並為其特定的目的
而服務，但終究是沒有市場的，是被人民所唾棄的。這一點，連他們自己
也知道。這就是漢奸文學的下場，也是一切背叛自己民族利益的可恥敗類
的必然結果。

語言文學類　PG1575　秀威文哲叢書25

從張資平到關永吉：
中國新文學長篇小說百談

作　　者/陳思廣
叢書主編/韓　晗
責任編輯/杜國維
圖文排版/周妤靜
封面設計/王嵩賀

發 行 人/宋政坤
法律顧問/毛國樑　律師
出版發行/秀威資訊科技股份有限公司
　　　　　114台北市內湖區瑞光路76巷65號1樓
　　　　　電話：+886-2-2796-3638　傳真：+886-2-2796-1377
　　　　　http://www.showwe.com.tw
劃撥帳號/19563868　戶名：秀威資訊科技股份有限公司
　　　　　讀者服務信箱：service@showwe.com.tw
展售門市/國家書店（松江門市）
　　　　　104台北市中山區松江路209號1樓
　　　　　電話：+886-2-2518-0207　傳真：+886-2-2518-0778
網路訂購/秀威網路書店：https://store.showwe.tw
　　　　　國家網路書店：https://www.govbooks.com.tw

2018年10月　BOD一版
定價：390元
版權所有　翻印必究
本書如有缺頁、破損或裝訂錯誤，請寄回更換

國家圖書館出版品預行編目

從張資平到關永吉：中國新文學長篇小說百談 /
　陳思廣著. -- 一版. -- 臺北市：秀威資訊科技,
　2018.10
　　　面；　公分. -- (語言文學類 ; PG1575)(秀威
　文哲叢書 ; 25)
　　BOD版
　　ISBN 978-986-326-590-0(平裝)

　　1.中國小說 2.現代小說 3.長篇小說 4.文學評論

820.9708　　　　　　　　　　107013607

讀 者 回 函 卡

感謝您購買本書,為提升服務品質,請填妥以下資料,將讀者回函卡直接寄回或傳真本公司,收到您的寶貴意見後,我們會收藏記錄及檢討,謝謝!
如您需要了解本公司最新出版書目、購書優惠或企劃活動,歡迎您上網查詢或下載相關資料:http:// www.showwe.com.tw

您購買的書名:_____

出生日期:_____年_____月_____日

學歷:□高中 (含) 以下　　□大專　　□研究所 (含) 以上

職業:□製造業　□金融業　□資訊業　□軍警　□傳播業　□自由業
　　　□服務業　□公務員　□教職　　□學生　□家管　　□其它_____

購書地點:□網路書店　□實體書店　□書展　□郵購　□贈閱　□其他

您從何得知本書的消息?

　□網路書店　□實體書店　□網路搜尋　□電子報　□書訊　□雜誌
　□傳播媒體　□親友推薦　□網站推薦　□部落格　□其他_____

您對本書的評價:(請填代號　1.非常滿意　2.滿意　3.尚可　4.再改進)

　封面設計____　版面編排____　內容____　文/譯筆____　價格____

讀完書後您覺得:

　□很有收穫　□有收穫　□收穫不多　□沒收穫

對我們的建議:_____

_____

_____

_____

11466
台北市內湖區瑞光路 76 巷 65 號 1 樓

秀威資訊科技股份有限公司 收

BOD 數位出版事業部

⋯⋯⋯⋯⋯⋯⋯⋯⋯⋯⋯⋯⋯⋯⋯⋯⋯⋯⋯⋯⋯⋯⋯⋯

（請沿線對折寄回，謝謝！）

姓　　名：_____　年齡：_____　性別：□女　□男

郵遞區號：□□□□□

地　　址：_____

聯絡電話：(日) _____ (夜) _____

E-mail：_____